ANRANSHA

inato 2009

served.

ned in Japan in 2009 by Futabasha Publishers Ltd., Tokyo.

slation rights arranged with

Publishers Ltd. through Shinwon Agency Co.

KB116996

야행관람차

YAKOH
ⓒ Kanae
All rights
First publ
Korean tr
Futabasha

야행관람차

미나토 가나에 장편소설

김선영 옮김

비채

夜行観覧車

차
례

1

엔도 가족

오후 7시 40분.

어쩌다 이 지경이 되었을까?

눈앞에 있는 한 명의 소녀. 소녀에게 아야카라는 이름을 붙인 사람은 엔도 마유미였다.

고래고래 쇳소리를 지르며 책상 위에 있는 물건들을 손에 잡히는 대로 모조리 바닥에 내팽개친다. 아니, 휴대전화나 스티커 사진첩처럼 아끼는 물건은 피하고 있다. 교과서, 사전, 공책……. 필통은 겨우 지난달에 산 건데 벌써 싫증난 걸까?

그렇지만 하얀 바탕에 핑크색 하트 무늬가 박힌 푹신한 깔개가 소리도 충격도 묵묵히 빨아들이고 있다. 값은 조금 나갔지만 무리해서 사길 잘했다.

예전에는 그 어중간하게 탁한 소리가 아야카의 신경을 긁는지 더 짜증을 부리면서 곧이어 벽을 향해 물건을 집어던지곤 했다.

하지만 약 두 달 전, 그 벽에 자기가 좋아하는 아이돌 포스터를 붙인 후로 그런 일은 사라졌다.

포스터를 힐끗 쳐다보고 '꺼져, 빌어먹을 할망구야!' 하고 남은 기력을 모조리 쥐어짜내 욕설을 퍼붓는 것으로 아야카의 히스테리 연극은 끝난다. 빌어먹을 할망구는 화를 내서는 안 된다. 끝이 보이지 않는 히스테리가 언제까지고 이어질 바에야 차라리 참는 편이 훨씬 낫다.

고이고이 키운 내 아이에게 어째서 이런 말을 들어야 하나.

처음에는 깊이 상처받기도 했다. 하지만 이것은 아야카의 진심이 아니다. 한번 쳐든 주먹을 차마 내리지 못한 채 이제 그만두고 싶다고 외치는 고통에 찬 비명이다. 그렇게 생각하니 너그럽게 받아들일 수 있게 되었다.

가정 폭력 상담 사이트에 이런 글을 올려보면 어떨까? '벽에 포스터를 붙이면 효과가 있습니다. 구하기 힘든 포스터일수록 좋습니다.' 최근에는 그런 생각을 할 여유까지 생겼다.

인터넷 옥션 마감이 그날 낮이라며 태연한 얼굴로 학교를 빠지려는 아야카를 대신해 마유미가 책임지고 낙찰받은 포스터였다.

종이 쪼가리 한 장에 만 엔. 마유미도 젊었을 때 아이돌에게 정신없이 빠져들었던 적이 있지만, 포스터에 그런 돈을 쓴 적은 없다.

한심하다. 하지만 낙찰에 실패하면…….

학교에서 돌아온 아야카는 포스터를 낙찰받았다고 기뻐하더니 값을 듣고는 바보 아냐? 하고 진저리를 냈다.

아무리 비싸봤자 5천 엔 아니야? 시가도 모르고 자꾸 값만 올린 거 아냐? 당신은 이상한 데서 지기 싫어하고 허세를 부리니까. 그 덤터기는 전부 내가 쓴다는 걸 좀 알란 말이야.

덤터기라니 무슨 소리일까. 결국 고맙다는 말은 듣지 못했다. 포스터 값은 전부 마유미가 냈다. 파트타임 벌이 이틀 치. 주택 대출은 아직 33년이나 남았다. 사립 고등학교에 갈지도 모를 아야카의 진학 자금도 필요하다.

하지만 만 엔은 헛되지 않았다. 히스테리를 부리면서 벽을 향해 사전을 치켜든 아야카의 손이 내려갔으니 차라리 싸게 먹힌 셈이다.

그 후로 마유미는 포스터 속의 소년, 웃는 얼굴이 귀여운 다카기 순스케에게 호감을 품고 응원하게 되었다. 순스케가 출연하는 프로그램은 빠짐없이 챙겨보았고 CD나 사진집도 사 모았다. 처음에는 노래도 연기도 어설펐지만 잠깐 사이에 쑥쑥 성장하는 순스케를 응원하는 일은 즐거웠다. 무엇보다 아야카와 공통의 화제가 생겼다는 사실이 기뻤다.

이제 곧 시험 아니니? 학교는 어때? 빨리 목욕하렴.

그전에는 아야카에게 말을 걸면 잔소리밖에 나오지 않았다. 히스테리 스위치를 누르는 꼴이나 다름없었다.

순스케가 이번에 드라마에 나온대. 주제가도 부른다지? 굉장하구나. 그래, 여름방학에 콘서트 보러 갈까?

뭐? 아줌마하고 콘서트라니 쪽팔려. 하지만 꼭 같이 가길 바란다면 함께 가줄 수도 있어. 그 대신 옷 사줘.

순스케를 사이에 두면 아야카와 즐거운 대화가 성립된다. 기회만 있다면 순스케에게 고맙다는 편지라도 쓰고 싶을 정도다. 그리고 무엇보다 여름방학이 기다려졌다.

하지만 오늘 밤 히스테리의 원인은 순스케였다.

수요일 7시, 신작 드라마 선전도 할 겸 인기 퀴즈 프로그램에 출연한 순스케가 어려운 문제를 술술 맞히는 모습을 보다가 그가 실은 명문 사립학교에 다닌다는 사실을 알았다. 마유미는 그 점을 칭찬했을 뿐이었다.

'순스케는 머리까지 좋다니 대단하네. 그래서 연기도 잘하나봐. 대사도 금방 외울 테고, 스토리도 머릿속에 확실하게 들어오겠지? 춤도 노래도 잘하고. 기본적으로 똑똑한 아이는 못하는 게 없구나.'

'어차피 난 떨어졌어!'

어느 단어가 스위치를 눌렀는지, 아야카는 그렇게 외치고 2층으로 뛰어 올라갔다. 동시에 울음인지 비명인지 모를 소리가 온 집 안에 메아리쳤다. 내버려두고 싶지만 그러면 점점 심해질 뿐이다. 한번은 아래층으로 내려와 주방 그릇들을 닥치는 대로 집어던진 적도 있다.

무거운 걸음으로 2층에 올라가 아야카의 방문을 열었다. 이미 참고서 몇 권이 바닥에 나뒹굴고 있었다.

"그만 해, 아야카. 엄마가 잘못했어. 공부는 못해도 돼."

"바보 취급하지 마!"

공책을, 교과서를 줄줄이 바닥에 내팽개친다. 책상 위에는 휴대전화와 스티커 사진첩만 남았다. 그래, 오늘은 이걸로 끝이네. 안도의 한숨을 쉰 순간 아야카가 벽으로 손을 뻗었다.

"그러지 마!"

활짝 웃는 소년의 얼굴이 둘로 찢겨나갔다. 그 순간, 투명한 필름이 마유미의 몸을 감쌌다. 온몸을 뒤덮은 물풀이 서서히 굳어가는 듯한…… 뭘까, 이 감각은.

필름 너머로 보이는 광경은 마유미가 모르는 세계.

난생 처음 보는 진기한 짐승이 날뛰고 있다. 원숭이? 고양이? 얼굴 생김새로 따지면 다람쥐일까? 긴 손톱을 드러내고 온몸으로 날뛰는 짐승. 돌이킬 수 없을 정도로 갈기갈기 조각난 포스터. 하지만 진기한 짐승은 손을 멈추려 하지 않는다. 벽에 손톱자국이 수도 없이 났다.

그만, 그만 해! 내 보물을 상처 입히면 용서 못해!

딩동. 날카로운 소리가 울렸다.

도어폰이다. 이런 시간에 누구지? 마유미를 뒤덮고 있던 필름이 미끈거리며 녹아내렸다.

1층으로 내려가 현관 모니터를 확인했다. 둥그런 얼굴로 생끗 웃는 부인, 옆집의 고지마 사토코가 필요 이상으로 얼굴을 들이대고 서 있었다. 문을 열었다.

운동복 차림에 대각선으로 크로스백을 메고 있다. 마유미가 검은 벨벳 천에 박힌 1엔짜리 동전만 한 금색 스팽글에서 눈을 떼지 못하는 사이에 사토코가 미끄러지듯 현관 안까지 들어왔다.

"이거, 선물로 받은 초콜릿인데 우리 노인 둘이서는 다 못 먹겠더라고요. 받아주겠어요?"

내미는 작은 종이봉투를 보니 결혼 전에 딱 한 번, 밸런타인데이에 무리해서 사보았던 유명 브랜드의 초콜릿이었다. 정중하게 답례를 하고 종이봉투를 받아들었는데도 사토코는 돌아갈 기미 없이 마유미의 어깨 너머로 집 안을 기웃거렸다.

초콜릿은 구실이다.

"아, 저, 혹시 큰 소리를 내서 폐를 끼친 건 아닌지 모르겠네요. 딸아이 방에서 바퀴벌레가 나오는 바람에 난리법석을 떠느라……. 가끔 나오거든요. 저도 딸아이도 겁이 많아서. 정말 죄송합니다."

단숨에 재빨리 둘러댔다. 하지만 사토코는 얼굴 앞에서 손을 절레절레 저었다.

"어머, 글쎄요, 무슨 말씀인지 모르겠네. 무슨 소리가 들렸나? 이런 시간에 온 내 잘못이지요. 미안하게 됐어요. 그럼 이만 실례."

사토코는 웃는 얼굴로 등을 돌리고 떠나갔다. 마유미는 문을 닫고 한숨을 쉬었다.

민망하다.

아야카의 히스테리를, 마유미의 고함소리를 분명 온 이웃이 들었으리라. 하루 이틀이 아니었으니 사토코는 늘 그게 무슨 소리인지 궁금했던 게 틀림없다. 안절부절못하고 있던 차에 때마침 오늘은 초콜릿이라는 구실이 있었던 것이다.

아니, 아무리 이웃집이라지만 목소리까지 들릴까? 집 앞 길에서 나는 소리는 가끔 들리기도 하지만, 고지마 씨 댁에서 나는 소리는 한 번도 듣지 못했다. 노부부 둘이서 살아서 그럴까? 하지만 아야카 또래의 아이가 있는 맞은편 다카하시 씨 댁에서 나는 소리도 들은 적이 없다. 아무리 모범생으로 평판이 자자한 아이들이라도 그 나이에 음악 정도는 들을 테고, 텔레비전도 볼 터였다. 애당초 이 집이야 어쨌든 고지마 씨 댁은 이웃 소음이 거슬릴 만한 싸구려 주택이 아닐 터.

역시 단순히 초콜릿을 가져다준 것뿐일까?

만약 그랬다면 바퀴벌레라니, 민망한 소리를 입에 담고 말았다.

전에 살던 낡은 아파트라면 또 몰라도 지은 지 3년밖에 되지 않은 주택에 바퀴벌레가 나올 리도 없거니와, 나왔다면 당장 시공업체에 항의 전화감이다.

사토코가 다른 사람들에게 떠벌리지는 않을까?

'엔도 씨 댁에는 바퀴벌레가 나온다지 뭐예요. 아유, 끔찍해라.'

정말 끔찍하다.

2층으로 올라갈 기력도 사라져 거실로 돌아왔다. 텔레비전도 에어컨도 켜둔 상태였다. 서랍에서 가계부와 전자계산기를 꺼내어 테이블 위에 올려놓았다.

사토코는 이제 돌아갔을까?

길 쪽으로 난 창을 10센티미터쯤 열자 미지근한 바람이 순면 커튼을 살며시 흔들었다. 커튼은 그대로 두고 창문을 활짝 열었다. 에어컨을 끄고 테이블로 돌아와 전자계산기를 한손에 들고 가계부를 쓰기 시작했다.

오늘 밤은 바람이 불어 그나마 지낼 만하다.

오후 10시 10분.

어디선가 날카로운 여자 목소리가 들려왔다.

"그만둬!"

텔레비전 화면으로 눈길을 돌렸다. 10시에 하는 다큐멘터리 프로그램에서는 오랜 투병 생활에서 돌아온 베테랑 배우가 생명의 무게에 대해 논하고 있다. 스튜디오는 가식적일 정도로 고요했다.

"살려줘!"

천장으로 눈길을 돌렸다. 아야카가 드라마라도 보는 걸까? 소리가 조금 큰 것 같지만 굳이 2층까지 야단치러 갈 마음은 들지 않았다.

"누가 좀!"

아니다. 이건 텔레비전 소리가 아니다. 음량을 줄여보았다. 비명과 소음은 창밖에서 나는 듯했다.

느릿느릿 허리를 틀어 의자에서 내려와 웅크린 자세로 발소리를 죽이고 창가로 다가갔다. 집게손가락으로 커튼을 살짝 들어 바깥을 살폈다.

이름뿐인 울타리 너머로 외등이 비추는 길이 보였지만 인기척은 없었다.

"그만둬, 부탁이야!"

목소리는 어느 건물 안에서 울리는 것 같았다. 커튼에서 손가락을 뗐다.

도둑일까? 경찰에 신고하는 편이 나을까? 하지만 지레짐작이라면 낭패가 아닌가.

망설이는 사이, 이번에는 쿵 하고 묵직한 소리가 났다.

누구 다른 사람은 모르는 걸까? 이 시간이라면 빈집이 더 적을 텐데. 어쩌면 누가 벌써 신고했을지도 모른다.

"잘못했어!"

두 손으로 귀를 막았다. 웅크린 자세로 최대한 소리를 죽이고 창가에서 떨어져 후다닥 거실을 가로질러 계단을 올라갔다.

안쪽 문을 열자 냉동실을 연 것처럼 냉기가 흘러나왔다.

"함부로 들어오지 마! 아직도 할 말이 더 있어?"

온통 흐트러진 깔개 위에 칠칠맞지 못하게 드러누워 텔레비전을 보고 있던 아야카가 인상을 찌푸리며 돌아보았다. 화면에는 개그맨이 나오고 있었다. 볼륨은 그리 크지 않다.

"큰일 났단 말이야."

문을 닫고 목소리를 낮추어 말했다.

"뭐가?"

싸늘한 목소리가 되돌아왔다.

그러고 보니 이 방에서는 바깥의 소란이 들리지 않는다. 아니, 신경을 집중하니 희미하게나마 들린다.

깔개 위에 나뒹구는 리모컨을 집어 텔레비전 볼륨을 낮췄다. 허리를 수그리고 천천히 창가로 다가가 커튼을 조금만 젖히고 살금살금, 조용히 빗장을 풀었다.

창문을 10센티미터쯤 열었다.

"잠깐, 무슨 짓이야……."

자리에서 일어나 소리를 지르려던 아야카도 창문으로 눈을 돌렸다.

우우 하고 고함을 지르는 남자 목소리가 울려 퍼지더니 "살려줘!"라고 외치는 여자 목소리가 이어졌다.

1층에 있었을 때보다 크고 똑똑하게 들렸다.

"봐. 큰일 났지."

둘이서 밖을 바라보는데 아야카가 슬며시 일어서더니 창문을 닫았다. 빗장을 지르고 커튼을 빈틈없이 닫더니 텔레비전 볼륨을 키웠다.

"꼴불견이야. 그냥 내버려둬. 저거, 앞집이지?"

그 말을 듣고 나서야 비로소 깨달았다. 비명소리는 앞집 다카하시 씨 댁 부인, 준코의 목소리였다.

어째서 바로 알아차리지 못했을까? 아니, 당연한 일이다. 여태 저런 소리는 한 번도 들어보지 못했으니까. 그 얌전해 보이는 부인이 저런 소리를 내다니. 그야말로 보통 일이 아닐지 모른다.

"하지만 만약에 도둑이면 어쩌려고 그래? 비명을 질렀는데도 이웃 사람들이 아무도 도와주지 않았다고 하면……."

"됐어. 외마디 고함지르는 애, 샌님이잖아. 그냥 부모자식 싸움 이겠지."

확실히 이성을 되찾고 보니 남자 목소리는 다카하시 씨의 아들 신지인 것 같다. 하지만 그 역시 저런 소리를 낼 아이가 아니다.

"하지만 그래도 좀 이상하잖니?"

"그만두라니까. 남의 집 싸움에 끼어드는 꼴사나운 짓은 하지 마. 굳이 나서지 않아도 슬슬 별가방이 가지 않겠어? 정말이지 아줌마들은 눈치도 없다니까."

"그렇게 말하면 못써. 사토코 씨는 늘 친절하게 대해주시잖니."

"누가 알아? 노상 생글거리지만 눈은 웃지 않는단 말이야, 그 아줌마. 왠지 남의 집 소문이나 캐내려는 사람 같지 않아? 아까처 럼 말이야. 나 참, 무슨 소문이 나돌지."

아야카는 코웃음을 치고는 마유미에게 등을 돌리고 털썩 드러 누웠다.

소문…….

창문 옆, 축 늘어진 포스터의 잔해와 훤히 드러난 벽을 보았다.

연분홍색 체크무늬 벽지. 조금 비싸지만 아야카가 좋다고 하니 이걸로 할까? 대신 더럽히거나 찢으면 안 돼. 그런 약속을 하고 고른 벽지였다.

무수히 벽을 가로지르는 손톱자국…….

앞집에서 나는 소리가 무엇인지 고민하는 일은 포기했다. 좋은 뜻으로 용기를 내어 취한 행동이 상대의 자존심을 건드릴지도 모른다. 그뿐이랴. 댁은 늘 그러지 않느냐는 말이라도 듣는 날에는 도리어 내 가족이 망신을 사게 된다.

"먼저 목욕해. 엄마가 들어간 목욕물 쓰는 건 싫다면서."

마유미는 아야카의 방에서 나와 아래층으로 내려왔다. 가계부를 펼쳐놓은 거실 테이블 앞에 앉았다.

"부탁이야! 이제 그만해!"

아직도 들린다. 그만하라니, 내가 할 소리다. 양쪽 귀를 막듯 머리를 싸맸다.

우리 집 소리도 저렇게 들렸을까?

앞으론 창문을 닫아야겠다. 뒤늦게 그런 생각이 들었다.

"잘못했어, 잘못했다니까!"

비명이 울음소리로 바뀌었다. 아무 소리도 못 들은 척해야겠다. 준코를 만나도 별일 없었냐고 물어서는 안 된다. 소란을 피워 미안하다는 말을 들어도 무슨 일이 있었던가요? 하고 시치미를 떼자. 이 동네에서 원만하게 살아가려면 그것이 마땅한 예의다.

도둑이 아니라면 숨을 필요는 없다. 마유미는 똑바로 창가를 마주보고 창문을 붙잡았다. 한쪽 커튼을 걷어 다카하시 저택에 초점을 맞추고 상황을 살폈다. 하지만 높은 담에 둘러싸인 앞집은 고작 2층 방의 불빛 정도밖에 보이지 않았다.

2층 구석방에는 불빛이 있다. 늘 그렇다. 새벽 2시경에 화장실에 가려고 일어났을 때 불빛을 본 적도 몇 번 있다. 히나코 아니면 신지, 둘 중 하나의 공부방이리라. 누나인 히나코는 대학까지 논스톱으로 진학할 수 있는 명문 여학교에 다니고 있으니 신지의 방일지도 모른다.

그보다 역시 쓸데없는 짓을 하지 않길 잘했다. 다카하시 씨 댁 차고에 자동차가 있었다. 우리 집 자동차보다 1.5배는 커 보이는, 번쩍번쩍하게 손질한 감색 고급 외제차다. 준코는 자동차 면허가 없다고 들었다. 대학 병원에서 의사로 일하는 남편 히로유키가 출퇴근에 사용하는 차라 그런지 낮에는 차고가 비어 있다.

아무리 부모자식 싸움이 심각해져도 아버지가 있으면 괜찮겠지. ……과연?

아니, 내 남편 게이스케와 똑같이 취급해서는 안 된다. 우리 집 남편은 미덥지 못하지만 다카하시 집안이라면 괜찮겠지. 별로 대화해본 적은 없지만 한 눈에도 위엄이 넘치는 그런 아버지라면 아이들도 반항하지 않을 것이다. 게다가 히나코나 신지만 해도 아야카에 비하면 몇 배나 어른스럽다. 소란은 피워본 적도 없을 것이다.

처음 이사 왔을 무렵, 마유미는 준코와 마주칠 때마다 그 집 아이들을 칭찬했다.

좋은 학교에 다니네요. 예의가 바르네요. 훤칠하니 키가 커서 부러워요.

그에 대한 준코의 대답은 늘 똑같았다.

어머, 그런 말씀을 해주시다니, 기뻐요.

뒷말을 기다려봐도 거기서 끝. 칭찬을 받았으면 칭찬으로 답하는 것이 예의 아니던가? 아이에 대한 칭찬은 인사나 마찬가지다. 인사를 받았으면 인사로 답한다. 하지만 돌아오는 대답은 겸손이라고는 코빼기도 찾아볼 수 없는 만족스러운 웃음뿐.

어지간한 팔불출인걸까. 아니, 실은 아야카에게 칭찬할 구석이 없는 거겠지.

제 자식이 남의 자식보다 뛰어나다고 믿어 의심치 않는 것이다.

자랑스러운 아이들. 행복한 가정.

그런 집안의 부모자식 싸움을 마유미가 말린다니, 그야말로 우스갯거리다.

조용히 창문을 닫고 에어컨 스위치를 켰다. 바깥 소리가 뚝 끊겼다.

밖에서 날아든 문제는 싱겁게 해결되었다. 창문을 열지 않을걸 그랬다.

오후 11시 30분.

가계부를 덮었다. 매일 밤 보는 11시 뉴스는 온난화가 가정 경제에 미치는 영향에 대해 다루고 있었다.

살림이 빠듯하기는 어느 집이나 마찬가지다. 오늘 밤은 바람이 불어 그나마 지낼 만하다고 스스로를 타이르며 에어컨을 끄고 창문을 연 것은 전기를 아끼려는 생각 때문이었다.

고작 한 시간 남짓 참아봤자 큰 차이는 없다. 마유미 혼자 참아본들 다다미 넉 장 반짜리 2층 방에서는 방을 비운 식사 시간에도 찬바람이 쌩쌩 불 테고, 남편 게이스케는 돌아오면 인사도 하는 둥 마는 둥 에어컨 스위치부터 켤 것이다. 그래도 가계부를 꺼내면 에어컨을 끄지 않을 수 없었다.

게이스케에게 빈정거리는 소리를 들을 줄 뻔히 알면서도.

덥다, 더워. 당신은 좋겠어. 하루 종일 에어컨 돌아가는 곳에서 일하니까.

슈퍼마켓의 파트타임은 좋아서 하는 일이 아니다. 그래도 꿈을 이룬 대가라고 생각했던 무렵에는 콧노래를 흥얼거리며 일하기도 했다. 아무리 피곤해도 히바리가오카*로 향하는 언덕길에 올라 집이 서서히 눈에 들어오면 마음이 가뿐해지는 것 같았다.

히바리가오카. 시내에서 제일가는 고급 주택가, 히바리가오카. 히바리가오카에 집을 지었다.

단독주택 생활이 마유미의 꿈이었다.

가난한 집에 태어난 것은 아니었지만 전근이 잦은 아버지와 '가족은 함께 살아야 하는 법'이라는 어머니의 고집 때문에 아파트와 맨션을 전전하느라 한 번도 단독주택에 살아본 적이 없었다.

넓지 않아도 된다. 작은 정원이 있는 집에서 가정을 꾸리고 싶다.

◆일본어로 '종달새 언덕'이라는 뜻

그런 꿈에 조금이라도 다가가기 위해 전문대를 졸업한 후에 중견 주택 건축 회사에 취직했다. 모델하우스 안내가 마유미의 업무였다. 집에 대한 애정은 누구보다 강해, 영업부 남자보다 높은 성과를 올리던 시기가 있었다.

내가 더 일을 잘한다. 그런 자부심 때문인지 영업부 남자는 어딘지 듬직하지 않았다. 어째서 집을 갖는 기쁨을 절실하게 호소하지 못하는 걸까? 어째서 집이 주는 행복을 절실하게 전하지 못하는 걸까?

그러던 어느 날, 모델하우스를 찾은 손님이 벽에 흠집을 냈다. 그때 계열사에서 수리하러 온 인테리어 직원이 엔도 게이스케였다.

'모델하우스에서 아이를 뛰어놀게 내버려두다니, 상식이 모자라도 한참 모자라요.'

화를 내는 마유미에게 게이스케는 온화한 목소리로 말했다.

'고치면 되는 일입니다. 영원히 깨끗한 집이 어디 있겠습니까.'

현장에서 근무하는 게이스케는 마유미에게 지금은 독신이지만 언젠가 내 집을 짓는 것이 꿈이라고 말했다. 집을 짓는 것은 아이를 얻는 것과 똑같다. 집을 지었다고 해서 끝이 아니다. 애정으로 대하고, 필요에 따라 수리 점검도 하고, 아끼며 살아가야 비로소 진정한 내 집이 되는 것이다.

게이스케가 하는 말에 전적으로 공감할 수 있었다. 이 사람밖에 없다.

게이스케와 결혼해 아야카를 낳았고, 집을 지었다. 내 인생은 상상 이상으로 소원대로 이루어진 게 아닐까. 그런 생각이 들었던 날들이 1년 남짓이나 되었을까?

테이블 가운데에 놓인 관엽식물 잎에 쌓인 먼지를 손끝으로 닦아냈다.

끔찍이 아끼는 관엽식물도, 벽지도, 조명도, 테이블 세트도, 전부 꿈꾸던 대로다. 이 이상은 아무것도 바라지 않는다. 그런데.

어째서 마음 편히 지낼 수 없는 걸까. 집을 갖는 문제와 가족의 행복은 별개인 걸까……. 그럴 리가 없다.

그래도 이 정도가 어디야. 뉴스만 보더라도 세상에는 힘겹게 사는 사람들이 많다. 그에 비하면.

딸아이가 히스테리를 부리든 욕을 퍼붓든, 남에게 험한 소리 듣지 않고 하루가 무사히 끝나면 그것으로 충분하지 않을까.

뉴스는 발랄한 음악과 함께 프로야구 소식으로 바뀌었다.

게이스케의 귀가가 늦다. 늘 스포츠 코너가 나올 때쯤 돌아왔는데.

"생리대 좀 사 와."

등 뒤에서 부르는 목소리. 목욕을 마친 아야카가 수건으로 젖은 머리카락을 닦고 있었다.

"응? 엄마 거 쓰면 안 돼?"

"말도 안 돼. 그런 할인 상품을 쓰라고? 내일 체육 수업 있단 말이야. 절대 안 돼."

이제 곧 밤 12시. 어째서 이런 시간에 딸이 쓸 생리용품을 사러 가야 하는 걸까.

"지난달에 내가 말했잖아, 이제 곧 떨어진다고. 매일 슈퍼마켓에 가면서 어째서 안 사 오는 거야!"

아야카가 첫소리를 질러댔다. 그런 말을 했던가? 어쩌면 했을지도 모른다. 생리용품만 그런 게 아니다. 아침에 집을 나설 때는 이것도 사야지 저것도 사야 하는데 생각하지만, 일이 끝나는 저녁 무렵에는 녹초가 되어 까맣게 잊고 만다.

"항상 쓰는 그거면 되지?"

상표를 확인하면서 자리에서 일어섰다. 입씨름해봤자 소용없다. 그냥 지금 사러 가면 그만이다.

"가는 김에 아이스크림도 사 와. 하겐다즈 스트로베리로."

아무 거리낌도 없이 말한다. 어쩌면 이게 진짜 목적 아닐까? 하지만 그걸 따질 생각은 없다. 따진다고 어찌 될 일도 아니다. 아직 목욕하기 전이라 그나마 다행이다.

손에 익은 핸드백을 들고 샌들을 신고 문을 열었다.

그림자가 보였다.

흠칫 놀라 숨을 들이켰지만 눈앞에 서 있는 사람은 게이스케였다.

"뭐예요, 당신이었어요? 어서 와요. 오늘은 유난히 늦었네요."

"어, 좀 급한 일이 들어와서. 그보다, 이 시간에 어딜 가?"

"편의점에요. 미안하지만 저녁밥은 전자레인지 안에 있으니 데워서 들어요."

"……뭐 필요한 게 있으면 내가 사다 줄까?"

게이스케치고는 눈치 빠른 소리였다. 하지만 아무리 그래도 생리용품 심부름을 보낼 수는 없다.

"됐어요. 내일 먹을 빵도 사 올 겸 다녀올게요."

현관 앞 계단을 내려가 간선도로로 향하는 언덕길을 몇 걸음 내려갔다.

문득 뒤를 돌아보았다.

쥐 죽은 듯 고요한 다카하시 저택. 2층의 불빛은 아직 그대로다. 다행이다. 소동이 멎었구나. 일시적인 문제였던 것이다. 아니면 사토코가 또 기웃거리러 갔을까?

어깨를 움츠리고 걸음을 떼려는 순간, 어둠 속에서 게이스케와 눈이 마주쳤다. 어이쿠? 다녀와? 뭐라 중얼거린 것 같은데, 황급히 문을 닫는다. 아직도 밖에 있었나? 마흔을 바라보는 아줌마라도 밤길을 혼자 보내기는 불안했나?

맥주 안주라도 사다 줄까. 괜히 기쁜 마음에 가벼운 발걸음으로 심야의 언덕길을 내려갔다.

오전 0시 20분.

집에서 가장 가까운 편의점 '스마일마트 히바리가오카 점'은 언덕길과 간선도로가 만나는 모퉁이에 있다.

지방 도시의 주택가 구석에 밤새도록 열어야 하는 가게가 과연 필요할까? 불량배들이 모여들 텐데. 갓 문을 열었던 작년에는 그런 걱정도 했지만 눈앞에 있으니 자연히 이용하게 되고, 마유미가 걱정했던 불량배도 눈에 띄지 않았다.

역시 주변 환경이 좋은 동네야.

편의점 안에 들어가 바구니를 드는데 잡지 코너 앞에 낯익은 소년이 서 있었다.

다카하시 신지. 겨우 한두 시간 전만 해도 고래고래 소리를 질렀던 아이다.

만화 잡지를 훑어보고 있다.

이런 아이도 만화책을 읽는구나. 당연한 일이다. 중학생이니까.

마유미의 기척을 알아차렸는지 신지가 고개를 들었다. 누구더라? 하는 표정으로 보다가 아, 하고 생각이 났는지 웃는 얼굴로 고개를 숙였다. "안녕하세요?" 마유미도 겸연쩍은 태도로 답인사를 했다. "안녕."

이 아이는 바깥에 목소리가 들린 줄 모르는 걸까?

준코를 보면 아무 소리도 듣지 못한 시늉을 하자고 마음먹었는데, 신지 생각은 미처 못해서 어리둥절한 표정을 짓고 말았나보다. 얼버무리려고 밝은 목소리를 내본다.

"기분 전환이라도 하려고? 아줌마도 아야카가 먹을 야식을 사러 왔단다. 내년에는 고등학교 입시도 있고, 서로 힘내자꾸나."

'서로'라니, 섣부른 소리를 했나? 수준이 전혀 다른데. 하지만 초등학교가 달랐으니 아야카가 응시한 중학교에 떨어진 줄은 모를 테고, 공립에 다닌다고 바보로 여기지는 않겠지…….

사이렌 소리가 울렸다.

간선도로를 달려온 구급차 한 대가 편의점 앞을 통과해 모퉁이를 돌아 언덕길을 올라갔다. 히바리가오카에서 무슨 일이 생긴 걸까? 그만 신지를 쳐다보고 말았다. 신지도 구급차를 눈으로 좇았지만 별로 마음에 두는 눈치는 아니었다. 신지는 곧장 마유미 쪽으로 몸을 돌렸다.

"고맙습니다. 아야카한테도 서로 힘내자고 전해주세요. 그럼 먼저 실례할게요. 밤길 조심하세요."

신지는 웃는 얼굴로 그렇게 말하며 잡지를 선반에 꽂고, 발치에 놓아두었던 과자와 스포츠 음료가 든 바구니를 들고 계산대로 향했다. 그런데 아무래도 태도가 이상했다. 신지가 바지 주머니를 뒤적거리더니 점원에게 몇 마디 건네고는 마유미 쪽으로 돌아왔다.

"지갑을 깜빡 두고 왔네요. 죄송하지만 천 엔만 빌려주시면 안 될까요? 집에 돌아가면 바로 가져다 드릴게요."

말투는 또박또박했지만 민망했는지 뺨이 약간 불그스레했다. 그 모습에 평소보다 더 호감이 갔다.

"괜찮아. 아줌마도 자주 깜빡하는걸."

핸드백에서 지갑을 꺼내어 열었다. 만 엔짜리 지폐가 석 장. 천 엔짜리는 보이지 않는다. 먼저 계산해서 잔돈을 만들어 빌려줄까. 과자와 음료수 정도라면 같이 사줄 수도 있다. 하지만 중학생 남자아이 앞에서 생리용품을 사기가 거북했다.

만 엔짜리 지폐를 꺼냈다.

"잔돈이 없으니 이걸 쓰렴. 오늘은 시간이 늦었으니 내일 갚아도 돼."

신지가 고개를 꾸벅 숙이고 만 엔짜리 지폐를 받았다.

"고맙습니다. 내일 아침에 꼭 갚을게요."

신지는 그렇게 말하고는 기다리고 있던 계산대 점원에게 값을 치르고 가게에서 나갔다. 문 앞에서 뒤돌아 고개를 숙이기에 마유미도 웃으며 목례로 답했다.

내일 아침, 교복을 입은 신지가 우리 집에 들른다. 약간 가슴이 설렜다.

오전 0시 40분.

생리용품과 아이스크림, 식빵, 치즈 대구포가 든 비닐봉지와 핸드백을 들고 언덕길을 올라갔다. 다른 날 같으면 아야카의 심부름꾼 노릇이나 한다는 생각에 억울한 마음을 안고 바닥을 바라보며 묵묵히 걸었겠지만, 오늘 밤은 발걸음이 약간 가벼웠다. 별이 가득한 하늘을 올려다볼 여유마저 있었다.

이제 곧 칠석. 콘서트까지 앞으로 한 달.

아야카도 기대하고 있다. 어쩌면 포스터를 찢은 일을 후회하고 있을지도 모른다. 그 애가 조르면 콘서트에 가서 새 포스터를 사줘야지.

순스케의 신곡 후렴구를 흥얼거려보았다. 하지만 머릿속에 떠오른 것은 신지의 얼굴이었다.

마유미는 예전부터 신지에게 호감을 가지고 있었다. 사립 중학교에 다니는 똑똑한 아이라 그런 것은 아니었다. 웃는 얼굴이 순스케를 조금 닮았기 때문이다. 텔레비전을 보면서 아야카에게 넌지시 그런 말을 한 적이 있다.

'뭐? 순스케랑 그 샌님이 닮았다고? 돋보기나 사지 그래?'

귀담아 들어주지도 않았다. 아야카는 신지를 '샌님'이라고 부른다. 다카하시 집안 도련님이라는 뜻이다. 히나코는 평범하게 '히나코 언니'라고 부른다.

역시 이성이라고는 해도 앞집에 훌륭한 사립학교에 다니는 또래 아이가 있다니 탐탁지 않을 것이다.

언덕 위에서 구급차가 내려왔다. 방금 전 편의점 안에서 보았던 구급차가. 어느 집 앞에서 멈췄던 걸까? 사이렌 소리를 듣고 있노라니 마유미하고 상관은 없어도 가슴이 울렁거렸다.

붉은 램프가 뒤에서 달려든다.

순찰차 한 대가 마유미를 추월해 언덕길을 올라갔다.

무슨 일이라도 있었나? 머릿속에 준코의 비명소리가 메아리쳤다. 조급한 마음이 점점 커져 종종걸음으로 언덕길을 뛰어 올라갔다.

순찰차가 우리 집 앞에 서 있다. 아니, 다카하시 씨 댁이다.

구급차도 다카하시 씨 댁에 갔던 것일까? 집에서 나왔을 때보다 여기저기 이웃집에 불이 들어온 이유는 사이렌 소리에 잠이 깬 주민들이 주변을 기웃거리고 있기 때문이리라.

하지만 굳이 밖으로 나온 사람들은 없다……. 히바리가오카에 그런 천박한 구경꾼들은 없다. 아니, 세 명 있구나. 스팽글이 번쩍 거렸다.

고지마 사토코다. 잠옷 위로 얇은 카디건을 걸치고, 크로스백을 비스듬히 걸친 모습으로 커다란 문 그늘에서 바깥을 힐끔거리며 서 있다. 나머지 두 사람은…….

게이스케와 아야카가 현관 앞에 서서 앞집을 바라보고 있다.

아야카가 마유미의 모습을 발견했다. 소리 없이 이리 오라고 손짓을 한다. 호기심으로 가득 찬 얼굴. 게이스케도 마유미를 알아보고 마찬가지로 손짓을 한다. 하지만 표정은 심각해보였다.

다카하시 씨 댁에 무슨 일이 생긴 걸까. 온 집 안에 불이 켜져 있고 현관문이 활짝 열려 있다. 걸음을 멈추고 저택 안을 들여다보고 싶은 충동에 휩싸였지만, 손짓을 따라 그대로 등을 떠밀리듯이 집 안으로 들어오자 뒤에서 문이 덜컥 잠겼다.

혹시 이 두 사람은 불구경이나 하려고 밖에 나와 있었던 게 아니라 나를 걱정했는지도 모른다. 데리러 가는 편이 나을까 하는 이야기를 나누면서.

그런 생각도 잠시, 아야카가 묘하게 들뜬 목소리로 말했다.

"앞집 아저씨, 머리를 얻어맞고 실려갔대."

"다카하시 씨가? 그런 건 또 어떻게 알았어?"

"그야 구급대원이 무선으로 그런 말을 했으니까 알지. 그러더니 경찰차까지 오더라니까. 이거, 아까 시끌벅적했을 때 그런 거겠지, 틀림없이? 그럼 샌님이 한 짓이잖아. 난 분명 자기 엄마하고 싸우는 줄 알았는데 아빠하고 싸웠나봐."

"잘 알지도 못하면서 그런 소리 하면 못써. 그냥 다친 걸지도 모르잖니. 게다가⋯⋯."

만약 그렇다면 신지가 그렇게 태연한 얼굴로 편의점에 있을 턱이 없다.

"뭐야? 제일 먼저 난리라도 난 줄 알고 어쩌면 좋으냐고 내 방까지 달려온 건 당신이잖아."

"하지만⋯⋯ 무서우니까 그랬지."

"그렇다고 아이한테 매달려? 보통은 아이가 휘말리지 않도록 노력하는 게 부모 아냐?"

"그게 무슨⋯⋯."

"나는 무슨 일인지도 몰랐는데 당신이 멋대로 내 방에 들어와서 창문을 열었잖아. 당신이 쓸데없는 짓을 해서 나까지 휘말린 거야. 만약에 앞집 아저씨가 죽으면 그것 때문에 트라우마가 생길지도 모르잖아. 사립 고등학교에 가라면서? 떨어지면 이번에도 당신 탓이야. 내 인생을 어떻게 책임질 건데?"

당신, 당신. 몇 번이나 그렇게 불렀을까. 아야카의 목소리가 서서히 날카로워진다. 어째서 그런 얘기로 이어지는 걸까? 이해할 수가 없다. 게이스케를 보며 도움을 요청했다. 두 사람의 대화를 멍하니 보고만 있는 남편.

"대체 무슨 일이 생겼는지는 모르지만, 그렇게 큰 소리를 내면 경찰이 우리 집에도 올지 몰라."

게이스케는 아야카 쪽으로 고개를 돌리고는 있지만 눈은 맞추지 않는다.

어째서 이 사람은 늘 이 모양일까. 문제의 본질은 건드리지 않고 장소라거나 목소리가 크다거나 하는 핑계를 들먹이며 누구누구한테 혼난다는 식으로 말한다.

엄마한테 혼난다. 학교 선생님한테 혼난다. 가게 직원한테 혼난다. 저기 앉아 있는 무서운 아저씨한테 혼난다. 경찰한테 혼난다.

당신이 직접 화내. 당신이 늘 책임을 전가하니까 아야카도 자기 문제를 남 탓으로 돌리면 된다고 생각하는 거야. 그 덤터기를 누가 뒤집어쓰는 줄 알아? 지금도 자기를 부르지 않았다면 아야카가 히스테리를 부리기 전에 목욕이나 하려고 타이밍을 재고 있었을 게 틀림없다.

"아저씨는 아무것도 모르면서 끼어들지 마. 어차피 있어봤자 아무 도움도 안 될 테니까. 얼른 목욕이나 하고 오지 그래?"

아야카도 알고 있다. 딸이 건방진 소리를 하는데도 게이스케는 실실 웃으며 머리를 긁적이고 있다.

"그럴까. 아야카는 벌써 씻었니?"

"보면 몰라?"

아야카가 쌀쌀맞게 대답했다.

마유미는 한숨을 쉬었다. 일단은 오늘 하루를 원만하게 마치고 싶다.

"어쨌든 오늘은 늦었으니 그만 잠이나 자자. 내일 날이 밝으면 앞집에서 무슨 일이 있었는지 알 수 있을 테고, 분명 별일 아닐 거야."

시계를 보니 벌써 2시를 바라보고 있었다. 아야카도 졸음이 울화를 능가했는지 2층으로 올라갔고, 게이스케도 욕실로 향했다. ……상황 종료다.

문단속을 확인하는 척하면서 앞집을 바라보는 창문 커튼을 살짝 젖혔다. 한 대만 서 있던 경찰차가 두 대로 늘었다. 전혀 눈치도 못 챘다. 다시 가슴이 울렁거리는 감각에 사로잡혔지만 틈새로 엿보다가 들키면 경찰에 주의를 들을 것 같아 허둥지둥 커튼을 쳤다.

창문만 닫으면 바깥 소리는 들어오지 않는다.

우리 집하고는 상관없는 일이다.

오전 7시.

경찰이 찾아왔다.

아침 식사를 하는 아야카와 게이스케를 주방에 남겨두고 요동치는 심장을 억누르며 현관으로 나갔다. 제복을 입은 경찰관이 아니라 현경(県警) 형사라는 양복 차림의 남자 두 명이 서 있었다. 나이 많은 쪽이 요코야마, 젊은 쪽이 후지카와라 했다.

"잠시 몇 마디 여쭙고 싶습니다만."

후지카와가 시원스런 목소리로 말했다.

예상치 못한 갑작스러운 일이 아니다. 새벽녘까지 잠을 이루지 못했던 마유미는 만약 경찰이 탐문하러 오면 어쩌나, 내내 고민하고 있었다.

우리 집은 창문을 닫아놓아서 목소리도, 소음도, 아무 소리도 듣지 못했어요.

그래서야 오히려 무슨 소리를 들었다고 선전하는 꼴이다. 아무 소리도 듣지 못했다. 아무것도 몰랐다. 그런 확신을 주려면 어쨌든 무슨 질문을 해도 지금 처음 듣는 소리인 것처럼 놀라는 척해야 한다.

어머나, 그래요?

……이게 좋겠다.

"부인, 어젯밤 12시 넘어 편의점에 가셨지요? '스마일마트 히바리가오카 점' 에."

'어머나, 그래요?' 로는 대답할 수 없다. 비명소리를 듣지 못했느냐, 수상한 기척은 없었느냐, 그런 질문이 아니란 말인가?

"예, 갔습니다. 급하게 필요한 물건이 있어서요. 아, 그리고 아이스크림하고 빵하고 맥주 안주도 샀어요."

생리용품도 확실히 말해야 했을까? "영수증을 보여드릴까요?" 하고 물었지만 상대는 "괜찮습니다"라는 말로 사양했다. 경찰은 마유미가 산 물건에는 관심이 없는 눈치였다.

"그때 앞집에 사는 다카하시 신지 군을 만나지 않았습니까?"

이것 역시 '어머나, 그래요?'로 대답할 수 없다.

어째서 이런 질문을 하는 걸까? 역시 신지가 무슨 짓을 했나? 모르는 일이라고 말하는 편이 나을까? 하지만 편의점에 간 시간까지 알고 있을 정도니 점원에게 신지와 이야기하는 모습을 보았다는 증언을 듣고 우리 집에 왔는지도 모른다. 어떻게 나인 줄 알았을까? 방범 카메라인가? 아니, 포인트 카드로 알았겠구나. 콘서트 티켓을 예약할 때 권하기에 만들었는데, 괜한 짓을 했다.

"만났습니다."

이 한마디를 대답하는 데도 몹시 망설여졌다. 내가 무슨 나쁜 짓을 했다고 자백하는 기분이었다.

"그때의 상황을 상세히 알려주시겠습니까?"

무슨 일이 생겼고 어째서 이런 질문을 하는지, 아무 설명도 듣지 못하고 어젯밤 있었던 일을 말했다.

딸아이 부탁으로 편의점에 갔는데 신지가 만화 잡지를 훑어보고 있었다. 신지는 예의바르게 인사를 하고 과자와 스포츠 음료가 든 바구니를 들고 계산대로 갔는데, 지갑을 깜빡했다는 사실을 깨닫고 천 엔만 빌려달라고 했다. 하지만 하필 천 엔짜리가 하나도 없어 만 엔짜리 지폐를 건넸다. 신지는 또박또박 인사를 하고 돈은 내일 갚겠다며 계산을 마치고 가게에서 나갔다.

떨리는 가슴으로 이야기했지만 끝나고 보니 이게 어때서? 싶은 내용이었다.

"만 엔을 건네셨군요."

요코야마가 말했다.

"아이에게 빌려주기에는 큰돈인데, 거스름돈을 그 자리에서 먼저 받지는 않으셨습니까?"

요코야마가 말을 받았다.

"바로 앞집인데다 믿을 수 있는 아이라 그러지는 않았습니다. 게다가…… 계산을 같이 할까 하는 생각도 들었지만 생리용품을 사야 해서 그러기가 약간 거북했어요."

형사는 그 밖에도 몇 가지 질문을 했다.

"신지 군의 복장은?"

"검은 티셔츠에 반바지라고 해야 하나, 무릎 아래로 약간 내려오는 길이의 짙은 녹색 바지를 입고 있었어요. 발은 잘 보지 않았지만 분명 운동화였던 것 같습니다. 얼룩? 그런 건 특별히 없었던 것 같은데요."

"가게에서 신지 군의 모습은?"

"평소에도 그리 잘 아는 편은 아니지만 밖에서 만나면 늘 꼬박꼬박 인사를 해요. 그래서 착한 아이구나 싶었지요. 어제도 인사를 잊지 않았어요. 밤길 조심하세요, 하고 상냥한 말까지 해주더군요. 물론 웃는 얼굴로요."

"가게에서 나온 신지 군은 어느 쪽으로 갔습니까?"

"글쎄요…… 거기까지는 보지 않았는데, 집으로 돌아가지 않았겠어요?"

"신지 군은 걸어서 왔던가요?"

"글쎄, 거기까지는 못 봤다니까요. 하지만 걸어왔을 거예요. 저희도 그렇지만, 자전거를 타면 갈 때는 내리막이라 편하지만 돌아올 때는 거의 끌고 올라와야 하니까요."

"끝으로, 신지 군은 돈을 갚았습니까?"

"아뇨. 무슨 일이 있었던 모양이고……. 그게 아니더라도 학교에 가기에는 아직 이른 시간이고 하니, 이런 시간에 찾아가면 상식에 어긋난다고 마음을 쓰는 것 아니겠어요? 어머나, 죄송해요. 형사님들 얘기는 아니에요."

두 형사는 마유미에게 이른 아침에 찾아온 것을 사과하고 고맙다는 말을 했다. 그럭저럭 큰 탈 없이 끝났다. 작게 한숨을 쉬었다.

"그래요, 하나만 더. 어젯밤, 뭔가 이상한 점은 없었습니까?"

후지카와가 말했다.

처음에 예상했던 질문이다. 하지만 이조차도 '어머나, 그래요?'로는 끝낼 수 없다. 하지만 이만큼이나 이야기했으니 이제 와서 아무런들 어떠랴. 빨리 벗어나고 싶다.

"아니요, 아무것도."

힘없이 중얼거리며 두 형사를 보냈다.

주방으로 돌아오니 아야카가 흥미진진한 얼굴을 들이댔다.

"굉장하다! 앞집 얘기지? 샌님 이름이 들리던데, 무슨 짓이라도 했대?"

"그런 말은 한마디도 없던데. 어젯밤 편의점에서 신지를 만났냐고 물은 것뿐이야."

"어? 샌님을 만났어? 왜 어제 얘기 안 했어? 그래, 뭔가 태도가 이상해서 그랬던 거지? 아줌마 성격에 모르는 척해줘야겠다고 생각한 거 아냐?"

"아니야. 평소하고 똑같아서 그랬던 거야. 아야카한테 서로 공부 힘내자고 전해달라는 말도 들었어."

"뭐야, 그거. 빈정대는 거야?"

"됐으니 빨리 옷 갈아입으렴. 지각하겠다."

아야카가 "네에" 하고 불만 가득한 얼굴로 대답하며 세면실로 향했다. 히스테리 스위치가 아침에 켜지는 일은 드물다. 하지만 그와는 별개로 오늘은 유난히 기분이 좋아 보였다.

신문을 읽으면서 두 사람을 힐끔힐끔 살피던 게이스케도 자리에서 일어났다.

잠시 후 아야카가 준비를 마치고 현관으로 향했다. 마유미는 현관까지 따라가서 배웅하지는 않는다. 아침 식탁을 정리하면서 "잘 다녀와"라고 말했다. 문을 여닫는 소리가 들리더니 바로 문이 다시 열리면서 이쪽으로 헐레벌떡 달려오는 발소리가 들렸다.

"잠깐 와봐. 굉장해! 앞집에 노란 테이프를 쳐놨어. 경찰차도 서 있고. 보통 일이 아닌 것 같아."

아야카에게 손을 붙잡혀 밖으로 나가니 상상 이상으로 거창하게 두른 출입금지 테이프와 경찰관이 번갈아 들락거리는 모습이 보였다.

"애들한테 자랑해야지."

아야카가 교복 주머니에서 휴대전화를 꺼냈다. 설마 이 광경을 찍을 셈인가?

"그만둬. 경찰한테 혼나."

목소리를 낮추어 야단치자 아야카는 가볍게 혀를 차더니 아쉽다는 듯이 휴대전화를 주머니에 도로 넣었다.

"그래도 뭐 좀 알아내면 메시지 보내."

천박한 호기심을 훤히 드러내는 딸을 보니 한숨이 절로 나온다. 하지만 거절하면 학교에 가지 않겠다고 말할 게 빤했다.

"알았어."

그렇게 말하며 배웅했다.

오전 9시.

게이스케를 배웅한 뒤, 마유미는 차를 끌고 파트타이머로 일하는 슈퍼마켓으로 향했다. 주유비는 나오지 않지만 히바리가오카 주민들이 즐겨 찾는 근처 슈퍼마켓에서 일하는 것에 비하면 다소의 지출은 참을 수 있다.

평일인데다 세일이 끝난 이튿날이라 가게는 유난히 한산했다. 계산대에 서 있는 내내 어젯밤 일을 생각했다.

밤 10시 넘어 다카하시 씨 댁에서 들린, 아마도 준코의 목소리였을 비명. 신지의 목소리 같았던 고함.

0시 20분, 편의점에서 신지를 만났고 구급차가 가게 앞을 지나가는 소리가 들렸다. 신지와 헤어져 일용품을 사고 집으로 돌아온 것이 0시 40분 경. 도중에 구급차가 지나갔고 경찰차가 앞질러 갔다.

아야카 말로는 구급차로 실려 간 사람은 다카하시 집안의 가장 인 히로유키이고 머리를 얻어맞았다고 했다.

도둑일까? 아니면 준코, 히나코, 역시…… 신지? 그때 머리를 얻어맞았던 걸까? 하지만 편의점에서 신지를 만났을 때는 그런 다급한 낌새가 전혀 없었다. 그렇다면 히로유키는 신지가 집을 비운 사이에 다친 걸까?

다쳐? 하지만 아침부터 경찰이 그렇게 많이 있다니 어지간히 심각한 상태일지도 모른다. 살아 있기는 할까……. 그만두자, 불길한 생각은.

오후 5시.

손에 잡히지 않는 일을 마치고 집으로 향하는데 히바리가오카 에 접어들었을 때 경찰관이 차를 세웠다. 교통 통제를 실시하는 모양이다. 면허증을 보여주고 히바리가오카 주소를 확인받은 후에야 겨우 집에 돌아올 수 있었다. 하지만 집 앞에는 자동차가 기다랗게 꼬리를 물고 있었다.

보도 차량이다. 창문을 열고 "차 좀 지나갈게요" 하면서 겨우 현관 옆 주차장에 차를 넣었다. 밖으로 나오니 보도 관계자로 보이는 남자가 쪼르르 달려왔다.

"말씀 좀 여쭤도 되겠습니까?"

나야말로 무슨 일인지 좀 알고 싶다. 아니, 그보다도 나한테 묻지 좀 말았으면. 나는 아무 상관도 없으니까.

말없이 현관으로 이어지는 계단을 올라 집 안으로 뛰어들었다. 거실에서 텔레비전 소리가 들린다. 거실로 들어가니 아야카가 얼굴 한가득 웃음을 머금고 텔레비전 화면을 가리켰다.

"봐, 봐, 엄청나. 살인사건이래."

텔레비전을 보니 눈에 익은 집이 비쳤다.

고풍스러운 양옥 스타일의 훌륭한 저택.

비좁은 도로 하나 건너 앞집에서 무슨 사건이 일어났는지 텔레비전을 통해 알게 되었다.

4일 오전 0시 20분 경, 지역 소방서에 '남편이 다쳤다'는 신고가 들어왔다. 구급대원이 출동해 보니 다카하시 히로유키 씨가 후두부에서 피를 흘리며 쓰러져 있었다. 사건일 가능성이 있다고 본 구급대원은 지역 경찰서에 신고. 다카하시 씨는 병원으로 이송된 지 얼마 지나지 않아 사망하였다.

경찰 조사에 의하면 부인 준코 용의자는 '내가 집에 있던 장식품으로 남편을 때렸다'고 진술. 사건 당시 함께 거주하는 장녀와 차남은 집을 비운 상태로, 경찰에서는 다카하시 씨와 부인 사이에 모종의 트러블이 있었던 것으로 보고 수사를 진행하고 있다.

텔레비전 화면 속 광경은 틀림없이 다카하시 저택이지만 마유미에게는 어딘가 알지 못하는 머나먼 동네에서 일어난 사건 같았다. 아이스크림을 먹으며 텔레비전에 들러붙어 있던 아야카가 화면이 광고로 바뀌자 마유미 쪽을 돌아보았다.

"가족이 집을 비웠다니, 샌님, 어제 있었잖아. 그 목소리는 분명 샌님이었고, 엄마도 편의점에서 만났다면서? 나 잠깐 나가서 경찰한테 그렇게 말하고 올까봐."

"그만둬. 가장이 죽었다는데 그런 목소리를 들었다고 하면 우리가 사람이 죽는 걸 눈뜨고 빤히 보고 있었다고 오해하잖니!"

"그런가? 역시 위험하겠지? 아무것도 몰랐다고 말하는 게 제일 무난하겠지? 분명 여기 이웃 사람들 다들 그렇게 대답할걸. 무슨 나쁜 짓 한 것도 아닌데 거짓말을 해야 하다니, 왠지 기분 나빠."

아야카는 그렇게 말하더니 2층으로 올라갔다. 마유미는 빈 아이스크림 컵을 한 번 씻어 쓰레기통에 버렸다. 어젯밤, 신지를 만났던 편의점에서 사 온 아이스크림이다.

분명 꺼림칙하기는 하다.

가능하다면 피하고 싶은 일이지만, 앞으로 다카하시 가족에 대해서는 누가 물어도 무난한 대답을 하겠지.

금슬 좋은 부부였어요. 부군은 훌륭한 분이고, 부인도 친절하고, 아이들도 예의 바르고 명랑한데 그런 사건이 일어났다니…… 정말 믿을 수가 없군요.

오히려 저희 집에서 일어난 사건이라면 그나마 믿겠어요.

마유미는 끈적거리는 손끝을 바라보며 어젯밤 투명한 필름이 자신의 몸을 감쌌던 감각을 떠올렸다. 그때 도어폰이 울리지 않았다면 아야카에게 무슨 짓을 했을지도 모른다. 단 하나뿐인 소중한 딸인데 그 순간에는 전혀 모르는 남, 아니, 소름끼치는 짐승처럼 보였다.

살인사건은 우리 집에서 일어났을지도 모른다.

그렇다. 틀림없이 그 소리를 들은 이웃 사람들은 우리 집에서 무슨 일이 생겼다고 생각했을 것이다. 다카하시 씨 댁인 줄 알고는 놀랐을 테지.

대체 그림처럼 행복한 그 집에 무슨 일이 생긴 걸까?

❖

오전 10시.

집 앞은 서서히 정적을 되찾았다. 준코가 자백한 점과, 어느 이웃에 물어도 좋은 소문밖에 들리지 않아 더 이상 흥미로운 정보를 얻지 못하겠다고 판단한 걸까?

파트타임은 쉬는 날이었다. 슈퍼마켓 동료들은 마유미가 히바리가오카에 사는 줄 모른다. 하지만 같은 시내에서 일어난 살인사건이니 오늘은 온통 다카하시 가족 이야기 일색일 것이다. 설마 히바리가오카에서 그런 일이, 하고 수다에 끼기는 싫었다.

쉬는 날이라 다행이다.

아야카와 게이스케를 보내고 한숨 돌리고 있는데 도어폰이 울렸다. 처음 보는 얼굴이면 없는 척하려 했는데, 모니터에 비친 사람은 사토코였다. 바깥 상황을 살피면서 문을 살짝 열자마자 통통한 몸으로 비집고 들어온다. 스팽글이 문 가장자리에 걸리는 바람에 황급히 문을 활짝 열었다.

요즘 아이들은 스팽글이 뭔지나 알까?

금색 반짝이가 붙은 크로스백. 아야카는 사토코를 '별가방'이라고 부른다.

한시도 몸에서 떼지 않고 가지고 다니는 그 가방 안에는 대체 뭐가 들었을까?

"어머나, 실례해요. 이거 선물로 받은 건데 괜찮으면 좀 들어봐요."

사토코는 두 손으로 끌어안고 있던 멜론 하나를 마유미에게 내밀었다. 하지만 그런 용건으로 온 것 같지는 않았다.

"잠깐 시간 있어요?" 목소리를 낮춘다.

현관에서 말하기는 좀 뭣해서 사토코를 거실로 들였다.

"큰일 났어요. 무서워서 밤에 잠도 안 오지 뭐야."

홍차를 끓이는 사이, 사토코는 그렇게 몇 번이나 되풀이했다. 큰일이라는 부분에는 동의할 수 있다. 하지만 뭐가 무서운지 마유미는 알 수가 없었다.

"댁에도 오지 않았어요? 형사 말이야. 신지 군을 보지 못했습니까, 하고."

사토코가 필요 이상으로 목소리를 낮추고 주위를 살피며 말했다.

"네……."

그런 막연한 질문은 아니었지만 사토코에게 곧이곧대로 말할 필요는 없다.

"아무래도 신지가 행방불명인 모양이야."

사토코는 취재하러 온 보도 관계자들을 붙잡고 꼬치꼬치 캐물은 듯했다.

사건 당일 밤, 히나코는 같은 반 친구 집에 자러 가느라 집을 비웠다. 어제부터는 친척 집에 있다고 한다. 하지만 신지는 집에 있다가 사건이 일어난 시각에만 히바리가오카 편의점에 가 있었고, 그 다음부터 행방이 묘연했다.

집에는 휴대전화와 지갑이 그대로 남아 있었다고 한다.

"난 말이지, 준코 씨가 자수는 했지만 경찰이 신지를 의심하는 것 같아요. 아버지를 폭행한 신지가 겁을 먹고 빈손으로 허둥지둥 집에서 뛰쳐나왔다, 이게 앞뒤가 맞는 것 같지 않아요? 하지만 가진 돈이 없잖아. 그러니 의외로 이 근처에 숨어 있을지도 모르지. 그런 생각을 하면 우리 집에 숨어 있는 게 아닐까 싶어 덜컥 겁이 나지 뭐야. 댁도 문단속은 단단히 하는 게 좋아요."

그러더니 사토코는 한바탕 불평을 쏟아놓고 돌아갔다.

모처럼 2세대 주택을 지었는데 이런 사건이 생겼으니, 아들 내외가 해외에서 돌아와도 과연 함께 살려고 할지 어쩔지…….

마유미는 사토코의 이야기를 떠올렸다.

편의점에서 나온 후부터 신지의 행방이 묘연하다.

지갑도 휴대전화도 없이 집을 나온 신지. 사람들이 의심하는 것처럼 신지가 히로유키를 폭행한 후, 자기가 한 짓에 겁을 집어먹고 충동적으로 집을 뛰쳐나간 것일까? 하지만 편의점에서 만난 신지에게 그런 낌새는 없었다. 공부하다가 바람이나 쐴 겸 잠깐 나왔을 뿐. 그런 식으로밖에 보이지 않았다.

그 사이에 준코는 장식품으로 남편을 때려죽이고 말았다.

그렇게 짧은 시간에 그럴 수가 있을까? 아니면 편의점은 신지의 알리바이 조작일까? 어쨌든 신지는 분명 집에 돌아가려 했을 것이다. 지갑과 휴대전화는 그 또래 아이들에게 목숨 다음으로 소중한 보물이니까.

하지만 돈을 손에 넣자 생각이 바뀌었다.

우연히 만난 앞집 아줌마에게 천 엔을 빌려달라고 했더니 만 엔을 받았다. 그래서, 도망쳤다…….

신지의 행방불명은 어쩌면 내 탓인지도 모른다.

그런 줄은 꿈에도 모르고 경찰에게 신지에게 만 엔을 빌려주었다는 말을 하고 말았다. 이 여자가 돈을 주었구나, 하고 생각했을 것이다.

혹시나 무슨 죄가 될까? 아니, 그게 문제가 아니다. 만일 앞으로 신지가 어디 먼 곳에서 범죄를 저지른다면? 자살이라도 한다면? 그것도 내 잘못으로 돌아오지는 않을까?

리모컨을 들어 텔레비전을 켰다. 채널을 돌리고, 돌리고, 또 돌린다. 요리, 영화, 애완동물. 어디나 느긋한 프로그램뿐. 신지 소식은 어떻게 해야 알 수 있을까? 리모컨을 내려놓고 두 손을 모았다.

한시라도 빨리, 아무 일 없이 신지를 찾아야 할 텐데.

히로유키를 살해한 사람은 바로 준코고, 신지는 무서워서 친구 집이나 친척 집으로 도망쳤을 뿐이길 바랐다.

기도한들 무슨 소용일까. 창문으로 눈길을 돌렸다. 빗장도 커튼도 꼭꼭 채웠다. 어째서 그날 밤에는 그러지 않았을까? 사토코가 왔기 때문이다. 아야카가 히스테리만 부리지 않았더라면 사토코는 초콜릿을 들고 다카하시 씨 댁을 찾아갔을지도 모른다.

활짝 연 창문으로 뛰어든 것은 무엇이었을까? 마유미는 아직 알지 못한다.

【7월 3일(수) 오후 7시 40분~7월 5일(금) 오전 11시】

2
다카하시 가족

오후 9시.

아래층에서 들리는 목소리에 스즈키 아유미가 눈살을 찌푸렸다.

"잠깐, 저녁을 안 먹겠다니 무슨 소리니?"

"안 먹는다면 안 먹는 줄 알아."

"너 또 햄버거 먹고 왔지?"

"잔소리 좀 그만해. 내가 밖에서 뭘 먹든 무슨 상관이야? 내 용돈으로 사 먹는데."

"그런 문제가 아니잖니. 히로키, 지금이 성장기라고 내가 늘 말했지? 엄마는 매일 너희에게 가장 좋은 메뉴를 고민하는 거야."

"어이쿠, 또 전쟁이네. 정말이지, 친구가 놀러왔을 때만이라도 얌전히 있어주면 좀 어때서. 저거 한참 갈 텐데. 히나코, 그냥 무시해."

다카하시 히나코는 아래층에 잠깐 귀를 기울였다가 별일 아니라는 듯 샐쭉 웃었다.

사립 여학교 중등부에 입학하면서 친구가 된 아유미네 집에는 전에도 놀러 온 적이 있었다. 요리교실 강사라는 아유미의 어머니가 손수 만든 요리를 얻어먹은 적도 몇 번이나 있고 가족 모두와 함께 식탁에 앉은 적도 있다.

그때도 아유미의 어머니는 밥을 남기려는 아유미와 채소를 남기려는 남동생 히로키에게 이런 소리로 야단을 쳤다. 맥주 안주가 된장국이라니 이게 뭐냐고 묻는 아유미의 아버지에게도 가막조개가 간 기능에 좋다는 점을 길게 설명했다.

히나코 역시 '꼭꼭 씹어 먹어야지'라는 잔소리를 들은 적이 있다. 부모나 선생님에게도 혼난 적이 없다 보니 이웃 어른에게 야단맞기는 처음이었지만 전혀 불쾌하지 않았다. 가족 모두를 걱정하는 어머니를 부러워했을 정도다.

"이런 건 전쟁 축에도 안 들어."

히나코는 테이블 위의 감자칩을 집어먹었다. 어차피 밤새 다 먹어치울 테니 봉지를 확 뜯어버리는 편이 먹기 편한데, 아유미의 방에서는 그럴 수가 없다.

"하지만 히나코네 집에서는 상상도 못하지? 어머니도 우아하시고, 신지도 반항 안 할 것 같아."

"확실히 우리 집은 그런 일이 없는데, 앞집이 끔찍해. 신지하고 동갑내기 여자애가 있는데 일주일에 한 번은 전쟁이야."

고요한 밤의 주택가에 울려 퍼지는 쇳소리를 떠올렸다.

"히바리가오카인데 그래?"

"무슨 상관이람. 그냥 주택가인데, 뭐."

전체적으로 보면 훌륭한 저택이나 품위 있는 사람들이 차지하는 비율이 다른 주택가보다 월등히 높겠지만, 앞집이 그 모양이니 도저히 특별한 곳에 사는 기분이 들지 않는다.

"어떤 애야?"

"겉모습은 평범해. 수수한 건 아닌데 학교에서도 별로 눈에 띄지 않는 타입이랄까?"

몸을 웅크린 작은 동물 같은 모습을 떠올렸다.

"그런데 전쟁을 해?"

"엄마를 빌어먹을 할망구라고 부르면서 고래고래 고함을 지르질 않나, 온갖 소리를 다 해."

"그런 애는 꼭 있더라. 집 안에서만 대장 노릇한다고 하나? 밖에서는 얌전한 주제에 집에 돌아오면 부모한테 화풀이하는 거지. 무슨 불만이 있어서 그럴까?"

"……입시에 떨어진 것 같더라. 어차피 난 떨어졌어, 사립, 사립, 시끄러워, 빌어먹을 할망구야, 어쩌고 하면서 꽥꽥거려."

히나코가 다니는 학교에 떨어졌다는 사실도 알고 있다. 히나코역시 입시 공부는 했지만 딱히 고생은 하지 않았다.

"최악이다. 입 다물고 있으면 모를 텐데, 자기 입으로 이웃 사람들한테 떠벌리는 꼴이잖아. 본인은 모르는 거야?"

"아마 그럴걸. 다음날 아침에 집 앞에서 마주치면 아무렇지도

않게 고개 숙여 인사를 하거든. 무슨 귀한 집 아가씨라도 되는 것
처럼 얌전히 말이야. 웃음을 참느라 얼마나 힘든지 몰라."

"머릿속으로 부모님이 돌아가시는 상상이라도 해야 하는 거
아냐?"

"맞아, 맞아. 아빠가 죽는 상상도 하고 그래."

병원 침대에 창백한 얼굴로 드러누운 아버지의 모습을 떠올려
본다. 히나코의 손을 쥐며 훌륭한 어른이 되어야 한다, 하고 상냥
한 미소를 머금고 눈을 감는 아버지……

"큰일 났다, 진짜 눈물 나려고 해."

테이블 위에서 화장지를 뽑아 눈시울을 꾹 눌렀다. 가운뎃손가
락으로 누른 자리에 희미하게 눈물이 번졌다.

"히나코도 참. 그렇다고 눈물이 나? 그래도 이해는 가."

아유미는 몇 달 전 수업 시간에 인터넷 옥션을 하다가 휴대전화
를 빼앗긴 이야기를 했다. 잔소리꾼 학년주임에게 불려가 한 시간
가까이 설교를 들었는데, 화장으로 떡칠한 학년주임의 얼굴 한복
판에서 코털 한 가닥이 살랑거렸던 모양이다.

"아줌마가 되면 여자이길 포기하는 걸까? 정말, 내내 머릿속으
로 엄마가 죽는 상상을 했다니까."

"어떤 식으로?"

"불치병. 각오가 서린 엄청난 유언장까지 상상했더니 눈물이 뚝
뚝 떨어지는 거야. 그랬더니 그 인간이 글쎄 이러더라. 아유미, 그
정도로 반성하고 있구나."

기특하다는 표정으로 아유미의 어깨를 다독이는 학년주임의 모습이 눈에 선했다.

"아줌마들은 단순하다니까."

"그치? 웃음을 참을 땐 부모님 돌아가시는 상상이 딱이야."

아유미는 조례시간에 히나코가 죽는 상상을 했다가 엉엉 울음을 터뜨린 적도 있다. 웃음을 일시적으로 멈추려는 방편인데, 친구나 애인이 죽는 상상을 하면 이번에는 눈물이 그치지 않는 모양이다. 하지만 아유미가 자기를 위해 통곡해주다니 기뻤다.

"하지만 히나코는 아빠가 더 좋은가봐?"

"……오늘은 우연히 아빠였던 거야."

"난 아빠가 죽는 상상을 해도 과연 눈물이 날까 몰라. 아아, 그나저나 옥션 말이야, 순스케 포스터였는데 아까워."

아유미가 한숨을 쉬더니 별안간 감자칩 봉지 입구를 돌돌 말아 침대 밑에 처박았다.

아래층에서 발소리가 다가오더니 문이 열렸다.

"목욕물 데워놨다."

아유미의 어머니가 고개를 쏙 디밀었다. 코를 벌름거리며 방을 둘러본다.

"너희들, 감자칩 먹었지?"

"안 먹었어. 요전번 낮에 먹은 과자 냄새가 아직 남아 있는 거 아냐?"

아유미가 태연히 대답했다.

"그럼 됐고. 친구가 자고 간다고 이런 시간에 과자 부스러기 먹으면 안 돼. 야식으로 요구르트 젤리 만들고 있으니 목욕 다 하면 둘이서 먹으렴."

"네에."

아유미가 대답했다.

"그럼 편히 쉬려무나."

아유미의 어머니는 히나코에게 미소를 보이고 방에서 나갔다.

문이 닫히자마자 둘이서 얼굴을 마주보고 쓴웃음을 지었다. '과자 체크 기습 공격'은 늘 있는 일이다. 그래서 봉지를 활짝 뜯을 수가 없다.

"아슬아슬했네. 하지만 안심해. 다른 데 또 숨겨놨거든. 봐."

아유미가 침대 밑에서 먹다 만 감자칩 봉지와 탄산음료가 든 페트병을 꺼냈다.

"나도 잔뜩 가져왔어."

히나코도 가방을 끌어당겨 편의점 봉투를 꺼냈다.

"스마일마트 한정 푸딩이네. 그거 맛있더라. 밤은 길고……. 아, 왠지 두근거린다. 아예 신지가 모의고사 볼 때마다 자러 와라, 애."

"그랬다가는 그냥 너희 집 딸이 되겠다. 걔네 학교 모의고사가 얼마나 잦은데. 대충 치면 될 텐데, 섬세한 동생을 두면 고생이야."

일주일 전, 방에서 음악을 듣고 있던 히나코에게 모의고사 전날은 친구네 집에 가줄 수 없겠냐고 부탁한 것은 신지였다. 옆방 신지에게 방해가 될까봐 볼륨은 충분히 낮추었고, 신지 역시 3학년이 되고 처음 보는 모의고사도 아니고 앞으로도 시험은 몇 번이나 더 있다.

그때마다 나가라고 할 거야?

그렇게 묻자 이번 한 번이면 된다고 했다. 이번 성적을 토대로 여름방학 때 학부모 면담을 하니까.

"섬세한 성격이 신지의 장점이야. 외모도 순스케랑 살짝 닮았으니 부러워. 우리 히로키하고 바꿨으면 좋겠다. 히나코 동생이니까 머리도 좋을 테고, 우리 가족은 모두 대환영이야."

"그럴 수만 있다면야……."

신지가 스즈키 가족의 식탁에서 함께 머리를 맞대고 있는 모습을 상상해보았다. 밥 먹을 때는 공책 좀 놓고 오너라. 공부만 하지 말고 잘 챙겨먹고 몸을 움직여야지. 그런 말을 듣지 않을까? 농구 시합 때 도시락 싸서 응원 갈 테니 열심히 하렴, 이런 말도.

신지는 지금쯤 2층 구석방에서 책상을 마주보고 있을까? 내일 치를 모의고사를 위해서. 그렇게까지 죽어라 공부할 필요 없는데.

'누나 때문에 성적 떨어졌다는 말은 듣고 싶지 않아.'

오전 2시.

수다거리는 아직도 많지만 아무래도 시간이 이쯤 되니 과자를 먹을 기분이 나지 않는다. 입이 찢어져라 하품을 하면서 내일도 학교에 가야한다는 생각이 났다. 과자 부스러기를 치우고 잘 준비를 했다.

하지만 불을 끄고 아유미는 침대에, 히나코는 그 옆에 깐 이부자리에 들어간 순간 졸음이 어디론가 날아가버렸다. 한참 말없이 가만히 있었지만 눈꺼풀은 무거워질 생각을 하지 않는다.

"히나코, 자?"

"아니."

합숙 제2라운드 시작이다. 불을 끈 채로 몸을 일으켜 베개를 끌어안고 마주 앉았다.

"히나코, 요전번 너한테 고백한 애, 어쩔 거야?"

"거절할까봐."

"왜? 아까워. 제법 멋있었잖아."

"하지만 멍청해보여."

"역시 그게 문제네."

히나코는 이상이 너무 높다. 아버지가 의사이고 오빠도 유명 대학 의학부에 다녀서 그런다. 아유미가 종종 그런 말을 하지만 히나코는 특별히 자각한 적은 없다. 다만 상식 수준이 비슷한 남자친구가 아니면 함께 있어도 시시할 것 같았다.

"아유미도 음식엔 까다롭잖아."

"나도 모르게 엄마 요리하고 비교하게 되거든."

평소에는 도시락이라 학교 식당을 이용하는 일이 드물지만, 히나코는 어느 메뉴나 비교적 맛있다고 생각한다. 다른 학생들의 평판도 좋다. 하지만 아유미는 무엇을 주문해도 고개를 갸웃거리며 먹곤 했다.

"일반적인 수준에 비하면 평균 이상이라도 결국 집을 기준으로 비교하고 말아. 어떤 의미로는 그것도 고생인 것 같아."

어둠 속에서 핑크색 불이 들어오더니 음악이 흘러나왔다.

"내 전화야." 히나코가 테이블 위에서 휴대전화를 집었다. "……엄마 전화네."

통화 버튼을 눌렀다.

"엄마?"

"여보세요, 다카하시 히나코 씨 맞습니까?"

남자 목소리였다. 대답을 해야 할까……. 잠자코 뒷말을 기다렸다.

"S경찰서입니다. 다카하시 준코 씨 휴대전화로 따님인 히나코 씨 번호를 찾아 전화를 걸었습니다만, 본인 맞습니까?"

말투는 정중했다. 하지만 다짜고짜 경찰이라고 해도 무슨 용건인지 짐작도 가지 않는다. 머릿속에 '신분 사칭 사기'라는 단어가 떠올랐다.

"왜 그래?"

아유미가 소곤소곤 물었다.

"남자 목소리인데 경찰이래. 무시하고 끊는 게 나을까?"

"내가 받을까? 전에도 집에 장난 전화가 걸려왔는데 내가 물리친 적 있어."

아유미가 장난스러운 얼굴로 히나코의 손에서 휴대전화를 빼앗았다.

"전화 바꿨습니다."

약간 젠체하며 아줌마 목소리를 낸다.

아유미의 특기인 학년주임 흉내다. 그 목소리를 들으면 히나코
는 대각선 맞은편 집에 사는 고지마 사토코가 떠오르곤 했다. 전
화를 받을 때 한 음정 높은 목소리는 특히나 더 그랬다. 정원에 물
을 뿌리던 사토코가 요란한 크로스백에서 검정색 휴대전화를 꺼
내 수다를 떨기 시작했을 때와 똑같다. 사토코도 사기 전화는 한
방에 물리칠 것 같다.

하지만 아유미는 가만히 입을 다물고 있었다.

"그거, 정말이에요?"

연기하는 목소리가 아니었다. 아유미는 휴대전화를 한손에 들
고 일어나 불을 켰다. 왜 저럴까? 이 집 주소와 전화번호를 말하
고는 우체국 골목을 왼쪽으로 꺾으라는 둥 꼼꼼하게 설명하고 있
는데, 괜찮은 걸까?

걱정스러운 눈으로 쳐다보고 있는데 아유미가 전화를 끊었다.

"히나코, 큰일 났어. 너희 아버지가 병원에 실려 가셨대. 경찰이
지금 데리러 온다니까 빨리 준비하는 게 낫겠어."

그거야말로 속아 넘어간 게 아닐까? 전화 내용을 자세히 물으
려 했지만 아유미는 방에서 나가 큰 소리로 외쳤다.

"아빠! 엄마! 일어나!"

히나코는 일단 옷을 갈아입기로 했다. 교복과 평상복, 어느 옷
으로 갈아입어야 할까? 순간 망설이다가 가방 속에서 티셔츠와

청바지를 꺼냈다. 감자칩 냄새가 배어 있었다.

아버지가 병원에. 그건 늘 있는 일이다. 하지만 실려 갔다고 했다. 집에 돌아오는 길에 사고라도 당한 걸까?

앞유리가 깨진 감색 자동차를 상상할 수는 있었지만, 그 안에 있는 아버지의 모습을 떠올릴 수는 없었다.

짐을 꾸려 1층으로 내려가자 아유미네 가족들이 모두 모여 걱정스러운 눈길로 히나코를 바라보고 있었다.

"내가 같이 갈까?" 아유미가 말했다.

"어떻게 아이들만 가니. 나도 가야겠어." 아유미의 어머니가 말했다.

"여자들만 가봤자 불안할 테니 나도 가마." 아유미의 아버지가 말했다.

세 사람이 히나코를 보았다. 혼자서는 불안했지만 심야의 병원에 소란스러운 가족이 줄줄이 따라오는 것도 거북했다.

"바보 아냐? 이런 시간에 상관도 없는 사람들이 가봤자 민폐밖에 더 되겠어?"

히로키였다. 아유미가 뭐라 되받아치려 했지만 아유미의 어머니가 "맞는 말이네" 하고 동의했다.

"병원에 가면 가족 분들도 기다리실 테지." 아유미의 아버지도 말했다.

"미안해. 우리가 허둥대면 히나코만 불안할 텐데." 아유미가 말했다.

고개를 저으며 "고마워" 하고 중얼거리는데 눈물이 쏟아질 뻔했다.

도어폰이 울렸다. 다 함께 현관까지 가니 제복 차림의 여성 경찰관이 서 있었다.

"죄송해요, 가볼게요."

고개를 꾸벅 숙이고 구두를 신었다.

"언제든 괜찮으니 메시지 보내."

아유미가 히나코의 손을 움켜쥐었다. 그 손을 힘껏 맞잡고 스즈키 가족의 집을 뒤로 했다.

순찰차 뒷자리에 앉아 자동차가 출발한 뒤에 경찰관의 어깨 너머로 물었다.

"아버지는 괜찮은가요?"

"자세한 내용은 병원에 도착한 후 담당자가 설명할 겁니다."

그런 사무적인 대답만 돌아왔다.

아버지는 괜찮을까? 어머니하고 신지는 벌써 병원에 있을까? 요시유키 오빠한테는 연락했을까? 간사이 지역에서 자취하는 오빠는 달려온다고 해도 날이 밝은 후에나 도착할 것이다.

아니면 경찰은 멀리 사는 사람도 데리러 가줄까?

가족이 사고를 당했다고 경찰이 굳이 친구네 집까지 데리러 올 줄은 몰랐다. 전화로 소식을 알려준 것도 경찰이었다.

분명 어머니가 정신을 못 차렸을 테지. 그러면 신지가 전화를 걸면 될 텐데. 설마 내일이 모의고사라고 집에 남아 공부하고 있는 건 아니겠지.

'아빠가 죽었어.' (발신)
'내가 할 수 있는 일이 있으면 뭐든 말해.' (수신)
'왠지 엄마 잘못인 것 같아. 하지만 잘 모르겠어. 나한테는 아빠도 엄마도 못 만나게 해. 게다가 신지는 행방불명. 오빠하고는 전화 연결이 안 돼. 가족은 뿔뿔이 흩어지고 나는 이모 댁에서 대기.
……뭘 기다리라는 걸까?
어쨌든 경찰도 오늘 밤에는 어느 한쪽 소식만 전해주면 좋았을 텐데. 내 입장이 잘 이해가 안 되어서 어쩌면 좋을지 모르겠어. 돌아가신 아빠를 위해 펑펑 울 시간이라도 좀 주면 어때서.' (삭제)

✥

오전 10시.
히나코는 병원에서 밤을 새우고 경찰서에 다녀온 후, 아키코 이모와 함께 이모 집으로 향했다. 히바리가오카에서 해안을 바라보고 자동차로 30분쯤 내려가는 주택가에 있다. 경차 조수석에 히나코를 태우고 국도를 달리던 아키코는 주택가에 접어들기 바로 전에 '프레시 사이토'라는 슈퍼마켓 주차장으로 들어가 건물 바로 앞에서 차를 세웠다.
"여기서 파트타이머로 일하고 있거든. 잠깐 사무실에 들를 건데, 혹시 뭐 필요한 거 있니?"

히나코는 안전벨트를 맨 채로 말없이 고개를 가로저었다.

"먹고 싶은 건?"

한 번 더 똑같이 고개를 젓자 아키코는 가방을 들고 차에서 내려 손님용 자동문으로 들어갔다. 히나코는 통유리로 훤히 들여다보이는 가게 안을 그대로 멍하니 바라보았다.

손님은 드문드문했다. 평일 아침부터 장을 보러 오는 손님이 있다는 사실에 다소 놀랐다. 이 사람들은 무슨 일을 할까?

어머니는 늘 오후 4시쯤 히바리가오카 버스 정류장 앞에 있는 '호라이즌'이라는 슈퍼마켓에 장을 보러 다녔다. 초등학생 때는 학교에서 돌아오면 신지와 함께 따라다녔지만, 저녁에 뭐 먹고 싶니? 하고 묻는 말에 대답하려고 올려다본 어머니의 얼굴이 언제나 신지를 바라보고 있다는 사실을 알았을 때부터 슬며시 피하게 되었다.

이 시간에 장을 보러 온 모습을 보니 따라가겠다고 조르는 아이가 없는 사람들일지도 모른다.

자동문 옆에 커다란 포스터가 붙어 있다. 노란 도화지에 빨간 매직으로 쓴 손글씨. 계란 한 팩에 88엔. 굉장히 싼 가격일 것 같기는 하지만 히나코는 '호라이즌'의 계란이 얼마인지도 모른다.

사무실이라고 했는데, 아키코 이모는 뭘 하러 간 걸까? 잠시 일을 쉬겠다고 말하러 간 걸까? 이유를 묻는다면…… 언니가 남편을 죽여서 그런다고는 대답 못하겠지.

어라? 저 사람…….

유리 너머로 낯익은 얼굴이 눈에 들어왔다. 붉은 앞치마를 두르고 손님으로 보이는 노인의 바구니를 계산대에서 유리창 옆 카운터로 옮겨주고 있다.

앞집 아주머니다. 이런 곳에서 파트타이머로 일하는구나. 앞집에서 살인사건이 났는데도 태연하게 일이 손에 잡히는 걸까? 아니면 아무것도 모르는 걸까?

만약 나라면……. 앞집에서 살인사건이 터져도 역시 태연하게 학교에 다니지 않을까? 학교를 쉴 이유가 없다. 하지만 지금 나 역시 학교를 쉴 이유가 없지 않나? 경찰은 아버지의 시신이 돌아오려면 조금 더 기다려야 한다고 했다. 장례식도 그 다음이다.

바구니를 내려놓은 엔도 마유미가 주차장으로 시선을 돌렸다. 히나코는 동시에 몸을 웅크려 고개를 숙였다. 어째서 반사적으로 숨고 말았을까? 꺼림칙한 구석은 하나도 없는데.

아키코 이모가 계란이 든 봉투를 들고 돌아왔다. 이모는 그대로 차에 올라타 고개를 숙이고 있는 히나코를 흘깃 보았지만 말없이 시동을 걸었다. 히나코가 가만히 고개를 들자 마유미는 먼 곳을 바라보는 멍한 시선으로 계산대에 서 있었다.

아키코 이모의 집에 도착하자 현관 옆 거실로 들어갔다. 비교적 근처에 사는 이모 집인데도, 지은 지 5년 된 이 집에 오기는 이번이 두 번째였다. 어머니와 이모의 사이는 나쁘지 않지만, 외조부모가 돌아가신 친척들의 교류란 원래 그런 법이다.

"일단 뭐 좀 먹을까? 피곤하고 힘들겠지만 이런 때일수록 될 수 있는 대로 평소하고 똑같이 살아야지. 둘밖에 없으니 라면, 괜찮니?"

잠자코 고개를 끄덕였다. 식욕은 없지만, 그렇다고 달리 하고 싶은 일도 없다. 잠도 올 것 같지 않았다. 비일상적인 사실을 받아들이기 위해서는 일단 일상적인 행동을 취하는 편이 나을까? 하지만 라면은 히나코에게 일상이 아니었다.

어머니는 한 번도 식탁에 인스턴트식품을 올린 적이 없었다. 가족끼리 라면 가게에 간 적은 있지만 그마저도 손가락으로 꼽을 정도다. 중학생이 되자 인스턴트식품을 전면 금지당한 아유미와 둘이서, 부모님이 안 계실 때 몰래 처음으로 컵라면을 먹어보았다.

이렇게 맛있는 음식을 어째서 못 먹게 하는 걸까? 둘이서 정신없이 먹었다. 이 맛이 그리워지면 또 먹자고 약속했다. 그 후로 컵라면은 석 달에 한 번꼴로 먹고 있지만 봉지라면은 처음이다.

"계란은 어떻게 할래?"

주방 카운터 너머로 아키코 이모가 물었다.

"나는 늘 그대로 깨서 넣는데 언니는 풀어서 넣는 걸 좋아하니까, 히나코도 그게 좋으니?"

언니라니 누굴 말하는 걸까. 잠시 그런 생각을 하고 말았다.

"엄마가 인스턴트 라면을 먹었어?"

"응, 벌써 옛날 일이네. 네 외할머니 외할아버지가 가게를 해서 휴일 점심은 항상 언니가 만들어줬거든, 아이였으니까 늘 라면이었어."

눈앞에 라면 그릇이 놓였다. 왜된장으로 맛을 낸 향기로운 국물에 몽글몽글 샛노란 계란이 동동 떠 있다. 아키코 이모도 맞은편에 앉았다. 둘이서 손을 모으고 잘 먹겠다는 인사를 했다.

"맛있다. 나도 휴일 점심은 이런 게 좋은데."

"언니는 어떤 요리를 해줬니?"

"대낮부터 은근히 손이 많이 가는 음식들. 생선이나 채소 요리가 많았어. DHA니 구연산이니. 머리가 똑똑해지는 메뉴라니, 우습지?"

"히나코나 신지한테 좋으라고 그러는 거지. ……히나코, 집안 분위기는 어땠어?"

"그냥 평범했어."

그렇게 말하며 입 한가득 라면을 삼켰다. 아키코도 한숨을 한번 쉬고 젓가락을 고쳐 쥐었다. 둘이서 라면을 먹었다. 국물을 마시려는데 머릿속에서 목소리가 울렸다.

저런 걸 마시다니! 어쩜, 믿을 수가 없어. 지방과 염분 덩어리잖아!

아유미의 어머니다. 스즈키 가족의 집에서 저녁밥을 함께 먹으며 텔레비전을 보고 있을 때였다. 개그맨이 두 손으로 그릇을 받치고 유명한 가게의 라면 국물을 꿀꺽꿀꺽 들이켜는 모습을 보며 개탄스럽다는 듯이 말했다. 하지만 히로키는 아랑곳하지 않고 동아리 활동 끝나고 먹는 맛이 최고라고 했고, 아유미의 아버지도

술 한 잔 걸친 뒤에 먹어도 맛있다고 거들었다.

아유미의 어머니는 두 사람 다 대체 무슨 소리 하는 거냐고 투덜거리면서도, 하지만 확실히 맛있긴 하다고 중얼거렸고, 그 말을 들은 아유미와 히나코는 까르르 웃었다.

히나코의 집에서는 식사 시간에 텔레비전은 켜지 않는다. 이모네 집도 텔레비전은 꺼져 있다. 외조부모님의 교육 방침이 그랬던 걸까? 그런 생각도 들었지만 아닌 것 같았다. 아까 집에 들어왔을 때 아키코 이모는 비닐봉투를 테이블 위에 내려놓고 그대로 그 자리에 놓여 있던 리모컨으로 손을 뻗었다. 하지만 스위치는 켜지 않고 봉투를 들고 주방으로 들어갔다.

텔레비전을 켜려다가 머뭇거린 것이다. 우리 집 사건도 텔레비전에 나올까?

최근에 본 살인사건 뉴스를 떠올렸다. 사회 부적응자가 아버지를 칼로 찔러 죽인 사건. 살해 현장이 된 장소, 피해자의 사진, 가해자의 사진, 이웃 주민들의 증언.

우리 집의 경우라면 집 주변의 영상, 아버지의 사진, 어머니의 사진, 이웃……. 앞집 아줌마는 아무것도 모른다는 얼굴로 파트타이머로 일하는 슈퍼마켓에 있었다.

아키코 이모와 앞집 아줌마는 서로 친할까? 아키코 이모는 파트타임 동료가 언니네 앞집에 산다는 사실을, 그리고 앞집 아줌마는 파트타임 동료가 다카하시 준코의 여동생이라는 사실을 알고나 있을까?

젓가락을 내려놓자 아키코가 히나코의 컵에 보리차를 따라주었다.

"얘, 히나코. 사소한 일이라도 좋으니 이모한테 말해줘. 형부가 언니한테 폭력을 휘둘렀다거나……."

"아빠는 그런 짓 안 해! 가족 모두한테 상냥했어!"

그만 소리를 버럭 지르고 말았다. 하지만 아키코는 물러설 기미가 없었다.

"아이들이 못 보는 곳에서 무슨 다툼이 있었는지도 모르잖니."

"그런 일 없어. 아빠가 큰 소리 내는 건 들어본 적도 없단 말이야."

"그럼 어째서 이런 일이 생겼지? 경찰은 아무것도 알려주지 않고, 단서를 알 만한 사람은 히나코밖에 없는데. 그래, 신지! 신지 문제로 뭔가 다툰 적은 없었니? 내년에 고등학교 입학 시험을 치르잖아. 형부가 신지한테 의학부 합격률이 높은 학교에 가라고 강요했고, 언니는 그걸 감싸느라 말다툼을 벌였다든가."

"아빠는 신지한테 그런 기대 안 했어. 좋아하는 일을 하면 된다고, 나한테도 신지한테도 늘 그렇게 말했어. 뭐든 좋으니 일단은 꿈을 가져야 한다고. 그 꿈을 이루기 위해서라면 어떤 도움도 마다하지 않겠다고 했어."

"그거 아닐까? 요즘 아이들은 꿈을 가지라는 말을 들으면 굉장히 스트레스를 느낀다잖니."

"그만 좀 해. 이모는 그렇게 아빠를 나쁜 사람으로 몰아세우고 싶어?"

"그게 아니야. 언니가 사람을 죽이다니 믿을 수 없어서 그래. 말다툼 정도로 물건을 휘두를 사람이 아니잖니. 그러기 전에 말다툼이 되지도 않아. 분명 뭔가 있어. 나는 그렇게 믿어. 부모도 없고, 단 둘뿐인 자매인걸. 언니 편은 우리밖에 없단 말이야."

그것은 가해자 가족의 논리다. 히나코 역시 어머니가 누군지 모를 중년 남성을 때려죽였다면 폭행을 당할 뻔했다거나 협박을 당했다는 식으로 어머니를 옹호할 수 있는 동기를 고민했을지도 모른다.

하지만 피해자는 히나코의 아버지. 아키코 이모처럼 생각할 수는 없다. 오히려 이성을 되찾으면서 어머니에 대한 증오가 서서히 부풀어가는 것만 같았다.

"히나코는 아버지를 좋아할 테지. 얼굴도 많이 닮았고 분위기도 참 비슷해. 그럼 만약 아버지를 폭행한 게 신지였다고 하면 뭔가 짐작 가는 일이 있니?"

"……모르겠어."

힘없이 대답했다. 아직은 아키코처럼 한시라도 빨리 진상을 해명하고 싶은 마음이 들지 않았다. 하지만 경찰에게 들은 정보를 이해 못할 정도로 혼란스러운 것도 아니다. 다만 신지를 의심하는 마음은 어머니가 아버지를 죽였다는 소식을 들었을 때부터 가슴 깊숙이에 있었다.

"신지가 공부하는 데 방해되지 않도록 친구네 집에 가 있었지? 형부는 신지 마음대로 진로를 정해도 된다고 말했을지 모르지만,

신지는 아무리 그래도 아버지는 역시 의학부에 가기를 바랄 거라
고 스스로를 몰아세운 게 아닐까? 오늘은 무슨 과목을 볼 예정이
었어?"

"수학하고 과학."

"그것 봐. 역시 이과 과목이잖니. 의학부를 의식했다는 뜻이야.
형부는 그냥 공부 열심히 하고 있냐고 물었는데 그 말 한마디에
울컥 화가 치밀었는지도 몰라. 언니는 신지를 감싸고 있는 거야.
어머니란 원래 그런 법이고, 언니 성격이라면 충분히 그러고도
남아. 무엇보다 신지가 행방불명이라는 사실이 가장 큰 증거 아
니겠니?"

아키코는 행방불명이라는 단어에 힘을 실어 말하고 자리에서
일어섰다. 텅 빈 자기 그릇 위에 국물이 남은 히나코의 그릇을 포
개더니 그릇을 치우는 김에 생각났다는 듯이 리모컨을 들고 스위
치를 눌렀다.

둘이서 쭈뼛쭈뼛 화면을 쳐다보니 경쾌한 음악과 함께 치킨과
계절 채소를 토마토소스로 푹 삶은 요리가 큼직하게 비쳤다.

히나코가 좋아하는, 어머니의 특선 메뉴였다.

'히나코, 괜찮아? 도울 일 있으면 뭐든 말해.' (수신)
'고마워. 지금은 이모네 집이야. 라면을 먹었더니 기운이 나네. 된장
으로 국물 맛을 내고 계란을 풀어서 끓였는데 완전 맛있어!' (발신)

오후 9시 20분.

목욕을 마치고 2층 방으로 돌아가려고 계단에 발을 걸치다가 목욕탕이 비었다고 말하는 게 좋을까 싶어 거실로 향했다.

문손잡이를 잡으려는데 이모부 목소리가 들렸다.

식품회사에 다니는 이모부는 저녁 식사 전에 돌아와 셋이서 함께 식탁에 둘러앉았다. 히나코에게 힘들었겠구나, 하는 말은 했지만 사건에 대해서는 전혀 언급하지 않고 회사 험담만 우스꽝스럽게 늘어놓았다. 나름의 배려라는 걸 바로 알았지만 아저씨들이나 좋아하는 시시한 개그에 순순히 웃음이 나왔다. 하지만……

"역시 텔레비전에 나왔네. 이거 처형 집 아니야? 그나마 모자이크 처리는 했지만 한눈에 알겠어. 인근에서는 유명한 고급 주택지라고 떠드는군."

문을 열 수는 없었지만 텔레비전에 비친 집을 상상할 수는 있었다. 구역질이 치민다. 맨손으로 몸속을 후벼 파내는 듯한 감각. 제발 더럽히지 마.

히나코는 자라면서 차츰 고풍스러운 양옥 스타일의 집에서 세련미를 느꼈다. 의사와 건축가, 둘 중에 뭐가 될까 꽤나 고심했던 아버지가 건축가 친구와 함께 디자인한 집이었다.

'내가 한 사람 더 있었다면 반드시 건축가가 되었을 게다.'

히나코가 고등부에 갓 진학했을 무렵, 그런 말을 들었다. 히나코가 다니는 사립 여학교는 시험 없이 대학까지 그대로 올라가지만 건축학과는 없다. 1학년이 끝나갈 즈음 제출한 진로조사표에는 외부 시험 응시에 동그라미를 쳤다. 이과계 과목은 싫지 않았다.

"어이, 이거 우리 결혼식 때 사진 아니야? 세상에, 누가 제공한 거야? 재수 없게."

"모르는 일이에요. 하지만 우리가 아는 누구겠죠."

"저 애는 언제까지 우리 집에 있을 거지?"

"한동안은 여기서 돌봐주고 싶어요."

"말도 안 되는 소리. 형님 쪽 친척들이 어떻게 못한대?"

"학교에 다닐 수 있는 거리에 사는 친척은 없는 모양이고, 쉬는 동안만이라고 해도 불편하지 않겠어요? 그쪽에서 보면 가족이 죽은 거니 언니를 원망할지도 모르고, 히나코한테 그 불똥이 튀면 안쓰럽잖아요."

"우리 집은 가해자 가족이니까 괜찮다는 뜻이야?"

"왜 말을 그런 식으로……. 당신도 언니 성격을 알면 살인을 저지를 사람이 아니라는 것쯤은 알 거 아니에요."

"그 정도로 서로 오간 적도 없었잖아. 가난뱅이들하고는 아는 척도 하기 싫다는 듯이. 내가 신지하고 농구 이야기를 할 때도 수준 낮은 대화라는 듯이 쳐다보던데."

"난 아무래도 형부를 죽인 게 신지 같아요."

"그 생각은 나도 했어. 굳이 따지자면 그 편이 차라리 나아. 아직 못 찾았대?"

"연락은 없어요. ……하지만 시간문제겠죠. 그러니 언니가 감싸고돌아도 신지를 찾으면 혐의는 풀릴 거예요. 신지가 범인이라면 그건 이제 형부하고 신지 사이의 문제잖아요. 언니도 피해자일지 모르고."

"하지만 이미 처형 이름까지 나왔어. 성은 다르지만 옛날 친구들은 금세 눈치 채지 않을까? 고향 땅이 아니라 그나마 다행이지만. 그보다 저 애가 여기 있는 시점에서 이미 문제는 끝난 거야."

"그럼 어쩌면 좋아요?"

"일단 중요한 시기이니 더 이상 휘말리지 않도록 해야지."

발소리를 죽여 문에서 떨어졌다. 눈물은 나오지 않았다.

휘말리고 싶지 않은 건 당연한 일이다. 그럼 내 입장은 어떨까. 가해자도 아니고 피해자도 아니고, 사건 현장에 있었던 당사자도 아니다. 하지만 억울하게 휘말렸다고 말할 수도 없다. 가족이니까.

경찰이 어젯밤 있었던 일을 물었을 때, 히나코는 아유미의 집에 있었다고 대답했다. 애초에 그들이 아유미의 집까지 데리러 왔으니 히나코가 그곳에 있었다는 사실에는 의심할 여지가 없으리라. 그러나 경찰들이 정황을 다시 물어보러 아유미의 집에 찾아갔을지도 모른다.

아유미도, 그 가족도 사건에 휘말렸다고 생각할까? 더 이상 얽히고 싶지 않다고 생각할까?

내일은 담임이 이곳에 찾아올 예정인데, 학교 측도 귀찮은 일에 말렸다고 생각할까?

'아유미, 이래저래 힘들게 해서 미안.' (발신)

'오빠, 아무리 전화해도 안 받아서 메시지로 보내. 경찰이 벌써 연락했어?

나는 아키코 이모 집에 있는데, 뭐랄까, 정말 최악이야. 이모부는 자기가 살인범 친척이라는 걸 들키기 싫어서 날 쫓아내려고 해. 뭐, 당연한 일이지. 만약 내가 이 집 자식이라면 이모부 의견에 찬성할 거야.

아키코 이모는 어떻게든 범인은 엄마가 아니라느니, 정당방위라느니, 그런 쪽으로 이야기를 돌리고 싶은가봐. 신지 범인설까지 끄집어내더라. 이모한테는 그 편이 낫겠지. 언니가 살인자일 바에야 조카가 살인자인 게 조금이나마 남에 가깝잖아.

그렇게 따지면 나도 신지가 범인인 게 나을 것 같아. 둘 다 내 가족이지만, 엄마 피는 이어받았어도 신지는 한 부모 밑에서 태어났을 뿐이잖아? 원재료에 하자가 있다면 제품인 나한테도 하자가 나올 것 같지만 제품 하나에 하자가 있다면 그것만 불량품이라고 생각하면 되잖아.

그러면 오빠는 엄마가 범인인 게 나으려나.

하지만 세상 사람들은 그렇게 깊이 생각하지 않겠지?

가족은 가족. 그렇다면 누구 남한테 폐를 끼친 것도 아니니 굳이 세상에 공표하지 말고 그냥 가만히 내버려두면 좋겠어. 어째서 우리를 모르는 사람들한테까지 우리 집에서 일어난 일을 알려야 하는 걸까? 나나 오빠 생각은 조금도 해주지 않잖아.

혹시 신지는 그게 무서워서 도망친 걸까? 그 애는 섬세하니까. 휴대전화도 지갑도 안 들고 어딜 갔을까?

어쨌든 짐짝 취급 받으면서까지 여기 머물고 싶지는 않으니 내일 집으로 돌아갈래. 가능하면 오빠도 돌아와.' (발신)

✦

오후 1시.

아키코의 경차가 뒷문 앞에 멈추었다. 사립 S여학교 고등부는 히바리가오카에서 걸어서 20분 거리에 있다. 히나코는 차에서 내려 끝나면 연락하겠다고 말하며 문을 닫았다. 아키코에게는 선생님 부탁이라고 말하고, 담임에게는 이모 부탁이라는 핑계로 히나코가 먼저 학교에 가겠다고 말했다.

담임인 오니시 유미코가 주변을 기웃기웃 살피며 문 그림자에서 나왔다. 히나코가 차에서 내리려는 아키코를 말리자 담임은 인사도 하는 둥 마는 둥 히나코를 건물 안으로 끌고 갔다.

5교시 수업 시간이라 복도에서 반 친구들과 맞닥뜨리는 일은 없었다. 갓 대학을 졸업한 담임은 평소에는 자기 반 학생들에게 친구처럼 친근하게 굴면서, 오늘은 아직 한 번도 히나코와 눈을 마주치려 하지 않는다.

말없이 종종걸음으로 걷는 담임의 뒷모습을 바라보며 생각했다. 날 어느 쪽으로 취급할까? 살인사건의 피해자 가족일까, 가해자 가족일까?

아마도 가해자 쪽이겠지. 아버지가 살해당한 것뿐이라면 이 젊은 여교사는 히나코를 보자마자 눈물을 흘리며 품에 끌어안았을 것이다.

히나코, 기운 차려. 우리가 곁에 있어, 하고.

교무실 옆 진로지도실로 들어가자 앉아 있던 학년주임이 일어나서 히나코에게 똑바로 다가왔다.

"고인의 명복을 빕니다. 갑자기 힘든 일이 생겨서 괴롭겠지만 일단은 천천히 마음을 가다듬어요."

학년주임은 눈을 똑바로 바라보며 그렇게 말하고는 히나코의 등을 가볍게 두드려 소파에 앉혔다. 맞은편에 교사 둘이 나란히 앉아 있었지만 히나코는 학년주임 쪽으로 몸을 돌리고 시선을 맞추었다.

일촌에 해당하는 친족이 사망할 경우 닷새간의 복상 휴가를 적용한다. 그 말을 들으니 아버지가 무슨 병으로 돌아가신 것만 같았다. 복상 휴가가 끝나면 바로 기말고사가 시작되고, 이어서 여름방학이다. 기나긴 방학이 끝나면 아무 일 없었다는 듯이 학교생활을 누릴 수 있을까?

"전 퇴학 처분을 받나요?"

"그런 일은 없어요. 이번 일로 학교에서 걱정하는 문제는 히나코 양이 2차적 피해자가 되는 일입니다. 우리는 학생이 지금까지 그랬듯이 변함없는 학교 생활을 보낼 수 있도록 온 힘을 다해 지

원할 생각이에요."

"앞으로 1년 반이군요. 이대로 이곳 대학에 진학할 예정이 아니어서 그나마 다행이네요……."

건축가가 되기 위해 공학부를 꿈꾼다는 이야기는 아직 아무에게도 하지 않았다. 외부 시험을 선택했다는 사실만은 담임이 어머니에게 전했다. 어머니는 모처럼 대학까지 쭉 올라갈 수 있는 학교에 합격했으니 굳이 고생하지 말고 그 안에 있는 학부를 고르면 되지 않겠냐고 말했지만, 꿈을 이루기 위한 입시 공부쯤이야 고생도 아니다.

모의고사 지망학교 기입란에 유명 대학 건축학부 이름을 쓰고 그 결과를 넌지시 아버지에게 보여줄 작정이었다. 깜짝 놀라실까? 기뻐하실까?

하지만 이제 아버지는 없다. 그럼 돌아가신 아버지를 위해서……?

이런 상황에서 진학을 할 수는 있을까? 진학만이 아니다. 취직도, 결혼도. 앞으로 평범한 인생을 보낼 수 있을까? 아무도 모르는 곳에 가서 인파 속에 묻히면 괜찮을까? 아무 짓도 하지 않았으니 괜찮다고, 당당하게 살아갈 수 있을까?

이래서야…… 아키코 이모나 담임과 다를 바 없다. 남의 평가가 문제가 아니라 스스로가 가해자의 가족이라는 의식에 사로잡혀 있다.

"유미코 선생님도 한 말씀."

학년주임이 재촉하자 담임이 고개를 들었다. 하지만 시선은 히나코의 맞은편, 참고서가 죽 늘어선 책장 주변을 헤맸다.

"지금은 아직 혼란스러울 테니 마음 편히 쉬는 게 중요해. 반 친구들도 걱정하고 있단다. 내가 할 수 있는 일이 있으면 뭐든 의논하렴. 메시지로 보내도 괜찮아."

이것이 일반적인 세상의 반응이리라.

히나코는 주머니 겉으로 휴대전화를 움켜쥐었다.

'선생님, 아유미한테서 메시지가 안 와요. 뉴스를 봐서 그런 걸까요? 친구들은 많은데 아무한테서도 메시지가 안 와요.' (삭제)

오후 2시 30분.

학년주임과 담임의 배웅을 받으며 6교시 수업이 끝나기 전에 학교에서 나왔다. 간선도로를 따라 걷는다. 문득 걸음을 멈추고 도로변 가게 유리창에 비친 모습을 바라보았다.

이렇게 몸을 웅크리고 있었다니. 마치 앞집 그 애 같네.

히바리가오카에 다가갈수록 고동이 빨라지는 것은 이미 알고 있었다. 방송국이나 주간지 리포터가 숨어서 내 모습을 좇고 있지는 않을까. 스쳐 지나가는 사람들 모두가 나를 보고 있지는 않을까. 살인범의 딸이 길을 걸으면 돌이라도 던지려 하지 않을까.

하지만 시선은 느낄 수 없었다. 주변을 둘러보아도 아무도 히나코를 보고 있지 않다. 생각만큼 큰 소동이 벌어진 건 아닐지도 모른다.

비굴해질 이유는 하나도 없다. 의식적으로 등을 쭉 펴고 똑바로 정면을 바라보며 걸었다. 저 언덕을 오르면 히바리가오카다. 그 전에 편의점에 들어갔다.

스마일마트 히바리가오카 점.

"어라, 히나코 언니?"

컵라면 선반 앞에 서 있는데 옆에서 누가 불렀다. 엔도 아야카였다.

"안녕."

그렇게 말하고 선반으로 눈을 돌렸지만 아야카는 떠날 생각을 않는다.

"고생이 많겠어요. 뭐 사러 왔나봐요?"

녹차 페트병과 과자가 든 히나코의 바구니를 들여다본다. 평소에는 인사를 해주면 쑥스러운 듯이 눈길을 숙이고 재빨리 떠나가는데 오늘은 괜히 친한 척이다.

"컵라면 살 거라면 저는 이 시골 된장 맛을 추천하겠어요."

아야카는 선반에 손을 뻗으며 히나코에게 몸을 더 바싹 붙였다. 그러더니…….

"여기 위험해요." 목소리를 낮추어 말한다. "탐문도 그렇고."

무시하고 떠나려다가 생각지도 못한 단어에 걸음을 멈추었다.

"무슨 탐문?"

"몰라요? 그런가, 그때 없었구나. 경찰한테서 못 들었어요? 샌…… 신지가 사건이 터졌을 때 여기에 있다가 행방불명되었다고

요. 우리 엄마는 그때 만나기까지 해서 이것저것 질문도 받았어요."

아야카는 주위를 살피며 심각한 표정으로 말하고 있지만 어딘지 모르게 유쾌해보였다. 불쾌했지만 그런 걸 신경 쓸 때가 아니었다.

신지가 편의점에서 아야카의 어머니와 만났다?

신지는 사건 당시 집에 없었다. 어머니에게 바람이나 쐴 겸 한 바퀴 돌고 오겠다며 나갔다고 했다. 그 사이에 어머니와 아버지는 1층 거실에서 말다툼을 벌였고, 어머니는 장식장에 있던 트로피로 뒤에서 아버지를 내리쳤다. 신지는 그대로 행방불명되었다.

이것이 경찰에게 들은, 히나코가 아는 사실의 전부였다.

"잠깐 어디서 얘기 좀 할 수 없을까?"

아까까지는 전혀 의식하지 않았는데, 방범 카메라나 점원의 시선, 그 모든 것이 이쪽을 바라보는 것만 같았다.

"어쩔 수 없네. 이제 곧 기말 시험인데."

아야카가 귀찮다는 듯이 얼굴을 찌푸렸다.

어차피 공부하지도 않으면서, 라는 말은 꾹 집어삼켰다.

아야카를 데리고 간선도로와 만나는 언덕길을 히바리가오카 반대 방향으로 내려가 노래방으로 들어갔다.

"히나코 언니도 노래방에 오나보네요. 뜻밖이네. 한 곡 부를래요?"

아야카가 들뜬 기색으로 실내를 둘러보고 있다. 아야카야말로 처음일지도 모른다. 친구는 없는 걸까?

여기로 오는 길에 학교 수업이 일찍 끝난 거냐고 묻자 열이 있어서 조퇴했다고 하던데, 전혀 그렇게 보이지 않았다. 히나코가 내겠다고 하자 다 먹지도 못할 콜라와 감자튀김을 잔뜩 주문했다.

사건 정보를 캐내기 위해 아야카를 데려왔지만, 눈앞의 감자튀김이 사라질 때까지 함께 있어야 한다니 우울했다. 필요한 질문만 하고 바로 끝내야지.

"그날 밤, 뭔가 이상한 일은 없었니?"

"구체적으로 어떤 일 말이에요?"

아야카가 능청스러운 얼굴로 쳐다보았다.

"말다툼하는 소리나, 다른 소음이나."

"특별히 아무 소리도 못 들었어요. 그런 소리가 어디 집 안까지 들리겠어요?"

과장스러운 몸짓으로 고개를 돌린다.

"언제나 훤히 다 들리잖아."

"그거, 우리 집을 말하는 거예요?"

부루퉁한 표정으로 히나코를 노려본다.

"어느 집인지는 모르겠지만."

"……참 안 어울리네."

아야카는 풋 하고 일부러 소리 내어 웃음을 터뜨리더니 손뼉을 치며 웃었다.

"정말 싫다. 난 히나코 언니는 똑똑한 아가씨인 줄 알고 존경했는데, 왠지 실망이야. 그런 건 보통 소리가 들려도 무시하지 않나요?"

아야카가 웃음을 뚝 그쳤다.

"미안해. 하지만 정말 사소한 점이라도 좋으니 알려줘."

"어쩔 수 없네. 더 이상 휘말리기도 싫으니 경찰한테는 비밀이에요."

쉿 하고 집게손가락을 세워 입술에 가져다 댄다.

"알았어."

"분명 10시쯤이었던 것 같아요, 〈폭소 킹덤〉을 하고 있었으니까요. 언니도 개그 프로그램 봐요? 난 몰랐는데, 엄마가 갑자기 방에 쳐들어오더니 창문을 열지 뭐예요. 그랬더니 소리가 들리지 않겠어요? 살려달라느니, 잘못했다느니. 그리고 아아, 오오, 하는 외마디 소리도."

아야카가 작은 눈을 실처럼 뜨고 어두침침하게 빛나는 천장을 두리번거렸다.

"누구 목소리였어?"

"모르겠어요?"

실실 웃으면서 콜라를 마시더니 히나코를 바라본다.

"살려달라는 소리가 히나코 언니네 어머니였고, 외마디 소리가 신지였어요. 뭔가 쾅 하고 벽에 묵직한 물건을 집어던지는 소리도 났던가? 아무튼 그런 식이었어요."

익살맞게 두 손을 펼친다.

"무슨 일인지 보러 가거나 신고할 생각은 안 했어? 어머니도 계셨다면서?"

"그만 좀 하시죠?"

아야카가 후우 하고 소리 내어 한숨을 쉬었다.

"그런 식으로 말하니까 아무도 진실을 얘기해주지 않는 거예요. 히나코 언니는 우리 집에 그렇게 해준 적 있어요?"

아야카가 눈을 치켜뜨고 노려보았다.

"그건……."

"그렇죠? 그런 식으로 나오면 치사해요. 하지만 만약에 무슨 일인지 보러 간 사람이 있다면 별가방이 아니었을까? 아, 사토코 아줌마 말이에요. 11시쯤 목욕하러 갔을 땐 조용했으니 보러 갔을지도 모르겠네요. 그리고 우리 엄마가 편의점에 간 게 12시 이후. 시간차가 있으니 어쩌면 전혀 상관없을지도 모르지만, 사망 추정 시각은 어때요? 병원에 실려 간 후에 사망을 확인했다니까 언제 죽었는지 모르겠네요."

아야카가 가식적으로 고개를 갸웃거렸다.

"글쎄, 어떨까."

"가족이라도 잘 모르나봐요? 그런데 히나코 언니, 지금 집에 있어요?"

반짝거리는 눈으로 히나코를 바라본다.

"아니."

"그렇겠죠. 지금 그 집에 있으면 구경감이에요. 어제는 히바리가오카 입구부터 보도 차량이 줄 지어 있었는걸요. 히나코 언니를 보면 연예인처럼 쫙 둘러싸지 않을까?"

아야카는 콜라를 비우더니 유리잔 물방울로 손가락을 적셔 머리카락을 매만졌다.

"나도 잠깐 한눈팔고 있으면 화면에 찍힐 것 같아서 편의점에 들러 매무새를 고치고 돌아가려고 했는데. 나, 머리 뻗치지 않았어요? 맞다, 둘이서 노래방에 온 기념으로 사진이나 찍어요."

아야카가 주머니에서 휴대전화를 꺼내 폴더를 열더니 렌즈를 히나코의 얼굴에 들이댔다.

"장난하지 마."

"나 참, 화내지 말아요. 뭐, 오늘은 그쪽이 고생이니 내가 어른스럽게 봐주겠지만 친구한테도 똑같이 굴면 다 도망갈걸요!"

아야카는 여유 넘치는 미소를 지으며 휴대전화를 도로 주머니에 넣었다.

"재미도 없으니 슬슬 돌아갈래요. 감자튀김은 드세요. 메뉴 사진을 보니까 맛있어 보여서 덜컥 주문했는데, 난 지금 다이어트 중이거든요. 부럽다, 히나코 언니는 그런 걱정 없어 보여서. 아차, 지금은 그럴 경황이 없겠네."

실실 웃으며 자리에서 일어나더니 히나코의 눈앞에서 치맛단의 먼지를 털었다.

"그럼 기운 차리고 힘내요!"

아야카는 집게손가락과 가운뎃손가락을 나란히 세워 이마 앞에 딱 붙여 인사를 하더니 빙글 등을 돌렸다.

감자튀김을 접시째 던져버릴까?

히나코는 아야카의 모습이 사라질 때까지 이를 악물고 무릎 위로 두 손을 움켜쥐었다.

시도 때도 없이 히스테리나 부리고, 머리도 나쁘고, 게다가 눈에 띄지도 않는 중학생. 하지만 집 앞에서 얼굴을 마주하고 인사를 나누어도 불쾌하다고 생각한 적은 없었다. 그것은 분명 내게 부족함이 없었기 때문이다. 어쩌면 조금 동정하고 있었는지도 모른다.

연극처럼 천박한 아야카의 동작이 일일이 눈에 거슬려 화를 내는 자신이 한심했다. 울부짖고 싶었지만, 그랬다가는 앞으로 일어날 모든 일에 패배할 것만 같았다.

저런 애 때문에 울어서는 안 돼.

정보는 얻어냈다. 10시경, 어머니와 신지가 무슨 이유에선지 다투었다는 점. 11시경에는 잠잠해졌다는 점. 히바리가오카의 현재 상황. 한 가지 의문이 떠올랐다.

아버지는 언제 일을 마치고 돌아왔던 걸까?

히바리가오카의 집에 돌아갈 수는 없다. 아키코 이모의 집에도 돌아가고 싶지 않다.

지갑을 보았다. 8천 엔. 신칸센 열차 값은 안 되지만 고속버스라면 아슬아슬하게 탈 수 있을 것이다.

'오빠, 지금 오빠 집으로 갈게.' (발신)

【7월 3일(수) 오후 9시~7월 5일(금) 오후 4시】

잘 지냈니? 우리 며늘아기, 뭐하고 있었어? 잤어? 어머나, 거긴 지금 몇 시지? 오전 2시? 아유, 그거 참 미안하구나. 하지만 큰일이 났어요. 잠깐, 아범은 깨우지 마라. 그 애는 내일도 출근하잖니. 푹 재워야지. 네가 들으면 돼.

그나저나, 그쪽 텔레비전으로 일본 뉴스는 볼 수 있니? 아, 그래? 어지간히 큰 뉴스가 아니면 못 보는구나. 요샌 어떤 뉴스가 나왔니? 총리 사퇴? 살인사건은? 한동안 못 봤다고? 시시한 뉴스만 다루고 중대한 사건은 방송을 안 하는구나.

살인사건이 터졌지 뭐니. 히바리가오카, 우리 집 대각선 맞은편 댁에서. 기억할까 모르겠구나. 그 모던한 저택 말이야. 그러고 보니 네가 부럽다는 듯이 보지 않았니? 바로 거기야. 못 믿겠지? 나도 무슨 일이 생긴다면 옆집에서 터질 거라고 믿었는데, 깜짝 놀랐단다. 그래, 그 오두막 같은 집 말이다. 사람들이 종종 우리 별

채로 착각하는 바람에 아주 못 살겠어. 아드님 내외 분 댁이냐고 묻는데 기도 안 차는 소리! 아범을 그런 곳에 살게 할 리가 없잖니. 게다가 우리 집은 밖에서 볼 땐 모를지 몰라도 완벽하게 2세대 구조로 만들었단 말이야. 응? 사건 이야기? 그래, 그랬지, 참…….

그날 밤은 이상한 밤이었어. 처음에는 말이다, 7시 반쯤이었나? 옆집에서 요란한 비명 소리가 들렸는데, 이건 늘 있는 일이거든.

옆집에서 벌어지는 소동을 깨달은 지는 한참 됐어. 알잖니, 내가 에어컨 싫어하는 거. 그래서 무더운 날에는 밤에 방충망만 달아놓는데, 텔레비전을 보고 있으려니…… 거긴 드라마 못 보니? 〈미남 클럽에 어서 오세요〉 몰라? 내용은 별 것 아니야. 잘생긴 남자아이들이 마음에 상처를 가진 반 친구들의 고민을 해결해주는 게 전부란다. 거기 나오는 다카기 순스케라는 아이가 얼마나 괜찮은지 몰라. 얼굴도 잘생겼고 예의도 바른데 아범 중학생 때하고 약간 닮았거든. 그런데 대각선 맞은편 집 아이, 그 애는 순스케하고 더 비슷해.

신지라고 하는 아이인데, 그 애가 지금 행방불명 상태란다. 어머나, 가운데를 뭉텅 빼먹었네.

옆집 말이야. 드라마를 보고 있는데 시끄러워, 빌어먹을 할망구, 하는 소리가 들리지 뭐니. 무슨 일일까 싶어 창문으로 밖을 봤더니 또 목소리가 들려서, 그제야 옆집 아야카 목소리인줄 알았단다. 붙임성도 없고 얌전한 아이라 처음엔 믿을 수 없었는데, 어차피 난 떨어졌어, 사립, 사립, 시끄러워, 하고 말하는 걸 보니 입시 얘기인가 싶더구나…… 아범한테는 그렇게 힘든 시기가 전혀 없었지만, 다른 집은 나름대로 사정이 있겠지 하고 모르는 척했어.

그래서 그저께 밤에도 모르는 척했는데…… 참, 그렇지. 퀴즈 프로그램을 보고 있었단다. 순스케가 나와서 어려운 문제를 술술 맞히기에 감탄했지. W고등학교에 다닌다지 뭐니? 며늘아기도 알지? 아범 대학 친구들도 몇 명, 거기 출신이라고 들은 적이 있구나. 훌륭한 곳이야. 그랬는데 옆집에서 싸움이 시작된 거야. 하지만 순스케의 활약을 끝까지 보고 싶은 마음에 평소처럼 무시했지. 그런데 그저께는 아야카의 목소리가 평소보다 신경질적으로 들리더구나. 괜찮을까 싶어 불안해졌지만 그렇다고 무슨 일인지 보러 왔다며 남의 집에 어슬렁어슬렁 가볼 수는 없잖니? 하필 그런 날이 또 네 시아버지가 일주일에 한 번 일하러 가는 날이지 뭐니. 경찰에 신고하기에는 너무 호들갑을 떠는 것 같고. 그런데 마침 선물로 받은 초콜릿이 있었어. 수예 교실 친구가 프랑스 여행을 다녀오면서 사 온 선물인데, 굳이 프랑스까지 가서 이곳 백화점 지하 매장에서도 파는 초콜릿을 사 오는 건 뭐람. 하지만 마침 좋은 핑계거리지 뭐니.

그러고 보니 얘야, 일전에 보낸 가방은 잘 쓰고 있니? 내가 자신 있게 만든 작품인데, 쓰기 참 편하지? 색은 마음에 들고? 너한테 보낸 가방에 스팽글이 훨씬 더 많이 붙어 있단다.

아이쿠, 또 삼천포로 빠졌네. 퀴즈 프로그램이 끝난 뒤에 초콜릿을 들고 용기를 내어 옆집에 찾아가 보았단다. 그랬더니 그 댁 부인이 나와서 뭔가 굉장히 짜증스러운 얼굴로 나를 보는 거야. 뭘 하러 왔냐는 듯이 말이다. 남은 걱정이 되어 갔더니만, 무슨 그런 실례가 있니? 나는 진지하게 아이 교육에 대해 고민을 들어줄 작정이었는데 바퀴벌레가 나왔을 뿐이라며 날 쫓아내더구나. 바퀴벌레라니, 어찌나 싫던지. 품위 없는 말을 듣고 초콜릿까지 주다니 뭔가 손해 본 기분이었단다. 그런 일은 빨리 잊는 게 상책이지. 그래서 목욕을 하고 그만 자기로 했어.

그랬는데 10시나 지났을까, 또 소리가 들리는 거야. 옆집에서 또 소동이 벌어졌나 싶었는데 낌새가 약간 다른 것 같더구나. 남자아이 목소리였거든. 이 부근에서 남자아이라고 하면 신지밖에 없는데, 그 애가 그런 소리를 낼 줄이야. 아아, 오오, 하고 늑대처럼 고함을 지르더라니까. 그와 동시에 그만둬, 살려줘, 하는 여자 목소리가 들렸어. 한 집이니 부인이나 딸이겠지? 젊은 사람 목소리가 아니었으니 부인 쪽인 줄은 알았지만 평소에는 그런 목소리를 낼 사람이 아니거든. 그래도 품위는 있어 보였는데 어딘지 모르게 가식적인 부분도 있었으니 결국 허울이 벗겨졌구나 하는 생각도 했지. 내가 그런 눈치는 빨라요.

품위라는 게 결혼 전에 예절 교실 몇 달 다닌다고 쉬이 몸에 배는 게 아니잖니? 어머나, 오해 마라. 며늘아기 얘기를 하는 게 아니에요. 대각선 맞은편 다카하시 씨 부인을 말하는 거야. 너는 나름대로 노력하고 있지 않니. 하지만 그 사람도 노력은 했을 거야.

아이들은 잘 컸는걸. 분명 바깥양반 교육이 좋았던 거겠지.

　다카하시 씨 댁에서 그런 목소리가 들리는 일은 처음이라 그야말로 경찰에 신고하는 게 낫지 않을까, 무슨 일인지 보러 가는 게 낫지 않을까, 별 걱정이 다 들더구나. 하지만 이제 초콜릿도 없고, 또 상대가 짜증내는 얼굴을 보는 것도 싫잖니. 그래서 참았지. 시간이 어찌나 길던지. 비명만 질러대니 대체 무슨 일 때문에 그 난리인지 알 수도 없고.

　도저히 내버려둘 수 없다는 생각이 들었을 때였을까. 작작 좀 해, 하는 소리가 들렸단다. 그 댁 바깥양반 목소리였어. 집에 있었다니 깜짝 놀랐어. 어째서 좀 더 빨리 말리지 않은 걸까? 하지만 그 한마디에 조용해졌으니 다행이지. 이제 겨우 잠을 잘 수 있겠다고 생각하면서 이부자리에 들어갔단다. 하지만 두 집에서 난리법석을 부리는 통에 왠지 흥분되어서 눈이 말똥하지 뭐니. 어쩔 수 없이 수예 교실 과제를 하기로 했어. 이번 달은 토트백인데, 스팽글을 나비 모양으로 박는 거야. 조금 어려운 기술이지. 완성하면 보내주마. 참, 그렇지. 그 작업에 푹 빠져 있었을 때였어. 구급차 소리가 들리더구나.

　어디로 가는지 궁금했는데 우리 집 앞에서 소리가 그치기에 얼마나 놀랐는지 몰라. 서둘러 밖으로 나갔지. 그랬더니 글쎄, 대각선 맞은편 다카하시 씨 댁에 서 있더구나. 그때는 사고나 병인 줄만 알았어. 하지만 경찰차가 온 것을 보니 좀 이상하더구나. 구급차가 떠난 뒤에 경찰에 무슨 일이 있었냐고 물어보았지. 그런데 물러나라면서 아무 설명도 해주지 않는 거야. 맞은편 주민인데 말이야. 이튿날에는 보도 차량까지 오는 게, 점점 보통 일이 아닌 것 같았지. 그러다가 저녁 뉴스를 보고 깜짝 놀랐지 뭐니?

다카하시 씨 댁 바깥양반은 흉기에 맞아 사망했고, 폭행한 사람은 그 부인이라지 않겠니? 부인이 직접 그렇게 말했대. 남편과 말다툼을 벌였다고 말이야. 요컨대 살인사건이란다. 피해자가 남편이고, 범인이 부인. 아이들은 그때 집에 없었다더구나. 누나는 친구네 집에 자러 갔고, 신지는 마침 그때 편의점에 갔던 모양이야. 그거, 좀 수상하지 않니? 신지 말이야. 사건이 터진 순간에만 없었다니. 게다가 물건을 사러 나갔는데 휴대전화도 지갑도 집에 있었대. 게다가 그 애, 지금 행방불명이야. 이건 방송국 사람한테 들었지. 왜, 경찰은 정보를 담아가기만 하지만 방송국 사람은 공평하게 이쪽이 제공한 만큼 알려주잖니.

내가 준 정보? 별 것 아니란다. 사건 당일 밤에 다카하시 씨 댁하고, 덧붙여서 옆집 엔도 씨 댁이 각각 부모자식 간에 말다툼을 한 거랑, 엔도 씨 댁은 늘 있는 일이지만 다카하시 씨 댁은 처음 있는 일이라고 했지. 그래서 다카하시 씨 댁에서 사건이 났다는 소식에 무척 놀랐다고. 그 정도였단다.

그리고 참고하라고 일단 이런 말도 했어. 지난 주 아침, 가연성 쓰레기 중에 농구공하고 농구화, 유니폼이 든 봉투가 있기에 집에서 나온 신지한테 주의를 줬더니 허둥지둥 그 쓰레기봉투를 들고 돌아갔다는 이야기. 그야 내가 최근에 다카하시 씨 가족하고 얽힌

건 그때뿐인걸. 사실은 이웃 주민으로서 더 도움이 되고 싶었지만, 요즘 젊은 사람들 교류라는 게 그런 것 아니겠니.

그나저나 신지는 어디로 갔을까? 길에서 걸어다니기만 해도 눈에 띄는 아이인데. 정말 순스케를 많이 닮았어. 너도 한번 유튜브인가? 그걸로 검색해보렴. 하지만 사건 뉴스를 찾아보는 건 적당히 해야 한다. 그런 건 불난 집 구경처럼 천박한 행위 아니겠니? 난 그런 사람들이 제일 싫단다. 그럼 사정이 그러하니 아범에게도 알려주려무나. 하지만 착각하진 말아요.

노인 둘이서 불안하니까 너희들이 돌아왔으면 좋겠다는 말은 아니란다.

3

엔도 가족

오전 8시.

이 언덕길은 성적의 편차를 나타낸다. 매일 아침 학교로 향하는 언덕길을 내려갈 때마다 엔도 아야카는 생각했다.

히바리가오카에서 언덕길을 15분 걸어 올라가면 사립 K중학교가 있다. 다카하시 신지가 다니는 사립 남학교. 도쿄대 합격률이 지역 내 최고라는 명문 사립 N고등학교 합격률이 95퍼센트를 넘는 곳이다. 집에서 제일 가까운 학교지만 아야카에게는 별세계의 학교다. 물론 아야카가 남자였어도 상황은 마찬가지다.

히바리가오카에서 내려가는 언덕길과 처음 만나는 간선도로를 오른쪽으로 돌아 10분쯤 걸어가면 사립 S여학교가 있다. 어머니가 나를 보내고 싶어했던 학교. 다카하시 히나코가 다니는 학교. 고상하기로 평판 높고 대학과 단기 과정까지 시험 없이 논스톱으로 진학할 수 있다. 이곳도 아야카와는 인연이 없다.

별세계의 교복이나 귀여운 교복과 스쳐 지나가면서 언덕길을 죽 내려가 완전히 평지가 되는 지점에 시립 A중학교가 있다. 히바리가오카에서 도보 30분. 아야카가 다니는 학교다. 특별히 거친 아이들이 모인 학교는 아니다. 자택에서 가깝고 돈이 들지 않는 공립 중학교에 진학한, 효심 깊고 우수한 아이들이 많다. 점수를 공개적으로 매기거나 순위를 발표하지는 않지만 아야카는 같은 학년 200명 가운데 30등 전후가 아닐까 스스로 짐작하고 있다. 결코 나쁘지는 않다. 선생님도 학교 시설도 나쁘지 않다. 세일러복 교복도 싫지 않다. 그런데 등굣길에는 매일같이 나락 밑바닥으로 추락하는 기분이 든다. 학교에 도착해도 발밑이 한층 더 깊은 어딘가로 기우는 것만 같다. 공을 내려놓으면 데굴데굴 굴러가버리는 게 아닐까? 교실도 복도도 운동장도 미묘하게 일그러진 모습으로 보인다.

모든 게 언덕길 때문이다. 학교와 가까운 평지에 살면서 똑바로 걸어다니면 학교에 도착해도 경치는 똑바른 모습 그대로일 텐데.

언덕길을 내려갈수록 자꾸만 무능한 인간들이 사는 세계에 다가가는 기분이 든다. 이 세상에는 계급이라는 것이 분명히 존재하고, 아야카가 입어서는 안 되는 높은 계급의 교복과 스쳐 지나갈 때마다 몸을 둘러싼 얇은 껍질이 갈라지는 듯한 통증을 느낀다. 그렇다고 해서 수업을 마치고 언덕길을 올라갈 때 서서히 우월감을 느끼는 것도 아니다. 내일의 통증을 생각하면서 체력을 소모할 따름이다.

비탈을 올라갈수록 학교 편차만 높아지는 것은 아니다. 땅값도 쑥쑥 올라간다. 이마에 땀을 흘리며 히바리가오카로 가는 언덕길을 걸어 올라가는 아야카는 어째서 높은 곳에 있는 주택지가 값도 비싼 것인지 이해할 수가 없었다. 등하교뿐만 아니라 잠깐 편의점에 갈 때도 귀찮고, 장점은 하나도 모르겠는데. 하층민들의 생활을 굽어볼 수 있다는 사실에 가치가 있는 걸까? 하지만 낮에 동네 경치를 굽어봐도 아무 차이 없다. 매일 저기까지 걸어 다닌다고 생각하면 피로감만 더한다. 바다를 바라보는 고층 맨션에서 경치를 구경하는 편이 몇 배나 기분 좋을 텐데. 야경은 조금 예쁘다고 생각하지만 매일 감동이 지속될 정도는 아니다.

"잠깐, 아야카. 너네 집, K중학교 5번 맞은편이었어?"

교실에 들어가자마자 시호가 달려왔다. 농구부 친구다.

A중학교에서는 몸이 약한 아이만 빼고 반강제로 운동부에 가입해야 하는 터라 아야카는 입학과 동시에 농구부에 들어갔다. 하고 싶어서 그런 게 아니다. 선택지는 세 개. 그중에서 배구와 테니스는 초등학교에도 동아리가 있다. 입부와 동시에 초보자와 유경험자의 실력 차가 나지 않는 것은 농구부뿐이었다. 하지만 아야카는 키도 작은데다가 원래 운동신경도 별로다. 몇 달도 지나지 않아 차이가 벌어지고 말았다.

주전 선수와 후보. 그 관계는 동아리 활동 시간이 아니더라도 적용된다. 같은 반 여학생 그룹은 거의 동아리에 따라 나뉘고, 그 안에서 다시 주전 선수 그룹과 후보 그룹으로 나뉜다. 그리고 학급 전체의 주도권은 주전 선수 그룹이 쥐고 있다.

성적으로 따지면 이렇게 비굴한 처지는 아닐 텐데. 1, 2학년 때는 내내 울화가 치밀었지만 동아리 활동도 이제 얼마 남지 않았다. 어느 운동부나 여름방학 첫 주에 열리는 지역 대회 예선에서 지면 8월 중순의 지역 대회에 참가할 수 없으니 3학년은 전부 은퇴하게 된다.

주전 선수가 아무리 노력해도 사립 강호는 당해내지 못한다. 7월에 은퇴할 게 확실했다. 그 후에는 교실 분위기도 입시 모드가 되어 주도권 역시 성적순으로 결정되지 않을까 은근히 기대하고 있다.

같은 동아리지만 후보인 아야카와 주전 선수인 시호가 교실 안에서 이야기를 나누는 일은 거의 없었다. 당연히 아야카가 히바리가오카에 사는 줄도 모를 텐데.

'K중학교 5번'이란 K중학교 농구부 등번호 5번, 신지를 뜻한다.

"어떻게 알았어?"

"그야 요전번에 가봤으니 알지."

"우리 집에?"

"아니야, 5번 그 애 집에. 지난 주 시합에 안 나왔잖아. 부상이라도 당한 걸까 싶어 문병 가려고 했거든."

입학 초부터 신지는 농구부였고, 1학년 2학기부터는 주전 선수로 활약하기도 했다. 하지만 K중학교 5번이 멋지다고 경기장에서 시호가 떠들기 시작한 것은 다카기 순스케가 데뷔한 작년 가을부터였다. 시호의 소지품은 죄다 순스케 관련 상품. 보여달라고 하지도 않았는데 휴대전화 수신 대기 화면을 바꿀 때마다 이거 멋지지, 하고 거드름을 피우며 팬클럽 회원만 다운로드할 수 있는 사진을 보여준다.

그러다가 경기장에서 발견한 것이다. A중학교 대 K중학교의 남학생 시합을 보면서 '저 애 옆모습이 순스케를 조금 닮았다'고 했던 말이 시합이 끝날 무렵에는 '5번 멋지다'로 바뀌었다. 그 후로 시호는 신지의 일거수일투족을 체크하게 되었다.

그전까지는 아무 생각도 없었으면서 좋아하는 아이돌과 조금 닮았다는 이유만으로 그렇게 푹 빠질 수 있을까?

그럴 수도 있겠지. 순스케는 학급 여학생들 사이에서 늘 화제였고, 아야카도 맞장구를 칠 수 있을 정도로 출연 프로그램을 보기는 했지만, 좋아하게 된 계기는 어머니의 한마디였다.

'어머나, 저 애, 앞집 신지하고 닮지 않았니?'

'뭐? 순스케하고 샌님이 닮았다고? 돋보기나 사지 그래?'

어머니 앞에서는 부정했지만 곰곰이 보니 옆모습이나 눈매가 참 많이 닮았다. 그 후로 아야카는 순스케가 실린 잡지를 꼬박꼬박 샀고, 출연 프로그램을 녹화하게 되었다.

히바리가오카에 이사 오던 날, 부모님과 함께 앞집에 인사를 하러 갔는데 신지가 정원에서 농구 연습을 하고 있었다. ㄱ때부터 줄곧 멋지다고 생각해왔다.

'동갑이니 친하게 지내렴.'

준코의 그 한마디에도 가슴이 떨렸다. 소꿉친구를 소재로 한 러브스토리 만화를 읽으며 주인공을 자기와 신지로 바꿔, 앞으로 맞이할 생활을 기대했다.

하지만 하루하루가 수없이 지나도 낭만적인 일은커녕 신지와 이야기할 기회조차 거의 없었다. 이따금 얼굴을 마주치는 일은 있어도 별세계의 교복을 입은 신지에게 말을 걸기가 부담스러웠다. 섣부른 소리를 했다가 바보 취급당하기 싫다. 그래도 신지를 볼 수 있어서 오늘은 운이 좋았다는 생각을 하면 마음은 행복했다. 괴로워하면서도 매일 언덕길을 참고 오를 수 있었던 것은 집 앞에서 신지와 우연히 만날 수 있을지도 모른다는 기대 때문이었는지도 모른다. 언제까지고 신지를 바라보고 싶다…….

그러던 중에 어머니의 한마디로 순스케와 신지의 모습이 아주 조금 겹쳐졌다.

신지의 사진은 구하기 어렵지만 순스케의 사진은 간단히 손에 넣을 수 있다. 움직이는 신지의 모습을 가만히 바라볼 수는 없지만 순스케라면 녹화한 화면을 몇 번이고 되풀이해 볼 수 있다. 신지를 좋아한다는 말은 아무에게도 못하지만 절대 들키고 싶지 않은 어머니에게도 순스케를 좋아한다는 말은 할 수 있다.

꼭 갖고 싶었던 순스케의 포스터도 어머니에게 부탁해 인터넷 옥션으로 낙찰받았다. 등을 돌리고 뒤를 돌아보며 웃는 얼굴은 신지를 훨씬 더 닮았다. 여름방학에는 콘서트에도 갈 예정이다.

그러니 시호의 마음을 모르는 것은 아니지만 아이돌처럼 신지를 쫓아다니다니 탐탁지 않았다.

시합 중인 신지의 사진을 대놓고 찍지를 않나, 시합이 끝나면 수고했다며 시원한 스포츠 드링크를 내민다. 전부 아야카가 꿈꾸었던 일이다. 내가 더 가까이에 있는데. 아니, 너무 가깝기에 오히려 아무것도 못하는 걸까?

시호가 '5번'을 입에 담을 때마다 몸속에 시커먼 먹구름이 쌓였다.

그리고 마침내 지난 주, 시호는 신지를 위해 쿠키를 구워 왔다. 시합이 끝나면 이걸 건네주면서 고백할 거라고 여자 부원들 앞에서 선언했다.

'순스케하고 닮은 남자친구라니, 이보다 더한 자랑거리가 또 어디 있겠어?'

그 말에 진심으로 화가 치밀었다. 신지를 좋아하는 게 아니라 자신을 위해 이용할 생각뿐이잖아? 순스케를 좋아한다면 순스케에게 고백하면 되잖아?

하지만 주전 선수인 시호에게 직접 말할 용기는 없어, 원망스러운 눈으로 뒷모습을 바라볼 수밖에 없었다. 개회식 때부터 시호에게서 눈을 떼지 못하고 잠깐만 모습을 놓쳐도 간이 철렁했지만 불안은 괜한 걱정으로 끝났다. 신지는 경기장에 나오지 않았다. 어쩐 일일까. 열이라도 있나? 걱정되었지만 일단 시호가 고백을 하지 못해 마음이 놓였다.

하지만 시호는 포기하지 않았던 모양이다. K중학교에 다니는 초등학교 동창에게 신지의 집이 어딘지 물었다고 했다.

"히바리가오카에서 제일 작은 집을 찾으면 된다고 해서 가봤어."

나이프가 푹 꽂히는 감각이란 바로 이런 걸까? 눈앞이 새하얗게 물들 뻔했지만 시호의 방정맞은 목소리는 정신이 아득해지도록 내버려두지 않았다.

시호는 혼자서 히바리가오카에 갔던 모양이다. 30분 동안 주택가를 한 바퀴 돌아 가장 작은 집을 찾아내 도어폰을 눌렀다고 한다.

"어디서 많이 본 사람이 나왔다 했더니 아야카네 어머니라 깜짝 놀랐어."

어머니가 경차로 아야카를 경기장에 몇 번 바래다준 적이 있다. 잠자코 차 안에 있을 것이지, A중학교 교복을 입은 학생을 보고는 굳이 차에서 내려 아야카가 늘 신세가 많지, 정말 고마워, 이 따위 소리를 하니까 거의 모든 아이들이 아야카의 어머니를 알게 된 거다. 아야카하고 붕어빵이더라. 20년 후 아야카 얼굴이 떠올라서 웃겼어. '프레시 사이토'에서 계산대 일 하지? 아야카가 아르바이트하는 줄 알았어. 아, 잘 어울릴 것 같다. 그런 말이 이어졌다.

자랑스러운 어머니가 아니어도 좋으니 동급생 앞에 나서지 좀 말았으면 좋겠다.

말없이 이를 악무는 아야카를 마주보고 시호가 까르르 소리 내어 웃었다. 잘못 찾아왔다고 하고 일단 물러나 휴대전화로 신지의 집을 알려준 친구에게 연락해보니 그 앞집이라고 하더라며 배를 끌어안고 웃어댔다.

"엔도라는 성이 흔하다보니 아야카 얼굴은 떠오르지도 않았어. 나, 5번 그 애 이름이 뭔지 몰랐거든. 그 애, 다카하시 신지라면서? 처음부터 그걸 물었으면 되는데, 막상 진짜로 집 앞에 서니까 아무것도 못하고 그냥 돌아와버렸어. 하지만 그러길 잘했지 뭐야. 그야……, 그치? 그렇게 멋진 집 맞은편이라니 아야카도 고생이겠네."

시호는 두 손으로 아야카의 어깨를 두 차례 힘껏 두드리고는 제자리로 돌아갔다. 아야카는 가방을 두 손으로 꽉 끌어안고 자리에 앉았다. 하루가 막 시작되었는데 한숨밖에 나오지 않는다. 시호는 몇몇 친구들에게 둘러싸여 있지만 아야카에게 다가오는 아이는 없다. 도시락을 함께 먹는 친구는 있지만 지금 막 시호에게 놀림받은 아야카와 얽히기 싫은지 멀리서 이쪽을 힐끔힐끔 쳐다보기만 한다. 상관없다. 찰싹 들러붙는 친구는 나야말로 사양이다.

어라? 하는 표정을 지으며 휴대폰을 꺼내어 본다. 아무도 메시지를 보내지 않지만 수신함을 열어 옛날 친구들과 주고받았던 메시지를 되읽었다.

'중학생이 되면 쇼핑도 잔뜩 하고 노래방에도 실컷 가자!'
'이사 가도 우린 친구야.'
'S여학교에 가도 우릴 잊으면 안 돼!'

전부 3년 가까이 지난 날짜다.

발밑의 바닥은 점점 더 기울어간다. 책상과 함께 데굴데굴 굴러갈 듯한 착각에 구역질이 났다. 교실에서 토악질을 했다가는 동아리에서 은퇴해도, 아무리 열심히 공부해도 지금의 처지를 뒤바꿀 수 없다.

천천히 자리에서 일어나 교실에서 나갔다. 복도도 심하게 기울었다.

대체 어쩌다 이 지경이 되었을까?

오전 10시.

그날 오전 근무인 마유미가 파트타이머로 일하는 슈퍼마켓 '프레시 사이토'에 들어가자 점장이 아키코가 오늘부터 당분간 쉰다는 말을 했다. 건강상의 이유라고 한다. 새로 파트타이머를 모집하겠지만 사람이 정해질 때까지는 모두 함께 아키코 몫까지 힘내달라는 말을 듣고 그 정도로 심각한 건지 걱정이 되었다.

마유미는 아키코와는 약간 나이차가 있지만 직장에서 가장 마음이 잘 맞았다. 둘 다 파트타이머로 일하는 이유가 주택 대출 때문인 줄 알고 나서는, 서로 투덜거리면서도 집 이야기를 하면 늘 즐거웠다. 인테리어나 원예 얘기가 나오면 정신없이 떠들지만 돈이나 주거지 등 사적인 문제는 들쑤시지 않는 면도 호감이 갔다.

중병이 아닐까 걱정하는 마유미와는 달리, 다른 파트타이머들은 '아키코 임신설'을 거론했다. 그러고 보니 아이를 갖고 싶다는 얘기를 들은 적이 있다. 아키코의 언니는 두 아이를 가졌다고 했다.

'첫째가 딸이고 둘째가 아들이면 좋다고들 하잖아요? 둘 다 귀엽고 착한 아이들이에요. 텔레비전이나 잡지에서는 경제적으로, 또 정신적으로 육아가 굉장히 힘들다는 식으로 다루잖아요? 저도 신혼 때는 불안했는데 언니네 아이들을 보니까 아이가 있어도 좋을 것 같아요. 게다가 언니한테는 남편이 데리고 온 의붓아들도 있는데 그 애하고도 잘 지내는 것 같더라고요. 그럼 더 이상 무슨 걱정이 있겠어요? 마유미 씨도 따님이 있죠? 부러워요.'

부럽다는 말을 들은 순간 귓속에서 아야카의 고함소리가 울렸다. 우리 집 히스테리 연극을 봐도 아키코는 아이를 갖고 싶을까?

'투정을 다 받아주느라 정신이 없어요. 여름방학에도 다카기 순스케라는 아이가 나오는 콘서트에 따라가야 해요.'

'좋지 뭘 그래요? 저도 순스케 좋아해요. 부럽다, 엄마랑 딸이랑 콘서트에 가다니. 역시 딸이 좋죠?'

억지로 지어낸 자랑이라도 받아주는 상대가 있으면 정말로 행복한 기분이 든다. 역시 순스케 덕분이다.

정말 임신이 맞다면, 건강상의 이유라는 건 입덧이 심하다는 뜻일까? 나중에 메시지라도 보내서 문병이라도 가볼까? 분명 장보러 나오는 것도 버거울 테니 여기서 뭔가 사가면 기뻐할지도 모른다. 과연 어떤 집에 살까? 집을 상상하면 역시나 가슴이 설렌다.

오전 11시부터 반짝 세일로 내놓을 사과 봉투를 선반에 진열하면서 마유미는 순스케의 신곡 후렴구를 흥얼거렸다.

오전 11시.

정말 세반고리관이 잘못된 게 아닐까 싶을 정도로, 아무리 시간이 흘러도 기우뚱한 지면은 편평해지기는커녕 기운 채로 뱅글뱅글 회전하기 시작했다. 아야카는 문득 구역질이 치밀어 2교시부터 양호실에서 쉬고 있다.

"속이 메스껍다고? 안색은 아주 말짱한데. 한 시간 참아보고 그래도 힘들면 다시 오너라."

양호교사는 똑같은 타이밍으로 양호실에 온 2학년 여학생들은 그런 말로 돌려보냈지만, 아야카를 보고는 또 너냐 싶은 표정을 지으며 말없이 창가 쪽 침대의 커튼을 걷어주었다.

어째서 다른 아이들처럼 밝게 대해주지 않는 걸까……. 어쩔 수 없다. '언덕길 병'을 가진 학생이라니 당연히 기분 나쁘겠지. 세상이 바르게 보이는 사람이 언덕길 병을 앓는 환자의 심정을 이해할 리가 없다.

침대에 누워 베개를 세우고 머리를 얹자 그나마 겨우 평지에 다가갔다는 생각이 든다.

언덕길은 이제 지긋지긋하다. 이사하기 싫었다. 중학교 입시도 싫었다. 전부 어머니 탓이다.

'이런 비좁은 아파트 말고 단독주택에 살고 싶어.'

아야카가 철 들 무렵부터 어머니는 늘 그런 말을 했다. 주택 회사 전단지를 보여주며 이 중에서 어느 집이 좋니? 하고 자주 물었고, 결혼 전에 근무했다는 주택 전시장에도 몇 번이나 아야카를 데려갔다. 여기서 아빠를 만났단다. 갈 때마다 똑같은 이야기를 들었다.

하지만 그런 추억들은 결코 싫지 않았다.

이따금 아버지가 가져오는 두꺼운 벽지나 커튼 카탈로그를 보는 일도 좋았고, 그 책자를 보면서 내 방 커튼은 이거, 주방 벽에는 이 타일이 귀엽겠다, 하고 어머니와 함께 꿈결 같은 집을 그려보는 일도 즐거웠다. 그림을 그리거나 빈 티슈 상자로 인형 집을 만들면 아버지도 아야카는 센스가 좋다며 기뻐했다.

'아야카도 빨리 단독주택에 살고 싶지?'

어머니가 그런 말을 할 때마다 기뻐서 고개를 끄덕였다. 하지만 아야카가 상상했던 것은 삶의 터전에 세운 새 집이었다.

가까운 공립 중학교에 들어가 소꿉친구들과 함께 수다도 떨고 샛길로 빠지기도 하면서, 유유자적 시간을 들여 학교에 다니고 싶었다. 동아리 활동도 지금 사는 지역만큼 활발하지 않다니까 문화 계열 클럽에 들어가 느긋하게 보내고 싶었고, 휴일에는 친구 집에 모여 비좁은 방에서 과자를 먹으며 좋아하는 남자아이나 연예인 이야기를 하고 싶었다. 순스케 콘서트도 사실은 친구와 가고 싶었다.

그런데 새 집을 지은 주택지는 학군이 달랐다. 그것도 언덕길을 한참 올라가 유난히 커다란 집들이 잔뜩 늘어선 주택가였다. 이름은 '히바리가오카'.

'부동산회사가 히바리가오카 한 구획을 도로확장용으로 매입할

예정인데, 전부는 필요 없다면서 40평만 사줄 사람을 찾는대.'

아야카가 이제 막 초등학교 6학년이 된 어느 날, 저녁 식사 시간에 아버지가 말했다. 아야카는 도로가 어떻고 하는 이야기를 거의 이해할 수 없었지만 어머니가 펄쩍 뛰어오를 정도로 기뻐하는 모습을 보고 무척 기쁜 뉴스가 틀림없다고 생각했다.

'히바리가오카, 그 유명한 히바리가오카예요. 히바리가오카에 집을 지을 수 있다고요!'

어머니는 노래하듯 몇 번이나 그 말을 되뇌었다. 진짜로 노래했는지도 모른다. 그 해 11월, 집이 완성된 후에야 그곳이 시내에서 제일가는 고급 주택가라는 걸 알았다.

'아야카는 좋겠다. 그런 고급 주택가에서 살다니 부잣집 아가씨네.'

집들이 선물을 들고 온 이웃 아주머니가 하는 말에 놀랐다. 그렇게 굉장한 동네인가? 새 이름이 붙어서 왠지 귀엽네, 거기에 새 집을 지으면 주소도 귀여울까, 고작해야 그런 생각밖에 안 했는데 부잣집 아가씨라니. 하지만 고급 주택가에 산다고 부잣집 아가씨가 될 수 있는 것은 아니다.

'히바리가오카라면 S여학교까지 걸어서 다닐 수 있어. 아야카는 공부도 그럭저럭 하니까 지금부터 열심히 노력하면 괜찮아. 응? 응? 응? 중학교 입학시험 보자꾸나.'

갓 지은 집의 2층 창문으로 바깥을 바라보며 어머니가 말했다. 귀여운 교복을 입고 앞집으로 들어가는 소녀를 발견하고 만 것이다. 남 일인 줄로만 알았던 중학교 입시였다. 6학년이 되고 한 번도 생각해본 적이 없었다. 같은 반에도 중학교 입학시험을 치르는 아이가 몇 있지만 특출하게 운동을 잘하는 아이와 똑똑한 아이들뿐이었다. 그 아이들과 함께 입시 공부를 하다니, 아무리 생각해봐도 불가능했다. 설령 합격한다 해도 진도를 따라갈 수 있을지 불안하기도 했고, 부잣집 아가씨들과 사이좋게 지낼 자신도 없었다. 못해. 최소한 서른 번은 그렇게 말한 것 같다.

하지만 한껏 들뜬 마유미에게 아야카의 목소리는 닿지 않았다.

히바리가오카에 집을 지었어요. 그래서 아야카는 S여학교 시험을 치를 거랍니다. 그 당시 어머니는 아무나 붙잡고 그런 말을 했다. 그런 자랑에 맞장구를 치면서도 눈살을 찌푸리는 사람이 많았다. 그래도 꿈이 전부 이루어졌다면 눈총은 살지언정 망신을 살 일은 없었다.

하지만 아야카는 입학시험에서 떨어졌다. 졸업식이 끝나고 새 집으로 이사할 예정이었지만, 결과가 나오자마자 인사도 하는 둥 마는 둥 이사를 했다. 친구들과 이별을 아쉬워할 겨를도 없이 일찌감치 어머니 손에 이끌려 졸업식장을 나왔다. 그리고 4월, 시립 A중학교에 입학했다. 아는 얼굴이 하나도 없다. 친구는 생겼지만 등하굣길에 언덕길을 함께 오르내리는 아이는 아무도 없었다.

히바리가오카에서 제일 작은 집……. 어머니에게 들려주고 싶다.

그런 집은 없어지면 좋을 텐데. 그러면 언덕길 병에서 벗어날 수 있을 텐데.

오후 1시.

마유미가 휴식 교대로 사무실로 돌아가니 파트타이머인 미와코
가 텔레비전 리모컨을 눌러대고 있었다. 늦게 들어왔으면서 오지
랖 넓은 손윗사람과 함께 점심을 먹어야 하다니, 이상한 얘기나
안 꺼내면 다행인데. 최대한 눈을 마주치지 않도록 애쓰면서 사물
함에서 도시락을 꺼내 열었다.

"도시락을 직접 싸다니, 자기도 참 바지런해."

미와코가 반찬 코너에서 사 온 유부초밥을 오물거리며 마유미
의 도시락을 들여다보았다. 닭튀김, 미트볼, 비빔가루를 뿌린 밥.
아야카가 불평하지 않는 귀중한 메뉴지만 남 앞에 자신 있게 내놓
을 만한 도시락은 아니다.

"딸아이가 중학생이라 그냥 겸사겸사 싼 거예요."

"어머나, 딸이 중학생이야? 어디 다니는데?"

"……A중학교예요."

"A중학교라면, 마유미 씨, 꽤 먼 데 사는구나. 하지만 공립에 다
니다니 효녀네. 우리 딸은 하다못해 고등학교까지는 공립에 가라
고 그렇게 부탁했는데 교복이 귀엽다는 시시한 이유로 S여학교
시험을 보겠다는 거야. 그래도 뭐, 평소에 공부도 안 하는데 붙을
리가 없겠지 싶어 기념 삼아 시험을 치게 했더니, 글쎄 이게 떡하
니 붙더라니까. 남편도 나도 얼마나 놀랐는지! 정원 미달인가 하

고 신문을 찾아봤는데 두 배수라고 하니 반은 떨어졌다는 뜻이잖아? 독감이라도 유행했나. 딸은 얼씨구나 신났지만 부모는 눈앞이 깜깜하지. 수업료 비싸지, 차비 들지, 수학여행은 해외로 간다니 적금도 해야지. 지금 고등학교 2학년인데 여기서 번 돈을 전부 들이붓는다니까. 정말 힘들어 죽겠어. 자기는? 여기 월급은 혼자 용돈으로 써?"

"설마요, 어림도 없어요. 주택 대출 갚느라."

"어머, 그래? 집이 있구나. 부러워라. 나도 그러면 날 위해 고생하는 기분이 들 텐데. 아무리 부모의 의무라지만 아이에게 들이붓기만 하니 참 힘들어."

자랑하는 건가? 아야카가 공립 중학교에 다닌다고 바보 취급하는 걸까? 아니, 진심으로 부러워하는 것 같기도 하다. 126엔짜리 세 개 들이 유부초밥은 미와코가 자주 먹는 점심 메뉴다. 깨끗하게 먹어치우고 뜨거운 녹차를 홀짝이는 미와코에게서 우월감은 느낄 수 없었다. 정말 힘든 건지도 모른다. 아야카가 떨어졌으니 부러운 거지, 붙었다면 나도 지금쯤 비슷한 불평을 하고 있을는지도 모른다. 주택 대출만 해도 버거운데 아야카가 만약 합격했다면…….

지금보다 근무 시간을 더 늘리거나, 파트타임 자리를 더 찾아야 했을지도 모른다. 하지만 아야카가 히스테리를 부리는 일도 없었을 테지.

체력적으로는 힘겹겠지만 정신적으로는 지금보다 몇 갑절 만족스럽지 않았을까?

입시 공부를 시키는 게 아니었다.

S여학교에 못 들어갔다는 사실보다도 '낙방'이 아야카의 자존심을 상처 입혔을 테니까. 처음부터 당연하다는 듯이 공립에 보냈더라면 분명 지금처럼 히스테리를 부리지는 않았을 것이다. 설마 이 지경이 될 줄은 생각도 못했다. 아야카에게 상처를 주려고 입시를 권했던 게 아니다. 저 좋으라고 권했던 것이다.

사립학교에 보내고 싶다. 집을 짓기 전부터 줄곧 그런 생각을 했다. 좋은 학교에 가면 좋은 친구, 좋은 선생님을 만날 수 있고, 더 나아가 좋은 회사에 취직할 수 있으며 좋은 배우자도 만날 수 있을 것이다. 그런 기회를 초등학교 6학년 한때의 노력으로 손에 넣을 수 있다면 반드시 시험을 치게 하려는 것이 부모로서 당연한 욕심이다. 하지만 예전에 살던 임대 아파트에서는 걸어서 다닐 수 있는 사립학교가 없었다. 여자아이이니 자전거나 전철 통학은 시키고 싶지 않았다. 그렇기 때문에 히바리가오카 주택 이야기를 들었을 때 바로 이거다 싶었다. 걸어서 다닐 수 있는 거리에 좋은 학교가 있다니 최고의 입지 아닌가?

고급 주택가의 땅덩어리를 저렴하게 손에 넣을 수 있다고 무작정 기뻐했던 것은 아니다. 예전 아파트가 있던 곳이나 이곳 '프레시 사이토' 주변이라면 같은 값으로 1.5배는 큰 집을 지을 수 있다. 부부 둘만 산다면야 어디에 집을 짓든 어떠랴. 딸을 위해 환경을 중시했던 것이다.

입시 공부가 무모한 짓인 줄도 몰랐다.

아야카는 할 수 있을 줄 알았다. 철들기 전부터 이웃 아이들과는 어딘가 다른 면이 있었다. 순모로 된 옷은 기분 좋게 입는데 아크릴이 조금이라도 섞여 있으면 입는 순간 싫다며 울었고, 즐겨 마시던 100퍼센트 사과주스가 품절이라 다른 상표의 100퍼센트 사과주스를 주었더니 딱 한 모금 마시고 토해버리기도 했다. 감각이 섬세한 아이라고 생각했다.

이런 아이는 분명 똑똑할 거야.

게이스케는 팔불출이라고 웃으며 우리 유전자가 어디 가겠냐고 했지만 두 사람 다 낙제 인생을 살아 온 것은 아니었다. 많은 것을 바라지 않고 평범한 코스를 저만의 속도로 걸어왔을 뿐이다. 만일 부모님께 조금만 더 교육열이 있었다면 중학교 입시를 치렀을지도 모르고, 집 근처에 좋은 학교가 있었다면 그 학교를 목표로 노력했을지도 모른다. 능력이 아니라 환경의 차이다. 다행히 아야카는 좋은 환경을 누릴 기회를 얻을 수 있었다. 나머지는 아야카의 노력에 달린 문제였다.

초등학교에 들어간 후로, 아야카는 성적이 특출하게 좋지는 않았지만 중간보다는 앞쪽에 있었다. 학부모 참관일에 스스로 손을 들지는 않았지만 선생님이 시키면 정답을 말했다. 하지만 그것이 아야카의 실력이라고 생각하지는 않았다. 공립학교, 특히나 초등학교란 곳은 낙오자를 만들지 않으려 애쓰기 때문에 하면 되는 아이의 능력을 키워주지 못한다. 섬세한 아야카라면 조금만 신경 써서 요령만 가르쳐주면 훨씬 더 성장할 터였다.

더구나 아야카도 적극적이었다. 원서를 제출하기 전부터 이웃 동급생에게 S여학교 입학 시험을 볼 거라고 자랑했다.

'친구들하고 떨어지는데 섭섭하지 않아?'

'전혀 아무렇지도 않아. 친구는 S여학교에서 사귀면 되니까.'

누가 물어도 아야카는 태연한 얼굴로 대꾸하곤 했다. 마유미가 꼭 강요한 것은 아니었다.

그런데도 무슨 이유 때문인지 지금 아야카는 매일처럼 마유미를 탓한다.

"맞다. 마유미 씨, 이 뉴스 알아?"

한낮의 정보 프로그램을 뚫어져라 보고 있던 미와코가 녹차를 새로 끓이면서 마유미 쪽으로 고개를 돌렸다. 절대 먼저 언급하지 않으려 했는데 역시 이 화제가 나오고 말았구나. 짜증스러웠다.

집에만 처박혀 살던 남성이 아버지를 칼로 찔러 죽인 사건. 이 뉴스를 볼 때마다 아야카의 비명이 마유미의 머릿속에서 메아리친다.

"뉴스는 즐겨 보질 않아서요."

"하지만 그저께부터 몇 번이나 해주고 있으니 한 번쯤은 봤을 거 아냐. 집 안에서 살인사건이라니. 원, 세상에."

"그러게요."

"이런 사건이 생기면 이웃들은 꼭 믿을 수가 없어요, 행복한 가정이었어요, 어쩌고 그러더라. 정말로 그럴까?"

"그렇지 않겠어요?"

"하지만 그때까지 행복했던 사람이 어느 날 갑자기 가족을 죽이겠어? 마유미 씨는 남편을 죽이고 싶었던 적 있어?"

"설마요."

게이스케가 미덥지 못할 때는 있어도 죽이고 싶었던 적은 한 번도 없었다. 결혼 후 여태껏 손찌검을 당한 적도 욕설을 들은 적도 없다. 그럭저럭 괜찮은 남편인지도 모른다.

그렇다면 게이스케가 바람을 피우면 어떨까? 화가 나겠지. 뺨을 한 대 후려칠지도 모른다. 한동안은 말을 나누기도, 얼굴도 보기 싫을지 모른다. 하지만 죽이고 싶지는 않을 것이다. 게이스케를 위해 그만한 에너지를 쓰는 자신을 상상할 수가 없다.

"우리도 싸움은 하루도 쉬지 않지만 풀기도 금방 푸니까 부부끼리 그럴 일은 없지, 암. 그럼 딸은 어때?"

"그럴 리가 없잖아요!"

스스로도 깜짝 놀랄 만큼 큰 소리를 내고 말았다. 어째서 그렇게 정색하고 부정했는지 모르겠다. 게이스케와 아야카에 대한 마음이 어째서 다른 걸까?

"그렇지? 가족이잖아. 아무리 화가 나도 죽이기까지야 하겠어? 보통은 다들 그런 법이야. 사건이 나는 집은, 가령 그게 돌발적인 행동이었다고 해도 심적으로는 분명 쌓아두었던 뭔가가 있을 거야. 그런 건 아무리 숨겨도 행동이나 말끝에 드러나는 법인데, 어째서 이웃들은 아무도 그걸 모를까?"

"그러게요……."

"분명 텔레비전 앞이라 시치미 뗄 뿐이지 속으로는 아아, 그럴 줄 알았다 싶을걸?"

미와코는 녹차를 비우고 화장을 고치기 시작했다.

만약 우리 집에서 사건이 터져 방송국이나 경찰이 이 슈퍼마켓을 찾아온다면 이 사람은 어떤 대답을 할까? 시뻘건 립스틱을 잔뜩 처바르는 미와코를 바라보며 그 입에서 나올 말을 상상해 보았다.

'주택 대출 상환이 힘들었다죠. 점심시간에는 늘 냉동식품이 조막만큼 든 도시락을 가져왔으니 상당히 허리띠를 졸라맸던 모양이에요. 딸은 공립 중학교에 다닌다면서 왜 그렇게 힘든가 싶었는데, 집이 히바리가오카였다면서요? 무리해서 그런 고급 주택가에 집을 지었으니 늘 돈 문제만 신경 쓰느라 가정이 삐걱거린 것 아닐까요? 하지만 그건 역시 격차 사회가 원인 아니겠어요?'

말끝에 잠깐 나온 화제를 열 배로 부풀려 떠벌릴지도 모른다. 그러고 보니 아키코 임신설을 꺼낸 것도 이 사람이었다. 그만 진짜인 줄 알고 인사라도 갈까 했지만 근거는 어디에도 없다. 만약 불임 치료라도 받고 있다면 큰 상처만 주는 꼴이다.

남의 가정 문제를 억측으로 이야기해서는 안 된다. 그렇기에 다들 모르는 척하는 것이고, 통념상 그런다고 비난받지도 않는다.

오후 2시.

아무리 쉬어도 나을 기미가 없어 도시락도 먹지 못하고 조퇴하기로 했다. 점심시간에 가방을 가지러 교실로 돌아가니 후보팀 나오미가 짐을 꾸리는 아야카를 거들어주었다.

혼자서 괜찮아? 걱정해주는 나오미 뒤에서 시호가 소리를 드높였다.

"누가 모시러 오는 거 아니야? 히바리가오카 아가씨잖아. 제일 후진 집이긴 해도 말이야."

교실 한쪽에서 까르르 웃음소리가 터졌다. 나오미는 겁먹은 얼굴로 아야카를 보고 있다. 아야카는 말없이 시호를 노려보았다.

"어머, 싫다. 아가씨가 노려보시네."

그 정도로 주눅들 리 없는 시호가 교실 안 분위기를 한층 더 자극했다.

그만해, 그만해, 그만해……. 교실 경치가 뒤집힌 것처럼 바닥이 기울어간다. 넘어지지 않으려고 두 손으로 붙든 의자를 들어 시호에게 힘껏 집어던졌지만 시호는 가볍게 피했다. 맛이 갔네, 어쩜 흉하다, 그런 목소리가 넘나든다. 도망치듯 교실에서 뛰쳐나왔다.

언덕길을 묵묵히 올라간다. 어째서 이렇게 바보 취급을 당해야 하는 걸까? 히바리가오카에 살게 된 것은 어머니 탓이다. 게다가 어째서 히바리가오카에 산다는 이유만으로 색안경을 끼고 바라보는 걸까? 그런 곳은 하나도 특별하지 않다. 땅값은 비쌀지 모른다. 집도 커다란 저택밖에 없다. 하지만 그곳에 사는 사람들이 특별한 사람들인가 하면 그렇지 않다.

별가방만 해도 흔해빠진 동네 아줌마다. 입학식 이틀째 되던 날, 언덕길을 올라 가쁜 숨을 몰아쉬며 돌아오다가 집 앞에서 비질을 하던 별가방과 눈이 마주쳤다. 걸음을 멈추고 안녕하세요, 인사를 하니 별가방도 활짝 웃으며 어서 오려무나, 하고 말해주었다. 군소리 한마디도 함께.

'히나코가 다니는 S여학교가 아닌가 보구나……. 처음 보는 교복인데, 어느 학교에 다니니?'

'A중학교예요.'

'A중학교면 바닷가 근처니? 미안하구나, 아래쪽 사정에는 어두워서. 매일 고생이 많네. 이 언덕길을 오르내려야 하다니. 하지만 젊음은 부럽구나. 나이를 먹으면 언덕길 걷는 것도 큰일이라. 최근에 밑에 내려갔던 게 언제였더라?'

언덕 위에 살면서 고통을 느끼는 이는 언덕 밑으로 내려가야만 하는 사람들뿐이다. 아야카의 학교, 어머니가 일하는 슈퍼마켓, 아버지의 회사. 모두 언덕 밑에 있다. 괴상한 크로스백을 멘 아줌마는 언덕 위에서만 살아갈 수 있다. 크로스백도 언덕 위 사람들 눈에는 세련되게 보이겠지. 원래 그런 사람들만 살아야 하는 장소인 것이다.

돌아가기 싫다. 돌아가기 싫다. 돌아가기 싫다.

간선도로에 접어들었을 때 눈에 익은 얼굴이 이쪽으로 걸어오는 모습이 보였다.

신지다!

어째서 이런 곳에 있지? 아직 수업이 끝날 시간은 아닌데. 밖에서 어슬렁거리는 모습을 다른 사람에게 들켜도 괜찮은 걸까? 하지만 남의 눈을 걱정하는 눈치는 아니었다. 말을 걸어볼까.

망설이는 사이에 신지는 횡단보도를 건너 점점 이쪽으로 다가왔다. 눈을 약간 내리뜨고 있었지만 스쳐지나갈 때 아야카와 눈이 마주쳤다. 앗, 소리를 내는 것 같더니만 신지는 처음 보는 사람을 지나치는 것처럼 그대로 지나갔다.

알아봤으면서 무시하다니 누굴 바보로 아나? K중학교 교복을 입은 별세계 인간인 신지에게 말을 걸기는 거북했지만, 신지가 학교에서 몰래 빠져나온 거라면 지금은 대등한 입장, 아니 오히려 거리낄 이유가 없는 아야카가 더 우위에 있다는 생각이 들었다.

"잠깐 기다려!"

생각보다 큰 목소리가 나왔다. 신지가 걸음을 멈추고 뒤를 돌아보았다.

"왜?"

짜증이라도 내면 불평 한마디라도 당장 나올 텐데, 온화하게 대꾸하니 말이 나오지 않았다. 확실히 볼일은 없다. 학교는 어쩌고 여기 있는지, 묻고 싶은 말들은 있지만 물어도 될지 망설이고 말았다. 그래도 이런 식으로 얼굴을 맞댔으니 무슨 말이든 해야 하는데.

"……지난 주 시합, 왜 안 왔어?"

이 상황에서 물을 내용은 아니지만 평범하게 이야기해보고 싶었다. 무거운 화제를 건드릴 필요는 없다. 동아리 이야기로 충분했다.

"무슨 상관이야."

신지는 퉁명스럽기 짝이 없는 얼굴로 말했다. 뭐야, 저 말버릇. 이쪽은 마음을 써서 무난한 질문을 했더니.

"그럼 이런 데서 뭐하는 거야?"

마찬가지로 퉁명스러운 얼굴로 되물었다.

"그냥."

"그게 이웃한테 할 소리야? 친절하게 말해주는데. 너희 집이 우리한테 얼마나 폐를 끼쳤는지 알기나 해? 그 정도는 알겠지? 그런데 무슨 상관이냐니, 뭐가 그렇게 잘났어? 사과 한마디쯤 하면 어때?"

"난 아무 짓도 안 했는데?"

"너희 집에서 생긴 일은 너한테도 책임이 있잖아."

"구체적으로 우리 집이 너희 집에 무슨 폐를 끼쳤다는 거지?"

"네 멍청한 팬 말이야!"

"그건 그 멍청한 팬한테 한 소리 하면 될 일 아니야?"

"뭐야, 그게. 남의 탓으로 돌리는 거야? 도망치시겠다? 부잣집 도련님은 사과하는 법도 못 배웠나보지?"

"그만 좀 하지? 나도 지금 그런 쓸데없는 시비를 들어줄 여유는 없어. 그리고 한마디만 해도 될까?"

"……뭘?"

"그쪽이 우리보다 늦게 집 지었잖아. 이웃이 싫으면 이사 가지 그래?"

"뭐······!"

이번에야말로 등을 돌리는 신지에게 대꾸할 말을 찾을 수가 없었다. 북받치는 감정이 분노인지 수치심인지 알 수가 없다.

어째서, 어째서, 어째서 바보 취급을 당해야 하는 거지? 손해 보는 건······ 피해자는 나인데.

언덕길을 내려가는 신지를 향해 마지막 몸부림처럼 중얼거렸다.

내려가, 내려가, 내려가! 바닥까지 굴러가버려! 그리고 두 번 다시 올라오지 마!

오후 5시 15분.

수요일마다 여는 정기 세일은 한 시간의 반짝 세일이 세 번 있고, 4시부터 5시 사이가 가장 붐빈다. 다른 생각을 할 겨를이 없다. 기계처럼 '어서 오세요'를 반복하며 손을 움직일 뿐. 그 일이 끝나면 오전 근무인 마유미는 퇴근할 수 있다.

미와코 같은 사람들은 눈치껏 반짝 세일 때 자기가 사고 싶은 물건을 챙겨 사무실에 두지만, 마유미는 그런 요령이 없다. 파트타이머 경력도 2년이 넘어가는데 특가 세일 달걀이나 설탕을 할인가로 사본 적이 없었다. 앞치마를 벗고 다시 밖으로 나가 일반 손님으로 물건을 산다.

자동문 앞에 멈춰 서서 가방 안을 확인하는데 휴대전화 램프가 깜빡였다. 일단 가지고는 있지만 사용할 일은 일주일에 손으로 꼽을 정도밖에 없다.

아야카의 담임선생님이 건 전화였는데 음성 메시지가 남아 있었다.

'아야카가 몸이 안 좋다고 오후에 조퇴했는데, 좀 어떤가요?'

갖은 핑계를 대며 쉬려고 한 적은 있지만 조퇴라니, 처음 있는 일이었다. 아침에 나갈 때는 평소와 다름없었는데……. 분명 더위를 먹은 것이리라. 5시가 넘었는데도 이렇게나 더우니까.

지친 몸으로 햇볕을 쬐니 갑자기 피로가 밀려들었다. 아직 장볼 일이 남았는데, 녹초가 된 머리로는 무엇을 사야 할지 기억이 나지 않았다. 아야카가 뭔가 부탁했던 것 같기도 한데.

이런 상태로 아키코를 문병하겠다니 말도 안 되는 소리다. 혹시 아키코도 더위일까?

일단 기운 차릴 만한 찬거리를 사서 가자. 아야카는 입맛이 없을지도 모르지만 오늘 밤은 순스케가 나오는 프로그램이 있으니 아래로 내려와서 식탁에 앉을 테지. 에어컨 바람이 시원한 슈퍼마켓 안으로 들어가 눈에 들어오는 재료를 몇 개 사서 차에 올라탔다.

오늘 하루도 열심히 살았어.

카스테레오로 순스케의 노래를 들으며 히바리가오카로 가는 언덕길을 오르는 순간이 마유미에게는 가장 행복한 시간이었다.

【7월 3일(수) 오전 8시~오후 5시20분】

4

다카하시 가족

오후 9시 20분.

다카하시 요시유키는 역 개찰구에서 손목시계를 바라보며 한숨을 쉬었다. 오늘 밤에도 있을까?

'엄마가 그러는데, 요시유키한테 기운 차릴 만한 요리 좀 해주래.'

요시유키는 대학 연구실에서 자는 경우가 잦아 맨션에는 기껏해야 일주일에 세 번이나 돌아갈까 말까 하지만, 노가미 아카리는 그때마다 요시유키가 돌아오기 몇 시간 전에 집에 와서 밥을 차려준다. 머릿수를 채우느라 억지로 간 미팅 자리에서 만나 사귀기 시작한 지 반년. 처음에는 볶음밥이니 햄에그니 하는 휴일의 느지막한 아침 식사 같은 메뉴였는데, 서서히 공이 드는 요리로 바뀌었다.

그러면서 늘어난 말이 '엄마가 그러는데'였다. 엄마에게 배운 요리, 엄마가 생각해준 메뉴. 재료까지 엄마가 사 오는 모양이다.

그리고 며칠 전에는 급기야 아빠까지 등장했다.

'아빠가 그러는데, 요시유키를 한번 만나고 싶대.'

만나서 어쩌자는 거지? 사람 좋아 보인다는 말은 종종 듣지만 멋지다는 말은 들은 적 없는 요시유키에게 아카리는 처음 사귀는 여자친구였다. 그래서 여분 열쇠가 갖고 싶다고 하면 그런 건가 보다 하고 바로 건네주었고 가족은 어떤 분들이냐고 물으면 자세히 설명해주었지만, 너무 빈번하게 가족 이야기가 나오다보니 그제야 다른 사람들도 다들 이런가 하는 의문이 들었다.

오늘, 대학 연구실 친구에게 여자친구와 무슨 이야기를 하는지 넌지시 물었더니 영화 이야기나 좋아하는 음악 이야기를 한다는 흔한 대답이 돌아왔다. 가족 이야기는? 그렇게 묻자 거의 한 적이 없다고 했다.

그 말을 옆에서 듣고 있던 여학생들이 배실배실 웃으며 말했다.

'요시유키를 그냥 애인이 아니라 결혼 상대로 보고 있는 거 아냐?'

'설마. 아직 학생인데?'

하지만 여학생들은 수그러들지 않았다. 요새 여대생들은 취직이 아닌 취집을 한다며 역설했다.

'처음부터 제 힘으로 일할 생각이 없는 건 좀 그렇지만, 굳이 따지자면 실속 있는 거지. 요시유키는 결혼 상대로는 괜찮아 보이잖아. 성실하지, 바람도 안 피울 것 같지.'

요시유키에게 호감을 품고 있는 듯한 말투지만 그중에서 요시유키에게 고백한 여학생은 아무도 없다. 미팅 때 자기소개를 하기 전까지만 해도 여학생들의 시선을 전혀 느끼지 못하다가, 의학부라고 말한 순간 몇몇 여학생들의 시선을 느꼈다. 그중에서 가장 강렬한 시선을 보낸 사람이 아카리였다. 하지만 같은 의학부 여학생들은 의학부라는 이름에 아무런 매력을 느끼지 못하는 것이리라. 의학부라는 요소를 뺀 요시유키는 그저 선량한 남자일 뿐이다.

그 반대의 경우도 있다고 치면, 아버지는 같은 의학부 동급생이었던 어머니의 어디에 반했던 걸까? 두 살 때 교통사고로 돌아가신 어머니의 얼굴을 기억하지 못하는 요시유키가 그 얼굴을 확인할 길은 사진밖에 없다. 요시유키와 똑같이 생긴 너구리같은 얼굴. 빈말로도 미인이라고 할 수는 없었다. 세상에는 그런 얼굴이 좋다는 남자도 있겠지만, 아버지가 다음으로 결혼한 상대를 보면 도저히 어머니의 얼굴을 좋아했을 것 같지는 않다.

어머니에게는 어머니의 장점이 있고 그 사람에게는 그 사람의 장점이 있겠지.

그 사람의 장점은 일단 아름다운 얼굴이다. 어머니는 어떤 분이냐고 묻기에 굉장히 아름다운 사람이라고 대답하자 아카리는 눈썹을 잔뜩 찌푸렸다. 요시유키의 얼굴에서 아름다운 어머니라니, 상상이 되지 않아 심각한 마더 콤플렉스라고 생각한 모양이다. 허둥지둥 지금 어머니하고는 피가 섞이지 않았다고 덧붙였다.

'친어머니가 아니야? 그럼 역시 다른 동생들하고 차별당했어?'

아카리는 동정 어린 눈빛으로 요시유키를 바라보며 말했다. 대답은 'NO'다. 요시유키가 네 살 때 어머니가 된 그 사람은 처음부터 너무나 상냥했고, 친자식을 낳은 후에도 변함없이 대해주었다. 요리 솜씨가 좋아 수험생 시절에는 야식도 자주 만들어주었다. 그 사람 영향인지, 자취하면서 우동이나 라면을 끓일 때는 꼭 마지막에 계란을 풀어 얹어 먹는다.

'동생들은 어때? 피가 반만 섞였다는 뜻이잖아. 나는 외동딸이라 잘 모르지만, 분명 친동생하고는 또 다른 느낌이겠지? 사이는 좋아?'

아카리는 드라마에나 나올 법한 의붓자식의 처량한 신세를 기대하고 있는 걸까? 요시유키에게는 히나코도 신지도 '친동생'이었다. 조금씩 솟아오르는 그 사람의 배에 몇 번이나 귀를 대면서 동생이 생기는 순간을 고대했던 자신의 모습이 기억에 뚜렷했다.

'다들 그렇듯이 사이 좋아. 여동생은 문자 메시지도 자주 보내고, 집에 돌아가면 남동생하고 운동 경기도 보러 가곤 해. 아, 그래. '소프트 카레 매운맛' 광고에 나오는 애, 뭐라더라? 걔가 남동생하고 똑같이 생겼는데.'

'응? 다카기 순스케 말이야? 남동생이 그렇게 멋져?'

'내 남동생이라고 말해도 아무도 믿어주지 않을 정도로 멋져. 운동도 잘하고, 머리도 좋고. 자랑스러운 동생이지.'

'그렇구나. 그래서 어머니가 요시유키한테도 상냥하게 대해주시는구나.'

아카리는 묘하게 이해가 간다는 얼굴로 고개를 끄덕였다. 자기가 낳은 아이가 뛰어나니까 마음의 여유가 있다고 해석한 걸까? 하지만 신지나 히나코와 상관없이 그 사람은 똑같은 태도로 대해 주었을 것 같다. 아카리가 그 사람을 비딱하게 해석하는 건 한 번도 본 적 없는 요시유키의 어머니라는 존재를 상대로 기 싸움을 하고 있기 때문인지도 모른다.

그것은 결혼을 의식하고 있다는 뜻일까? 아카리가 싫지는 않다. 자기 옆에서 나란히 걷기 아까울 정도로 귀엽다고 생각한다. 뭐든 생각나면 바로 입에 담는 성격 때문에 사람들 많은 곳에 있을 때는 간이 철렁할 때도 있지만, 솔직하고 한결같다고 생각하면 오히려 함께 지내기 편하다. 하지만 결혼 문제가 되면 어떨까?

물론 지금 이대로 순조롭게 몇 년이나 교제가 이어져 결혼에 이른다면 아무 문제도 없다. 하지만 구직 활동도 하지 않고 학생일 때부터 요시유키에게 기대려는 마음을 적나라하게 드러내면 상대하기 버겁다. 졸업하려면 아직 1년 반이나 남았고, 그 후에도 바로 안정적인 수입을 얻을 수는 없다. 적어도 서른 전에는 고생길이 훤하다. 게다가 남들보다 배는 고생해야 하니, 그렇게 번 돈을 자유롭게 써보고 싶은 마음도 있다. 효도도 하고 싶다.

올 설 연휴에 집에 돌아갔을 때, 히나코와 한 약속이 있었다.

'아직 한참 앞일이지만, 아빠하고 엄마 은혼식 때는 선물로 해외여행을 보내드리고 싶어.'

그 말을 듣고서야 깨달았다. 그 두 사람은 요시유키 때문에 신혼여행도 못 가지 않았던가? 가족여행은 몇 번 간 적이 있지만 부부끄리 여행을 떠난 적은 없을 터였다.

'그럼 비용은 내가 알아서 할 테니 히나코하고 신지는 어디가 좋을지 몰래 알아내서 계획을 세워.'

그렇게 말하자 히나코는 환한 얼굴로 맡겨만 달라며 엄지를 세우고 웃었다.

아무리 생각해도 결혼은 아직 먼 이야기다…….

맨션 앞까지 돌아오니 2층 안쪽 집에 불이 들어와 있었다. 평소에는 그 불빛을 보면 기뻤는데, 쓸데없는 생각을 하는 바람에 마음이 무거웠다. 걸음을 멈추고 한차례 크게 심호흡을 했다.

정신 차려. 여자애들이 놀린 건 어제오늘 일이 아니잖아. 자기들한테 애인이 없으니 시샘하는 거야. 그런 애들 말장난에 놀아나 아카리 앞에서 결혼이라는 말을 꺼냈다가는 오히려 기겁할지도 몰라. 그저 아카리가 부모님하고 사이가 좋아서 그런 거겠지. 나도 히나코에게 남자친구는 없냐고 물은 적 있잖아. 없다고 대답하기에 생기면 소개하라는 말도 했지. 그것하고 똑같아.

외부 계단을 올라 현관문을 열자 진한 데미글라스 소스의 향기가 물씬 얼굴을 뒤덮었다. 이 더운 날에 비프스튜라니 위가 부담스러웠지만, 에어컨 때문에 얼음장처럼 차가운 집에 들어서는 순간 식욕이 솟아났다.

"어서 와."

현관 바로 앞에 있는 주방에서 냄비 속을 휘젓고 있던 아카리가 뒤를 돌아보며 말했다.

"저 땀 좀 봐. 먼저 산뜻하게 샤워하고 오지 그래? 그 사이에 밥 차릴게. 응?"

아카리는 가스레인지 불을 줄이고 요시유키의 손에서 가방을 받더니 주방 맞은편에 있는 욕실 문을 열었다.

"하는 김에 빨래도 해놓을게."

세탁기는 베란다에 있다. 하라는 대로, 시키는 대로 욕실에 들어갔다. 세면대 위 붉은 버섯 모양 칫솔꽂이에는 요시유키와 아카리의 칫솔이 두 개, 새 칫솔로 바뀌어 있었다. 아카리가 목욕수건도 새로 빨아 내놓았고, 알게 모르게 물때가 묻어 있던 욕조도 말끔하게 닦아놓았다.

뜨거운 물로 샤워를 하는 사이, 나는 기가 막히게 행복한 놈 아닌가 하는 생각이 들었다. 욕실에서 나가 테이블 앞에 앉으면 아카리는 냉장고에서 차가운 유리잔과 맥주를 꺼내 따라줄 것이다. 그 맥주를 마시고 있으면 테이블 위에는 비프스튜와 샐러드 접시가 놓이겠지. 나는 그것을 배부르게 먹기만 하면 된다. 결혼이라는 선택지도 있을지 모르겠다. 요리에 맥주까지 사다 주는데 역시 아카리의 부모님을 만나지 않는 게 오히려 실례 아닐까?

한번 부모님께 직접 인사를 드리고 싶은데 괜찮겠냐고 물어보자. 아카리가 어떤 표정을 지을지 괜히 마음이 설렜다.

욕실에서 나왔는데 주방에 아카리의 모습이 없었다. 가스레인지 불은 꺼져 있다. 방으로 들어가니 테이블 위에 샐러드가 든 유리 접시를 이미 차려놓았다. 그 맞은편, 아카리는 베란다로 나가는 유리문 앞에 털썩 주저앉아 있었다. 휴대전화를 꼭 쥐고 고개를 숙이고 있다.

"무슨 일 있었어?"

물어보아도 대답이 없다. 몸이라도 안 좋은가 싶어 어깨를 붙잡자 아카리는 유난스럽게 흠칫 몸을 떨며 주저앉은 채로 뒤로 물러났다. 도망치고 싶은데 일어날 수가 없어 유리문에 등을 대고 조그맣게 웅크리고 있는 것처럼 보였다. 요시유키가 샤워를 한 20분 사이에 무슨 일이 생긴 거지? 뭔가 나쁜 소식이라도 들은 걸까?

아카리가 두 손으로 감싼 휴대전화를 보았다. 요시유키의 휴대전화다.

"어째서 내 휴대전화를 가지고 있어?"

불쾌했지만 최대한 온화하게 말하자 아카리는 고개를 들고 말 없이, 미안한 기색도 없이 휴대전화를 요시유키에게 내밀었다. 그렇다고 태도가 뻔뻔한 것도 아니다. 표정이 없다. 화가 난 걸까? 연구실 여학생들 가운데 누가 보낸 메시지를 보고 무슨 오해를 했는지도 모르겠다.

요시유키는 휴대전화를 열었다.

7월 4일(목) 오후 9시 40분. 한 10분 전에 온 메시지가 있었다.

뭐야, 히나코가 보낸 거잖아?

'오빠, 아무리 전화해도 안 받아서 메시지로 보내. 경찰이 벌써 연락했어?

나는 아키코 이모 집에 있는데, 뭐랄까, 정말 최악이야. 이모부는 자기가 살인범 친척이라는 걸 들키기 싫어서 날 쫓아내려고 해. 뭐, 당연한 일이지. 만약 내가 이 집 자식이라면 이모부에게 찬성할 거야.

아키코 이모는 어떻게든 범인은 엄마가 아니라느니, 정당방위라느니, 그런 쪽으로 이야기를 돌리고 싶은가봐. 신지 범인설까지 끄집어내더라. 이모한테는 그 편이 낫겠지. 언니가 살인자일 바에야 조카가 살인자인 게 조금이나마 남에 가깝잖아.

그렇게 따지면 나도 신지가 범인인 게 나을 것 같아. 둘 다 내 가족이지만, 엄마 피는 이어받았어도 신지는 한 부모 밑에서 태어났을 뿐이잖아? 원재료에 하자가 있다면 제품인 나한테도 하자가 나올 것 같지만 제품 하나에 하자가 있다면 그것만 불량품이라고 생각하면 되잖아.

그러면 오빠는 엄마가 범인인 게 나으려나.

하지만 세상 사람들은 그렇게 깊이 생각하지 않겠지?

가족은 가족. 그렇다면 누구 남한테 폐를 끼친 것도 아니니 굳이 세상에 공표하지 말고 그냥 가만히 내버려두면 좋겠어. 어째서 우리를 모르는 사람들한테까지 우리 집에서 일어난 일을 알려야 하는 걸까? 나나 오빠 생각은 조금도 해주지 않잖아.

혹시 신지는 그게 무서워서 도망친 걸까? 그 애는 섬세하니까. 휴대전화도 지갑도 안 들고 어딜 갔을까?

어쨌든 짐짝 취급 받으면서까지 여기 머물고 싶지는 않으니 내일

집으로 돌아갈래. 가능하면 오빠도 돌아와.'

히나코가 보낸 메시지를 세 번 되읽은 후에 달리 들어온 메시지가 없는지 확인했지만 아카리가 보낸 '오늘 저녁 메뉴는 비프스튜야'라는 메시지 말고는 아무것도 없었다. 집 전화는 없다. 연구실에 틀어박혀 있던 사흘 동안 휴대전화를 꺼놓았기 때문에 무슨 전화가 왔는지 알 수가 없다.

"이 메시지 뭐야? 살인범 친척이라니, 무슨 뜻이야? 오빠라고 부르는 걸 보니 여동생이 보낸 메시지지? 엄마가 범인이라니, 장난치는 거 아니야?"

히나코에게 전화를 걸어 확인하려고 전화번호부를 연 요시유키의 팔을 아카리가 뒤에서 잡아당겼다.

"미안, 지금 그럴 겨를이 없어."

뒤를 돌아보는 시간도 아쉬웠다.

"왜 그렇게 당황해? 여동생이 장난치는 게 아니구나? 요시유키네 고향집, Y현이지? 이거 어젯밤, 아니, 정확히는 오늘인가? Y현 S시던가? 거기 고급 주택가에서 부인이 남편을 죽인 사건을 말하는 거 아니야?"

휴대전화를 닫았다. 고개를 돌리자 아카리는 방금 전 태도가 거짓말이었던 것처럼 멀쩡한 표정으로 요시유키를 올려다보고 있었다.

"알고 있어?"

"뉴스로 봤어. 낮부터 아무 채널에서나 계속 나와. 아름다운 부인이 말다툼 끝에 집에 있던 장식품으로 엘리트 의사를 뒤에서 내리쳤대."

아카리의 말을 끝까지 듣기 전에 데스크톱 컴퓨터를 켰다. 뉴스는 거의 보지 않는 아카리마저 알 정도로 크게 다루는 사건인가? 그런데 나만 아무것도 모른다.

Y현, 의사, 다카하시, 이 세 가지 키워드로 검색하자마자 기사 제목이 파도처럼 쏟아졌다. 그중에서 대형 신문사의 기사를 골라 클릭하자 아버지 이름과 그 사람의 이름이 덜컥 시야를 파고들었다.

7월 4일 목요일 오전 0시 20분경, Y현 S시에 있는 S소방서에 '남편이 다쳤다'라는 신고가 들어왔다. 구급대원이 출동해 보니 Y대학 부속병원에서 근무하는 의사 다카하시 히로유키 씨(51세)가 후두부에서 피를 흘리며 쓰러져 있었다. 다카하시 씨는 병원으로 이송된 직후 사망하였다. 부인 준코 용의자(40세)는 경찰에서 본인이 집에 있던 장식품으로 남편을 때렸다고 진술하였다. 사건 당시 현장이 된 다카하시 씨 자택에는 다카하시 씨와 준코 용의자밖에 없었으며, 경찰에서는 두 사람 사이에 모종의 트러블이 있었던 것으로 보고 수사를 진행하고 있다.

20여 시간 전에 집에서 일어난 사건. 그 사람이 직접 경찰에 신고했고, 아버지를 때린 사실도 자백했다. 하지만 요시유키는 그 사람이 아버지에게 위해를 가하는 모습을 상상할 수 없었다. 말다툼을 벌이는 광경조차 상상할 수 없다. 아버지는 과묵하고 온화한 성격이지만 자기 뜻은 결코 꺾지 않는다. 성인식 날 밤, 아버지와 둘이서 술을 마셨을 때 돌아가신 어머니하고는 학창시절 밤새도록 말다툼을 한 적도 있었다는 이야기를 들은 적이 있지만, 그 사람은 아버지 말이라면 껌뻑 죽는다.

그것은 복종이 아니라 존경이었다.

"말 좀 해, 요시유키. 정말 요시유키네 집이야? 가만있지 말고 뭐라고 말 좀 하란 말이야."

아카리가 컴퓨터 화면에서 눈을 떼지 못하는 요시유키의 티셔츠 소매를 잡아당겼다.

"네가 무슨 상관이야!"

그만 고함을 지르고 말았다. 지금은 일단 집에 무슨 일이 생겼는지 알고 싶었다. 경찰에 연락도 해야 하고, 히나코와 신지도 걱정되었다. 사건 당일 밤, 둘은 어쩌고 있었을까? 기사에는 자택에 다카하시 씨와 준코 용의자밖에 없었다고만 적혀 있었다. 평일 야밤에 히나코도 신지도, 대체 어디에 가 있었던 걸까? 좀 더 알아봐야겠다. 화면을 되돌려 다른 기사를 클릭하려는데 갑자기 픽 하는 소리와 함께 화면이 시커멓게 변했다. 아카리가 다짜고짜 컴퓨터 전원을 끈 것이다.

"무슨 짓이야?"

"컴퓨터만 들여다보고, 대체 뭐야? 먼저 나한테 설명하는 게 도리 아냐?"

"어째서?"

"지금 이렇게 이 자리에 있으니까. 나는 살인사건 관계자하고 단둘이 있는 거란 말이야. 그런 메시지까지 봤으니 무서워 죽겠어. 난 어쩌면 좋아?"

아카리는 '살인사건 관계자'라고 똑똑히 말했다. 무서워 죽겠다? 그것은 살인자의 아들과 함께 있으니 그렇다는 뜻인가?

"무서우면 집에 가."

"아무 말도 못 듣고 가면 계속 불안하잖아."

"나는 아무것도 몰라. 아마 아카리 너보다도 아는 게 없을 거야. 방금 전 메시지를 보고 처음 알았으니까. 멋대로 남의 메시지를 훔쳐보고선 불안하다느니 무섭다느니 설명을 하라느니, 상식이 없어도 유분수지!"

상식이 없어도 유분수지! 자기가 지른 소리인데 순간 아버지에게 야단맞은 듯한 착각이 들었다. 성적 문제로 혼난 적은 없었지만, 남에게 폐를 끼치는 행위에 대해서는 그런 식으로 야단맞곤 했다. 신발을 신은 채로 전철 좌석에 무릎을 꿇고 바깥 경치를 구경했을 때. 도로에 분필로 낙서했을 때.

체벌을 받은 적은 없다. 단 한마디, 고함만 들어도 몸이 움츠러들고 눈물이 찔끔 났다. 시선을 돌리자 아카리도 눈물을 뚝뚝 흘리고 있었다.

"훔쳐보려고 했던 게 아니란 말이야. 항상 휴대전화 전원을 끄고 사는 요시유키 잘못이야. 메시지를 보냈는데 대답이 없으니 가방에서 꺼내서 본 거야. 역시나 꺼져 있기에 전원을 켰더니, 내 메시지하고 함께 여자애 이름이 표시된 메시지가 떠서…… 누굴까 궁금해서 그냥 살짝만 보려고 했어. 그런 내용인 줄 알았더라면 나도 안 봤어!"

아카리는 단숨에 그런 말을 쏟아내더니 목 놓아 울기 시작했다. 그래도 훔쳐봤다는 사실에는 변함이 없다. 예전에 친구가 '애인이 매번 메시지를 체크한다'고 이야기한 적이 있다. 아카리는 그러지 않으리라 믿었던 것은 아니었다. 요시유키가 목욕하는 사이에 볼지도 모르겠다고 생각한 적도 있다. 요시유키에게 오는 메시지는 연락 사항이 대부분이라 시시한 내용뿐이니 훔쳐볼 가치도 없다고 마음 편히 생각했을 정도였다. 설마 히나코가 그런 메시지를 보낼 줄은 꿈에도 몰랐다. 차라리 바람을 피웠다는 의심이라면 얼마나 좋았을까.

"무슨 일인지 알게 되면 똑바로 설명할 테니 오늘은 그만 돌아가. 동생들이 걱정돼."

"나보다 동생들이 걱정된다는 거야? 나는 요시유키한테 그런 존재였어? 요시유키가 지금 멀리 있는 동생들을 걱정한들 무슨 소용이야? 하지만 나는 눈앞에 있어. 나를 지키고 싶다는 생각은 안 해?"

지켜? 무엇으로부터? 아무리 생각해봐도 내 쪽이 비상사태인데, 아카리는 자기가 제일 힘들다고 생각하는 걸까?

"작작 좀 해. 날더러 어쩌라는 거야?"

"같이 있어줘. 무섭단 말이야. 부모님 생각도 동생들 생각도 하지 말고 내 생각만 해."

살인사건이 터진 집안의 아들과 함께 있어서 무서운 게 아니었나? 이 집에서 나가면 아카리에게 이 사건은 온전히 남의 일이 된다. 자세한 내막을 알고 싶다면 아카리가 직접 텔레비전이나 인터넷으로 조사하면 그만이다.

억지로라도 내쫓을까? 아니면 여기 있는 것으로 만족한다면 마음대로 하라고 내버려두면 될까? 지금 나가면 야간 버스는 탈 수 있다. 말없이 컴퓨터 책상 앞에 앉아 있으려니 아카리가 주방 찬장에서 랩을 가져와 샐러드가 담긴 유리 접시를 싸기 시작했다.

"지금은 아무것도 목에 넘어가지 않을 것 같으니 내 몫은 치울게. 요시유키는 어쩔래?"

배는 고팠지만 음식이 목구멍을 넘어갈 것 같지가 않았다. 억지로 집어삼키는 상상만 해도 헛구역질이 나려고 한다. 그대로 고개를 가로젓자 아카리는 요시유키의 접시에도 랩을 씌워 두 개의 접시를 냉장고로 가져갔다.

고작 그거 하나 움직이는데도 달그락거리는 소리가 귀를 찔러 괜히 짜증이 났다. 그 감정을 억누르기 위해 두 주먹을 불끈 움켜쥐었다.

오후 10시 50분.

요시유키는 욕실 문을 멍하니 바라보며 무엇을 해야 할지를 생각했다.

집에 큰일이 생겼다는 소식을 들었으니 당장이라도 돌아가야 하는데. 야간 버스도 이미 놓쳤고 집에 갈 방법이 전혀 없기 때문일까. 하지만 그것은 변명 같다는 생각도 든다. 날이 밝아 전철이나 버스가 다니기 시작해도 나는 그것을 타고 집이 아니라 학교로 가지 않을까? 내일 실습은 학점 때문에 반드시 들어가야 한다. 아직 이곳에 있는 이유는 멀리 떨어진 집에서 생긴 일보다 학업 쪽이 중요하다고 생각하기 때문인지도 모른다.

다른 사람들도 이럴까……

아카리는 샐러드를 치운 뒤 욕실에 들어갔다. 요시유키는 그사이 히나코에게 메시지를 보내려 했지만 아무리 뒤져도 휴대전화를 찾을 수 없었다. 아카리가 욕실에 가지고 들어갔다고 생각할 수밖에 없다.

그런 짓까지 해가며 여동생과 연락을 취하지 못하게 하려는 이유를 모르겠다. 하는 수 없이 컴퓨터를 켰지만 강제 종료로 인한 오류를 복구하는 사이에 아카리가 욕실에서 나왔다. 평소 목욕 시간에 비하면 절반도 못 되어 나온 셈이다. 이번에는 다짜고짜 끄는 정도로 끝날 것 같지 않아 허둥지둥 컴퓨터를 껐다.

리모컨으로 텔레비전을 켜고 뉴스 프로그램으로 채널을 돌리려는데, 그 전에 아카리가 전원을 꺼버렸다. 더 이상 참을 수 없었다. 전원을 켜려고 텔레비전으로 다가가자 아카리가 두 팔을 벌리고 앞을 가로막았다. 머리도 말리지 않고 나왔는지 뺨에 물방울이 흘러내렸다.

"요시유키는 무섭지 않아? 자기 부모가 피해자네 살해자네 하는 소리가 텔레비전으로 전국에 방송되고 있어. 아는 사람도 모르는 사람도, 모두가 본단 말이야. 아버지하고 어머니 사진도 나왔고, 모자이크 처리는 했지만 집도 나왔어. 그런 걸 보는 게 무섭지 않아?"

무섭다는 말은 그런 뜻이었나. 확실히 인터넷으로 검색했을 때 글자로 아버지와 그 사람의 이름을 보았을 뿐인데도 오싹했다. 영상으로 받는 충격은 몇 배나 더 강렬할지도 모른다. 하지만 알고 싶었다. 동시에 이런 식으로 알아도 되는 걸까 싶기도 했다.

텔레비전이나 인터넷으로 얻는 정보는 남들 눈에는 진실로 보일지 모른다. 하지만 가족인 내게도 그럴까? 내가 그 정도로 언론을 신용하고 있었나? 즉흥적인 보도로 내용이 두 번 세 번 바뀌는 경우는 흔하지 않던가?

전부 헛수고일지도 모른다.

"이제 컴퓨터도 텔레비전도 켜지 않을 테니 머리 좀 말리고 오지 그래?"

그렇게 말하자 아카리는 훌쩍훌쩍 울기 시작했다. 아카리 나름대로 마음을 써주었던 것이다. 두 팔을 뻗어 어깨를 끌어안으려 했다. 하지만 아카리는 도망치듯 뒷걸음치더니 욕실로 뛰어들었다. 목욕은 금세 하고 나왔으면서 머리 말리는 시간은 평소보다 갑절은 길었다.

이거 이부자리를 따로 까는 편이 나을지도 모르겠구나 싶어 벽장을 열고 손님용 이부자리를 꺼내려는데, 아카리가 등 뒤에서 어깨에 팔을 두르며 왜 그러느냐고 물었다. 방금 전 행동은 기분 탓인가 싶어 함께 침대에 들어갔지만, 평소 같으면 팔베개를 해달라고 조르는데 오늘은 침대 가장자리에서 요시유키에게 등을 돌린 채 꼼짝도 하지 않는다.

역시 '무섭다'에는 다른 뜻도 있었나보다. 요시유키도 먼저 손을 뻗지는 않고 최대한 침대 가장자리에 붙어 리모컨으로 전깃불을 끄고 차렷 자세 그대로 눈을 감았다.

"요시유키, 화났어?"

속삭이듯 작은 목소리였다. 마음은 불안하지만 화는 나지 않았다. 아카리에게 그럴 입장이 아니라는 생각이 든다. 화나지 않았다고 대답하는 것도 뭔가 조금 다르지 않나? 어떻게 대답해야 좋을지 몰라 자는 척하기로 했다.

내게 무슨 일이 생긴 걸까. 아버지가 죽었다. 살해당했다. 아버지를 흉기로 때려죽인 사람은 그 사람. 호적상으로는 의붓어머니지만 의식한 적은 없다. 가해자는 어머니. 장소는 히바리가오카 자택. 히나코와 신지는 그때 집에 없었다. 히나코는 지금 이모네 집에 있고, 신지는 행방불명? 이것이 우리 가족에게 생긴 일이다.

내게는 아무 일도 일어나지 않았다.

적어도 이곳에 있는 한 앞으로도 아무 일도 생기지 않을지 모른다. 그냥 자버리면 끝이다.

"요시유키는 이제 의사가 못 되는 거야?"

아카리가 또 중얼거렸다.

"대학 그만두고 집으로 돌아가는 거야? 이제 못 만나는 거야?"

그렇게 말하더니 몸을 뒤척여 요시유키의 팔에 가만히 손을 뻗었다.

"하지만 집에서 사는 게 더 힘들 거야. 이웃들 모두 사건 내용을 알 테고, 요시유키가 그 집 아들이라는 것도 알 테지. 그러면 일자리 찾기도 힘들 거야."

아카리의 손은 요시유키의 팔을 더듬어 뺨으로 뻗어왔다.

"아빠는 요시유키하고 헤어지라고 그럴까? 엄마도 다시는 여기 오면 안 된다고 할지 몰라. 그러면 어떻게 해?"

귀를 어루만지고, 머리카락을 더듬어…….

"응? 어떻게 해! 뭐라고 말 좀 해!"

아카리가 벌떡 일어나더니 둘이서 덮고 있던 얇은 여름 이불을 걷어내고 주먹으로 요시유키의 가슴을 세차게 두드려댔다.

"응? 응? 말 좀 해!"

가슴을 때리는 아카리의 손에 점차 힘이 들어가서 요시유키는 가볍게 콜록거렸다. 마음 풀릴 때까지 내버려두려 했지만 아카리의 손은 멈추지 않았다. 다그치는 목소리에 점점 울음이 섞이더니 끝내 둑이 무너진 것처럼 울음을 터뜨렸다.

아카리가 우는 이유를 모르겠다.

무슨 짓을 해서라도 학교는 졸업하고 열심히 노력해서 의사가 될게. 네 부모님께서 반대하셔도 나는 아카리를 좋아해. ……그런 말이라도 들어야 만족할까?

울고 싶은 건 바로 나다. 아버지가 돌아가셨는데 그 사실을 깊이 곱씹지도 못하고 있다. 차라리 내가 나가버릴까? 밤새도록 이 상태가 계속된다면 패밀리 레스토랑에서 커피라도 마시며 밤을 새우는 편이 훨씬 낫겠다. 만화방이라도 좋다. 신지는 어디에 있을까?

"저기, 중학생이 가출하면 어디로 갈 것 같아?"

아카리의 손이 멎었다.

"뭐? 지금 그런 얘기가 왜 나와?"

"메시지를 봤으니 알겠지만, 남동생이 행방불명 상태야. 지갑도 휴대전화도 놓고 간 모양인데 어딜 갔을까?"

"친구네 집에라도 갔나보지. 남자애니까 공원에서 자든 역에서 자든 이삼일이라면 어떻게든 될 거야. 그게 힘들면 불쑥 돌아올걸."

신지가 그 정도로 강할까? 요시유키나 히나코는 부모님 몰래 스트레스를 푸는 경우도 가끔 있었지만 신지가 그러는 모습은 본 적이 없다. 그런 신지가 역이나 공원에서 잠이나 잘 수 있을까? 그러고 보니…….

"요시유키, 그보다 말이야."

"쉿, 잠깐만."

밖에서 잠든 신지를 본 적이 있었다. 작년 여름이었나? 고속버스로 집에 돌아갔을 때였다. 아침 6시에 버스 터미널에 도착했는데 신지가 대합실에 있었다. 의자에 앉아 꾸벅꾸벅 졸고 있는 신지의 어깨를 두드리자 눈을 번쩍 뜨고 펄쩍 뛰어올라 주위를 두리번거렸다. 마중 나온 거야? 그렇게 물으니 산책도 할 겸 왔다고 대답했지만, 그게 진짜 이유였을까? 신지가 마중 나온 적은 그때까지 한 번도 없었다. 둘이서 집에 돌아온 지 한 시간 만에 모의고사가 있다며 나갔는데, 그런 날에 어째서 굳이 마중을 나왔을까? 어쩌면 마중은 핑계고, 신지는 훨씬 전부터 그곳에 있었을지도 모른다. 무엇 때문에?

"무슨 말이 그래?"

"입 다물어!"

신지가 나간 후에 그 사람이 묘하게 안절부절못했다. 그 모습을 보며 히나코가 '어제부터 계속 저래. 엄마는 신지가 모의고사만 보면 꼭 저러더라. 오늘 당장 결과가 나오는 것도 아니고 겨우 모의고사인데' 하고 귀엣말을 했다. 모의고사 전날, 그 사람이 보내는 기대가 너무 버거워 달아난 걸까?

"정말, 난 몰라!"

등을 힘껏 차여 침대에서 내려오자 뒤통수에 베개가 날아왔다. 요시유키의 베개를 집어던진 아카리는 침대 한복판에 드러누워 이불을 몸에 돌돌 휘감았다. 토라졌다고 유세하는 걸까. 베개였으니 망정이지……. 뒤통수를 쓰다듬었다.

그 사람은 어째서 때렸을까? 대체 무슨 일이 있었기에? 꼭 그래야만 했을까?

침대에서 고른 숨소리가 들려왔다. 이럴 때 바로 잠들다니. 울다 지친 걸까, 아니면 역시 남의 일인 걸까?

간신히 아카리가 잠들어 조용해졌는데, 깊이 생각하려 하면 할수록 요시유키의 눈꺼풀도 무거워졌다. 아카리가 집어던진 베개를 가져와 그대로 바닥 위에 드러누워 눈을 감자 더 이상 아무 생각도 할 수 없었다.

❖

오전 7시.

다리에 묵직한 통증이 치달아 잠이 깼다. 테이블 다리에 정강이를 찧은 것 같다. 일어나서 침대를 보았지만 아카리의 모습은 없었다. 테이블 위에는 메모지가 한 장 있었다.

'친어머니 아니랬지?'

이것이 아카리가 밤새 고민하다가 내린 결론인가? 바꾸어 말하면 가해자하고는 피가 섞이지 않았는지 확인하고 싶은 걸까? 그래서 다행이라고 말하고 싶은 걸까? 그리 쉽게 따질 수 있는 문제가 아니잖아. 애초에 너야말로 생판 남이잖아. 그런데 마치 자기가 제일 피해를 입은 것처럼 난리법석. 머리 구조가 어떻게 생겨먹은 거야?

메모지를 구겨서 휴지통에 집어던졌다. 튕겨 나온 쓰레기를 주우려고 일어섰다가 그대로 컴퓨터 책상 앞에 앉아 컴퓨터를 켰다. 역시 조사해봐야겠다. 겨우 훼방꾼이 돌아갔으니까.

신문사 홈페이지에서는 어젯밤보다 더 자세한 정보를 얻을 수는 없었다. 어느 신문이나 똑같은 내용만 실려 있다. 주간지 홈페이지를 보니 '미인 아내, 뒤틀린 사랑인가. 엘리트 의사 남편을 흉기로 살해!'라는 식으로 제목만 요란하고 내용은 별 차이 없었다. 학교 이름은 지웠지만 히나코나 신지가 다니는 학교 사진을 실은 매체도 있었다. 구역질이 치밀었다. 개인 블로그는 어떨까…….

'예쁜이 준코, 경찰에 몸 바쳐 무죄 확정! 나한테도 한번 대줘.'

'이번 사건 역시 사회 격차의 폐해가 아닐까? 세상이 양극화되면서 그저 돈이 있다는 이유만으로 거만하게 구는 인간이 단순히 자신의 비열한 욕망을 채우기 위해 살인을 저지른다. 그런 자야말로 극형에 처해야 마땅하다.'

'그 부인, 얼굴은 얌전해 보이지만 그런 사람이 꼭 음험한 생각을 하는 법이야. 분명 계획적으로 남편을 죽인 거야! 꺄악, 무서워라!'

'이거 우리 반 애 집에서 터진 사건이다~ 우웩, 소름끼쳐……. 다시는 학교에 오지 마!'

'진범은 5번. 다○하○ 신○. (헤헤, 써버렸다)'

텅 빈 위장에서 위액이 솟구쳤다.

이건 뭐지? 이 녀석들은 대체 뭐하는 인간들이지?

요시유키의 주변에도 블로그를 하는 친구는 있다. 그 친구는 영화나 음악 감상을 일기 대신 쓴다고 했지만, 이런 게 과연 일기일까? 나르시시스트가 잡문을 휘갈기는 사이에 평론가라도 된 줄 착각하는 게 아닐까?

아버지가, 어머니가, 우리 가족이 이 녀석들에게 무슨 피해를 끼쳤다는 거지? 히나코와 신지는 피해자가 아니던가. 둘 다 괜찮을까?

휴대전화를 찾았지만 보이지 않았다. 아카리가 가지고 돌아갔나?

하지만 이런 곳에서 화를 낼 때가 아니다. 그보다 해야 할 일이 있지 않은가? 컴퓨터를 껐다.

냉장고에서 미네랄워터를 꺼내 페트병 그대로 꿀꺽꿀꺽 들이켜고 가스레인지를 켰다.

일단은 배를 채우자. 그리고…….

오후 9시.

히바리가오카 언덕길 밑 해안도로 길가에 있는 고속버스 터미널 대합실에는 세 자리씩 마주보는 형태로 늘어선 비닐시트 소파에 다카하시 히나코를 포함한 일곱 명이 서로 멀찍이 앉아 있었다. 히나코는 저녁때부터 줄곧 이곳에 있었지만, 다른 여섯 명이 오후 10시에 출발하는 파란색 '오사카 행' 버스를 탈지 10시 30분에 출발하는 붉은색 '도쿄 행' 버스를 탈지 알 수가 없었다. 회사원으로 보이는 세 사람은 의자에 몸을 깊이 묻고 꾸벅꾸벅 졸고 있었고, 대학생으로 보이는 세 사람은 한 무리처럼 나란히 앉아 있지만 저마다 말없이 휴대전화를 열고 만지작거리고 있었다.

히나코도 가방 주머니에서 휴대전화를 꺼내 열었다가 바로 닫았다. 열었다 닫았다, 나사가 헐거워지지 않을까 싶을 정도로 같은 동작을 되풀이하고 있다. 누구든 연락하고 싶은데 누구에게 메시지를 보내야 좋을지 모르겠다. 아무에게서도 메시지가 오지 않는다. 당연히 걸려오는 전화도 없다.

일단 아키코 이모에게는 오빠를 찾아가겠다고 메시지를 보냈다. 잠자코 있을까 하는 생각도 들었지만 이모의 집을 히나코의 거처로 댄 이상 경찰이 언제 호출할지 모른다. 그럴 때 말없이 사라졌다가는 신지와 마찬가지로 행방불명 취급을 당하고 만다. 하지만 메시지를 보낸 지 세 시간이나 지났는데 이모는 답장이 없다.

지금 그쪽으로 간다고 메시지를 보냈지만 오빠도 답장이 없다. 매표소의 잔여석 표시를 보니 오사카 행 버스는 자리에 여유가 있기에 답장이 오기를 기다려 표를 사려 했는데, 결국 출발 시각까지 한 시간도 채 남지 않았다.

설에 돌아왔을 때 거의 매일 연구실에 틀어박혀 지낸다고 하던데, 의학부 연구실은 병원처럼 휴대전화 전원을 꺼두어야 하는 걸까? 그렇다면 메시지는 기지국에 그대로 보관되어 있을 테니 메시지를 보지 않았는지도 모른다.

애초에 사건이라고 말하고 싶지도 않은 '그 일'을 알고나 있을까? 혹시 여행이라도 가서 맨션에도, 대학에도 없으면 어쩌지? 고민해봤자 달리 갈 곳도 떠오르지 않아 대합실 구석에 앉아 있는 수밖에 없었다. 휴대전화를 꺼내어 오빠에게 보낸 메시지를 다시 읽어본다. 틀림없이 오빠 번호로 맞게 보냈겠지? 이런 내용을 실수로 남에게 보내어 누가 읽는다면 최악이다.

게임이라도 할까 했지만 여차할 때 배터리가 나가면 큰일이다. 휴대전화를 가방 주머니에 도로 넣고 멍하니 유리문을 바라보고 있노라니 회사원 같은 남자의 모습이 보였다. 바퀴 달린 가방을 한 손으로 끌며 다른 한손에는 큼직한 용기를 들고 있다. 용기가 뜨거운지 일단 가방을 세워놓고 빈손으로 바꿔 들었다. 자동문이 열리면서 남자가 들어오자 대합실 안에 짙은 국물 냄새가 감돌았다.

컵라면이다.

강렬하게 자기주장을 하는 라면 국물 냄새에 끌려, 대합실에 있는 모든 사람들이 맞은편 가운데 의자에 앉아 꿀맛처럼 라면을 먹는 남자를 흘깃흘깃 쳐다보았다. 바로 얼마 전에 똑같은 라면을 먹었는데. 히나코 역시 냄새에 끌려 남자 쪽을 보았다.

점심은 학교에 가기 전에 먹은, 이모가 만들어준 볶음밥 몇 숟갈이 전부. 노래방에서 아야카가 남긴 감자튀김은 보기만 해도 구역질이 났다. 식욕은 하나도 없다. 하지만 오사카까지는 약 일곱 시간. 뭐든 먹지 않으면 멀미를 할지도 모른다. 뭔가 미리 사둘 걸 그랬다. 대합실 구석에 있는 매점은 오후 8시에 문을 닫았다. 대합실에서 나가 도로 맞은편에 있는 편의점에 가기로 했다.

　무단횡단이 가장 빠른 지름길이지만 4차선 도로에는 대형 트럭이 끝도 없이 달리고 있다.

　횡단보도를 건너는 게 더 빠르겠다. 50미터 떨어진 횡단보도로 걸어가려는데 오가는 트럭 사이로 길쭉한 그림자 하나가 보였다. 히나코는 황급히 방향을 틀어 재빨리 도로를 건넜다. 요란한 경적 소리가 쏟아졌지만 신경 쓸 겨를이 없었다. 겨우 길을 건너 다시 인도를 30미터 쯤 달려가 검은 티셔츠를 입은 어깨를 뒤에서 붙잡았다.

　"신지!"

　멀리서 얼핏 보았을 뿐이지만 바로 확신했다.

　"누나……."

　힘없이 뒤돌아보는 키 큰 소년은 역시 신지였다.

　"이런 데서 뭐하는 거야!"

　신지는 처량한 눈으로 돌아보았지만 히나코가 거칠게 말한 순간 등을 돌리고 달아났다.

　"기다려!"

　바로 따라잡았다. 이번에는 도망가지 못하도록 두 손으로 팔을 붙들었다.

　"나도 달리기 빠른 거 잊었지? 너 혼자만 엄마 자식인 줄 아나 본데, 나도 너 이상으로 물려받은 게 있다, 이 말씀이야."

　이 상황에서 '엄마'라는 말이 나왔다는 사실에 스스로 놀랐다.

하지만 그때 흠칫 몸을 떤 신지의 반응도 놓치지 않았다.

"도망쳐도 소용없어. 똑바로 얘기해."

두 팔에 더욱 힘을 실어 신지의 얼굴을 똑바로 올려다보았지만 신지는 눈길을 돌려버렸다.

"입 다물고 있으면 모르잖아!"

트럭 소리에 묻히지 않도록 소리를 높이자 배에서 꼬르륵 소리가 났다. 이럴 때 하필. 한심한 심정이었지만 이어서 신지의 배에서 더 큰 소리가 났다. 그만 풋 하고 웃음을 터뜨리자 신지의 눈매도 약간 누그러졌다. 그 눈초리에 눈물이 맺혀 있다.

키는 3년 전에 히나코를 훌쩍 뛰어넘었지만, 눈앞에 있는 남동생이 왠지 모르게 갑자기 작아 보였다.

겁쟁이 신지! 범생이 신지! 놀릴 때마다 훌쩍거리던 옛날 모습 그대로다.

"배가 고프면 백배는 더 비참해."

말이 없는 신지의 손을 끌고 편의점으로 들어갔다.

스마일마트 해안도로 점. 취급하는 상품도 선반 진열도 히바리가오카 점과 똑같다. 신지는 그날 밤, 편의점에 있었다고 했다. 어머니가 경찰에 말한 것처럼 정말 기분 전환 삼아 편의점에 갔는데 그 사이에 '그 일'이 터졌던 걸까? 아니면 신지가 '그 일'을 저지르고 달아났던 걸까? 혹은 어떻게든 할 테니 너는 어디든 가 있으라며 어머니가 신지를 달아나게 한 걸까?

그날 밤 일을 떠올리고 신지가 또다시 달아날까봐 팔을 붙잡은 손에 힘을 싣자 오히려 신지가 자유로운 손으로 히나코의 팔을 꽉 붙잡았다. 고개를 들어 올려다보니 신지의 시선은 어딘지 모를 장소를 헤매고 있는 듯했다.

두려워하는 걸까? 찾아냈을 때는 무슨 일이 있어도 진실을 알아내려고 했는데, 서서히 겁이 나기 시작했다. 경찰이 '그 일'을 설명해주었을 때는 마치 남 일처럼 머릿속에 들어와 스멀스멀 내 일이라는 실감이 들었지만, 신지의 말은 머리를 직접 후려칠 것만 같다. 언젠가 정원에서 신지가 던진 농구공에 얼굴을 맞아 머릿속도 겉도 한참 욱신욱신 저리면서 의식이 가물거린 적이 있는데, 그리 될지도 모른다.

오빠, 어쩌면 좋아?

기도하는 심정으로 휴대전화가 든 가방 주머니를 보았지만 착신을 알리는 램프는 깜빡거리지 않았다.

오후 9시 30분.

히나코와 신지는 편의점에서 컵라면을 사서 그 자리에서 뜨거운 물을 붓고, 횡단보도를 건너 버스 터미널 뒤편에 있는 방파제에 바다를 등지고 나란히 앉았다. 눈앞에는 대합실과 버스 로터리. 그 옆으로는 둑을 따라 어둠이 펼쳐졌다. 옛날에 도산한 식품회사 창고가 있는 곳으로, 지금은 갱지로 변해 가로등 하나 없다. 히나코는 이렇게 으스스한 장소가 있으니 바닷가 주변은 치안이 나쁘다는 소리를 듣는 게 아닐까 생각했다.

에어컨 때문에 대합실 안이 시원했지만 신지와 함께 있는 모습을 아무에게도 들키고 싶지 않았다. 텔레비전이나 주간지에 두 사람의 사진은 나오지 않았으니 걱정하지 않아도 될지 모르지만, 혼자라면 괜찮아도 둘이서 있으면 살인사건이 벌어진 집안의 아이라는 사실을 들킬 것만 같았다. 게다가 남이 먹는 음식 냄새에 끌려 똑같은 음식을 사 왔다고 생각할까봐 부끄러웠다.

바깥은 그리 나쁘지 않았다. 바닷바람이 상쾌해 반소매를 입은 팔이 쌀쌀할 정도여서 뜨거운 라면을 먹기에는 딱 좋았다.

히나코도 신지도 말없이 라면을 후루룩 삼켰다. 라면을 먹는 동안에는 말이 없어도 어색하지 않고, 쓸데없는 생각을 하지 않아도 된다. 젓가락에 걸리는 면이 서서히 줄어드는 것이 어찌나 아쉬운지 몰랐다.

다 먹고 나면 어쩌면 좋을까? 신지의 휴대전화와 지갑은 집에 있었다고 경찰에게 들었다. 히나코의 지갑 안에 두 사람 몫의 고속버스 차비는 없다.

"바다에서 보는 밤풍경도 예쁘네."

국물을 홀짝홀짝 마시면서 버스 터미널 맞은편에 있는 산을 올려다보았다. 빛의 융단이 완만한 경사를 따라 뻗어나간다.

"……응."

그제야 신지가 입을 열었다.

"산에서 보는 경치랑 바다에서 보는 경치랑, 신지는 어느 쪽이 좋아?"

"둘 다. 한꺼번에 보고 싶어."

"헬리콥터라도 타려고? 얘가 배부른 소리 하네."

"……관람차 말이야."

"응?"

"여기 공터에 관람차를 만든대. 시청 인터넷 게시판에 올라왔는데, 몰라?"

"그런 걸 누가 보니? 마을 부흥을 위해 유원지라도 만든다는 거야?"

"아니, 관람차 하나만."

"그런데 관광객이 올까?"

"하지만 일본에서 제일 크대."

"그건 굉장하네. 바다하고 산의 야경을 둘 다 확실하게 볼 수 있겠다."

밤하늘에 우뚝 솟은 관람차를 상상만 해도 가슴이 설렜다. 이 지역 사람들은 산은 상류층, 바다는 하류층이라고 주장하지만, 관람차를 타고 둘 다 한 번에 굽어볼 수 있다면 어떨까? 하지만…… 신지와 나는 관람차가 완성될 때에도 이곳에 있을까?

야경에서 눈을 떼고 천천히 국물을 전부 마셨다. 마침 신지도 국물을 전부 비웠다. 어머니가 이 자리에 있다면 어떤 표정을 지을까? 컵라면을 밖에서 먹다니. 아니, 이런 음식을 싫어하는 사람은 아버지였는지도 모른다. 휴일 아침, 히나코가 잠옷 차림으로 신문을 가지러 밖에 나갔더니 아버지는 얼굴을 잔뜩 찌푸렸다.

오빠는 어렸을 때 이따금 야단맞은 적이 있다. 히나코는 야단맞은 적은 없지만 굵은 눈썹을 찌푸리는 아버지의 표정이 말로 하는 야단보다 묵직하게 마음을 짓눌렀다. 신지는 막내라서 응석을 받아준 건지, 형이나 누나를 보고 깨우친 건지는 몰라도 아버지가 야단치는 일도, 눈썹을 찌푸리는 일도 없었던 것 같다.

앞으로도 영원히 없겠지.

"여태 어디 있었어?"

"……근처에."

"밤에는?"

"만화방."

"친구네 집이 아니라?"

"이런 상황에서 재워줄 친구가 있겠어?"

"그건 그러네."

텅 빈 컵라면 그릇을 보았다. 아유미와 둘이서 컵라면을 몰래 먹으며 키득키득 웃었던 것도 평화로운 기반이 있었기에 가능했던 일이다.

"나도 없어. 갈 데도 없는데 왜 달아났어?"

"……니까."

"안 들려."

"내가 사라질 것만 같았으니까."

"사라지다니, 생명의 위협을 느꼈다는 뜻이야?"

"아니야. 내가 더 이상 내가 아닌 존재가 될 것 같아서 그랬어."

신지는 그렇게 말하며 일어서더니 히나코의 손에서 빈 그릇과 나무젓가락을 받아 대합실 입구 앞에 있는 휴지통에 버리러 갔다. 신지가 한 말이 무슨 뜻인지 이해할 수 없어 어리둥절하고 있던 히나코는 문득 거리가 벌어졌다는 사실을 깨닫고 벌떡 일어나려 했지만 신지가 도망칠 기미는 없었다. 신지는 휴지통 옆에 있는 자동판매기 앞에 서서 주머니에서 동전을 꺼내고 있었다. 페트병에 든 다른 종류의 스포츠 음료를 두 개 사서 돌아왔다.

"좋아하는 거 골라."

신지가 히나코 앞에 음료 두 개를 내밀었다. 1.5미터는 됨직한 방파제에 앉아 있는데 서 있는 신지와 눈높이가 거의 같다. 이렇게 키가 큰데 어디 도망이나 제대로 칠 수 있을까. 히나코는 아무거나 상관없다며 레몬 맛 음료를 잡으려다가 문득 손길을 멈추었다.

"신지, 돈 가지고 있어?"

"응."

신지에게 지갑이 없는 줄 알고 편의점에서 컵라면을 사주었다. 집에서 도망친 후로 제대로 먹지도 못한 줄 알았는데, 라면을 먹는 신지는 전혀 굶주린 사람 같지 않았다.

"얼마나 있어?"

"5천 엔쯤."

"그렇게나 많이!"

주머니에 동전이나 몇 푼 든 줄 알았는데, 생각도 못한 액수였다.

"지갑하고 휴대전화는 집에 그대로 있었다고 들었는데?"

"돈은 빌렸어."

"누구한테?"

"앞집 아주머니."

"언제?"

"그날 밤, 편의점에서."

그러고 보니 아야카도 사건 당일 밤 자기 어머니가 '스마일마트 히바리가오카 점'에서 신지를 만났다고 했다.

"자세히 좀 설명해봐."

"편의점에서 지갑을 깜박 잊고 온 걸 알았는데, 마침 앞집 아주머니가 있어서 천 엔만 빌려달라고 했더니 잔돈이 없다고 만 엔을 주셨어."

"남한테 돈을 빌리면서까지 꼭 사야 하는 물건이었어?"

"그런 건 아닌데……."

신지는 우물거리며 고개를 숙였다. 히나코라면 지갑을 깜빡 잊고 왔어도 어지간한 일이 아닌 이상 앞집 아주머니에게 돈을 빌리지는 않았을 것이다. 꼭 사야만 하는 물건이라면, 언덕길은 조금 힘겹지만, 계산대에 물건을 맡겨두고 지갑을 가지러 집에 돌아오면 되지 않나?

알리바이 조작. 드라마나 소설 속에서만 나오는 단어가 문득 머릿속에 떠올랐다. 신지는 남들에게 자기가 그 시간에 편의점에 있었다는 인상을 주기 위해 일부러 돈을 빌린 게 아닐까? 앞집 아주머니를 만난 건 우연일지도 모른다. 앞집 아주머니를 만나지 않았더라도 계산대에서 지갑을 깜빡 잊고 왔다고 말하면 점원의 기억에 남을 수 있다. 하지만 가게 안에 신지가 어디 사는 누군지 아는 인물이 있었다면 분명 그 사람에게 말을 거는 편이 훨씬 효과적이다.

그렇다면 어째서 알리바이가 필요했을까?

"신지, 지금은 딱 하나만 물을 테니까 정직하게 대답해."

두 손으로 신지의 오른팔을 붙잡자 신지가 고개를 들었다. 겁먹은 눈으로 히나코를 바라본다.

"누가 아빠를 죽였어?"

히나코의 말에 신지는 또다시 고개를 푹 숙였다.

"대답해! 언제까지고 도망만 칠 수 없다는 걸 알잖아. 그래서 일부러 나한테 붙들린 거잖아."

신지의 팔을 붙잡은 손에 힘을 실었다.

"확실히 초등학교 때는 내가 너보다 발이 빨랐지만 아무 운동도 안 하는 내가 농구부 주전 선수를 이길 리가 없잖아. 네가 일부러 속력을 늦춘 것쯤은 처음부터 알고 있었어. 그 정도는 나도 아니까 똑바로 말해."

"아마도…… 엄마가……. 하지만 그렇게 된 건 내 탓이야."

거짓말을 하는 것처럼 보이지는 않는다. 역시 어머니였나. 그렇다고 해서 뭘 어떻게 해야 할까?

신지에게서 눈을 돌리자 로터리에 들어오는 커다란 버스가 보였다. 파란색 차체, 오사카 행이다.

"신지, 오빠한테 가자."

신지의 팔을 붙들고 방파제에서 뛰어내렸다.

신지의 팔을 끌며 버스표를 사려고 대합실로 들어가 자동발매기 앞에 섰다.

"오늘, 7월 5일, 금요일, 오후 10시, S시 버스정류장 출발, 오사카 행. 그리고……."

입으로 중얼거리면서 필요 항목을 입력하고 가방에서 지갑을 꺼내는데 옆에서 신지가 손을 뻗었다. 화면 구석의 '취소' 버튼을 누른다.

"뭐하는 거야?"

"싫어하지 않을까?"

"누가?"

"형이."

"왜?"

"그야 형은……."

어머니 핏줄이 아니니까. 신지는 그렇게 말하고 싶은 거겠지. 하지만 달리 의지할 사람도 없다. 신지와 단둘이라니, 무거운 짐 덩어리를 끌어안고 있는 꼴이다. 하지만 그래도 도로 건너편에서 신지의 모습을 발견했을 때는 기뻤다. 신지를 의심하는 마음은 여전히 남아 있지만 혼자 대합실에 있었을 때보다 지금이 몇 배나 마음 든든하다. 왜 그런 걸까?

"신지가 걱정할 일이 아니야. 게다가, 남매가 힘을 모아서 어쩌자는 것도 아니야. 나누고 싶은 거야. 오빠도 한집에서 자랐으니까, 얼마간 책임질 의무는 있잖아."

"하지만…… 앗!"

신지가 소리를 질렀다.

"왜 그래?"

히나코도 걸음을 멈추고 신지의 시선을 좇았다.

"오빠!"

히나코가 달려갔다. 신지도 뒤를 따랐다.

파란 버스에서 내린 손님들 사이에 요시유키의 모습이 있었다.

【7월 4일(목) 오후 9시 20분~7월 5일(금) 오후 10시】

　여보세요? 고지마 사토코입니다.

　어머나, 얘야! 우리 아들 맞지? 엄마가 걱정되어서 일부러 전화했니? 며늘아기도 참, 너한테 바로 말했구나. 일 때문에 피곤할 테니 너한테 말하지 말라고 그렇게 신신당부를 했는데 말이다.

　잘 지내니? 밥은 꼬박꼬박 챙겨먹고 있고? 뭐 보내줬으면 하는 물건은 없니?

　엄마야 건강하지. 오늘도 이제부터 수예교실에 갈 거란다. 늘 며늘아기 선물만 보냈으니 네가 섭섭하지나 않을까 모르겠구나. 사실은 너를 위해 멋진 넥타이를 만들어 보내고 싶은데, 회원들이 다들 여자라 아무래도 여성용 소품만 만들게 되는구나. 남성용 소품을 만들고 싶다고 선생님께 제안한 적이 있는데, 선물하고픈 멋진 남성이 가까이에 있는 사람은 사토코 씨뿐이라는 말만 듣고 결국 만들지 못했단다.

사건 말이니? 그래, 며늘아기한테 전화로 알려준 얘기는 전부 들었고? 어머나, 인터넷으로 조사도 했어? 역시 우리 아들이야. 마음에 걸리는 일이 있으면 바로바로 조사한다니까. 그 후로 별다른 일은 없단다. 이 주변도 지금은 조용해.

용의자도 잡혔고 사건도 자백했다는 모양이니 이웃들한테는 이제 볼일이 없나봐.

며칠 계속해서 한참 보도할 줄 알았는데, 어제 똑같은 사건이 또 다른 동네에서 터졌잖니. 용의자가 칼을 들고 달아났다지? 텔레비전하고 주간지 사람들은 전부 그쪽으로 몰려간 모양이야.

다카하시 씨 댁에는 아무도 없는 것 같던데, 아이들은 친척 집이나 호텔, 아니면 어디 다른 곳에 있는 걸까? 막내인 신지가 행방불명이라는 말은 들었는데, 그 후로 아무 소식도 못 들었으니 과연 찾아내기나 했는지 모르겠구나.

너는 신지를 알지? 초등학생 때 그 집 큰아들 요시유키에게 이따금 공부를 가르쳐주었잖니. 옛날부터 너는 마음씨 착하고 남들을 잘 보살펴줬지. 엄마는 자랑스럽단다.

그래서 말인데, 이쪽에는 언제 돌아올 거니?

돌아오지 않는다고?

무슨 소리니? 업무가 어느 정도 자리를 잡은 다음이라도 괜찮아. 요전에 조만간 휴가를 며칠 받아 귀국할지도 모른다고 했잖니? 그래, 정월에 전화했을 때 말이야. 너하고 며늘아기가 느긋하게 지낼 수 있도록 집을 리폼했단다. 주방도 두 군데로 나누어 만

들었어.

　뭐? 사돈댁에 가기로 했다니, 무슨 소리니? 느긋하게 지내고 싶어서 그런다니, 무슨 뜻이야? 어째서 우리 집에서는 안 된다는 거니? 여기가 네 집이잖니?

　혹시 그런 사건이 터져서?

　얘, 얘야, 얘가 정말, 끊지 말고…….

5

엔도 가족

오후 3시.

쇼핑몰 푸드코트에 경쾌한 음악이 흘렀다. 입구 근처 자리에 앉으려던 엔도 마유미는 눈을 뜨고 손목시계를 보았다. 간식 시간을 알리는 신호일까? 도착했을 때보다 한층 시끌벅적하다. 종이컵에 든 커피를 한 모금 마시고 주위를 둘러보았다.

낯선 교복을 입은 여학생들이 주스와 감자튀김을 먹으며 재잘재잘 떠들고 있다. 아야카와 또래로 보이는데, 중학생일까? 방과 후라기에는 조금 이른 시간이지만 몰래 빠져나온 것 같지는 않다. "2번 문제 말이야"라는 소리가 들리는 것을 보니 이 아이들이 다니는 학교는 벌써 기말 시험이 시작된 모양이다. 그런 것치고는 초조한 기색 하나 없이 즐거워 보인다.

남학생 무리도 들어왔다. 마유미는 무심코 벌떡 일어설 뻔했지만 황급히 자리에 앉아 아무 일 아니라는 듯 태연히 커피를 마셨다.

저 속에 신지가 있을 리 없다. 셔츠에 바지뿐인 하복이지만, 한눈에도 신지가 다니는 학교의 교복과는 전혀 다르지 않나? 게다가 신지가 후줄근하게 바지를 내려 입을 리도 없다.

오전에 고지마 사토코에게 '신지가 행방불명'이라는 말을 듣고 마유미는 그저 가만히 앉아만 있을 수가 없었다. 지갑도 휴대전화도 집에 두고 왔다는 신지에게 만 엔을 건넨 사람은 다름 아닌 마유미다. 만약 신지가 외딴 도시에서 자살하거나 남에게 위해를 가한다면 도주 자금을 건넸다는 구실로 마유미에게 죄를 물을지도 모른다.

텔레비전을 켜기도 두렵지만, 그렇다고 고요한 방에 홀로 있으면 신지가 취할 최악의 행동들만 상상하고 만다. 집에 가만히 있으면 미쳐버릴 것만 같았다.

꼭 멀리 갔다는 증거는 없다. 신지를 찾아보자.

자동차로 우선 히바리가오카와 신지의 학교 부근을 둘러보고, 이어서 언덕길을 내려가면서 천천히 시내를 돌았다. 지나가는 소년은 죄다 신지처럼 느껴졌다. 그때마다 속도를 줄이고 창문을 열어 얼굴을 확인했지만 신지는 없었다. 마유미를 꺼림칙한 눈빛으로 마주보는 아이도 있었고, 홱 쏘아보는 아이도 있었다.

역이나 버스 정류장에서는 자동차를 세우고 대합실 안까지 보러 갔지만 신지의 모습은 어디에도 없었다. 어디 먼 도시로 가버린 걸까? 요금이 적힌 안내판을 보았다. 만 엔이면 제법 멀리 갈 수 있다.

집을 지을 장소를 찾을 때도 이렇게 시내를 구석구석 돌아다니지는 않았다. 전단지를 모아 상상만으로 그곳에서 보낼 생활을 그려보았다. 실제로 돌아다녀보고 깨달은 사실은 어디나 마찬가지라는 점이었다. 환경이 어떠네 저떠네 해봤자 결국 몇 시간이면 한 바퀴 돌 수 있는 좁은 동네에 수많은 사람들이 모여서 살아가는 것이다.

대체 이게 무슨 짓이람. 이런 짓을 한다고 신지를 찾아낼 턱이 없는데. 또 찾아낸들 어쩌려고 그래? 아줌마하고 함께 돌아가자는 말이라도 할까? 아니면 만 엔을 돌려달라는 말이라도…… 그만두자.

녹초가 되고서야 점심도 먹지 않았다는 사실을 깨닫고 국도변에 있는 쇼핑몰에 들어갔다. 푸드코트에서 오므라이스를 먹으며 커피를 마시는 사이, 차츰 마음이 가라앉아 꾸벅꾸벅 졸고 말았다.

신지를 찾는 일은 포기하려고 마음먹었는데 남자아이들을 보니 혹시나 신지가 아닐까 뚫어져라 쳐다보고 만다. 이래서야 그냥 수상한 사람이지 뭔가. 이제부터 점점 아이들이 늘어날 시간대이다. 그 전에 돌아가야지.

마유미는 미지근하게 식은 커피를 단숨에 들이켰다. 가방에서 손수건을 꺼내는데 휴대전화가 깜빡거렸다. 아야카의 담임교사였다. '오늘도 조퇴했다'라는 부재중 메시지였다. 이로써 사흘 연속이다. 어제 저녁에 보니 텔레비전을 보며 호들갑을 떨기에 그냥 한낮 더위에 지친 거라고 생각했는데, 혹시 어디 건강이 안 좋은 걸까?

모처럼 흔히 오지 않는 쇼핑몰까지 왔으니 평소와 다른 재료라도 사서 뭔가 아야카가 기운을 차릴 만한 음식이라도 만들어줘야겠다.

오후 3시 30분.

엔도 게이스케는 세 평짜리 방에 하얀 민무늬 벽지를 바르면서 아야카의 방에 바른 벽지가 무슨 무늬였는지를 생각했다.

의뢰인의 아들은 아야카와 같은 중학교 3학년이라고 했다. 입시 공부에 집중할 수 있도록 여름방학 전에 아들 방의 벽지를 너저분한 무늬 벽지에서 민무늬 벽지로 새로 바꾸어달라는 부탁이었다.

파란 하늘에 하얀 구름이 떠 있는 디자인의 예전 벽지에는 포스터나 시간표를 붙였던 듯한 빛바랜 자국이 잔뜩 있었다. 다른 면에는 딱 게이스케의 머리 위치에 긁힌 자국이 있었다. 의뢰인인 어머니는 아들이 초등학생 때 물구나무서기 연습을 한 자국이라고 깔깔 웃으며 게이스케에게 말했다.

똑같이 벽지 긁힌 자국이 아야카의 방에 있다면 마유미는 이런 식으로 웃으며 말할 수 있을까?

생각해보려 했지만 불가능했다. 아야카가 방에서 무엇을 하는지 게이스케는 전혀 모른다. 그뿐이랴. 아야카의 방에 가구가 어떻게 놓여 있는지, 벽에 포스터나 시간표가 붙어 있기는 한지, 그런 것도 몰랐다. 벽지는 무슨 색이고 어떤 무늬인지도 생각나지 않는다. 새 집으로 이사 온 뒤로는 한 번도 아야카의 방에 들어간 적이 없기 때문에.

지난 몇 년 사이, 대화도 제대로 나누지 못했다.

'아저씨는 입 다물고 있어. 저리 꺼져. 당신하고 말해봤자 아무 소용없어.'

어떤 말을 건네도 돌아오는 대답은 그런 말들뿐. 하지만 그때마다 일일이 야단칠 마음은 없다. 고운 말은 아니지만 화를 낼 만한 말도 아니다.

게이스케는 어렸을 때부터 남의 언동에 간섭하기를 꺼렸다. 잔소리 많은 두 누나와 함께 자란 탓이리라. 용기를 내어 주의를 주어도 불평이 갑절이 되어 돌아올 뿐이라면 처음부터 입을 다물고 있는 편이 낫다. 남의 말을 들을 줄 모르는 사람에게는 무슨 말을 해도 소용없는 일이다.

마유미나 아야카에게도 여태 그런 식으로 대했다. 마유미도 분쟁을 싫어하는 성격이라 다툰 적은 한 번도 없었다. 하지만 집 문제에 대해서만큼은 마유미는 고집불통이 된다. 게이스케 역시 언젠가 내 집을 마련하고픈 꿈은 있었지만, 마유미의 집착은 대단했다.

집이 전부. 그런 식이었다. 평소에는 조용히 사는데, 집 문제가 되면 날카로운 분위기가 감돈다. 그 분위기에서 한시라도 빨리 벗어나기 위해 집을 지어야 했고, 마유미가 좋아할 만한 건물을 찾왔다.

하지만 히바리가오카 땅 이야기는 그저 빈말이었다. 땅을 손에
넣어도 그곳에 지을 집은 주위에 비해 초라할 테고 반상회비도 가
계에 부담이 될 정도로 비쌀 터였다.

하지만 마유미는 뛸 듯이 기뻐했다.

'당신하고 결혼하길 잘했어요.'

마유미가 그런 말을 하며 품에 안긴 것은 지금까지도 앞으로도
그 한 번뿐이리라. 히바리가오카의 땅을 구입하기 전에 해안도로
쪽 분양지도 평판이 좋으니 보러 가지 않겠냐고 말해봤지만 전혀
들을 생각을 하지 않았다.

하지만 게이스케도 작업에 가담해 집이 완성되어가자 이로써
부부의 꿈을 이룰 수 있다고 만족할 수 있었다. 이제는 조용히 사
는 일뿐.

작지만 마유미의 희망을 전부 담은 집이 완성된 그날 밤, 마유
미는 아야카의 입시 이야기를 꺼냈다.

아야카는 마유미의 생각처럼 뛰어난 아이가 아니다. 게이스케
를 닮아 그저 소심하고 얌전한 아이였다.

하지만 그 말을 입에 담으면 아야카가 정말로 그 정도밖에 못
되는 아이가 되어버릴 것만 같아 잠자코 있었다. 거짓이라도 고급
주택가에 살면서 '나는 이런 곳에 사는 특별한 인간'이라고 계속
믿다 보면 언젠가 정말로 우수한 아이가 되지 않을까? 그런 기대
가 없지는 않았다.

하지만 현실은 그리 만만하지 않았다. 입시에 낙방한 아야카는 비굴해졌다. 작은 일에 바락바락 악을 쓰며 제가 잘난 줄 알고 폭언을 내뱉는다. 하지만 게이스케는 아야카의 심정을 이해할 수 있었다.

아야카는 그렇게 자신을 보호하고 있는 것이다. 언젠가 그 사실을 스스로 깨닫는 날이 오리라. 그렇기에 무슨 소리를 들어도 웃으며 흘려 넘겼는데, 어젯밤의 태도는 대체 뭐란 말인가.

앞집에서 일어난 사건 뉴스를 보며 배를 끌어안고 낄낄 웃으며 식탁 앞에서도 휴대전화에 뭐라 문자를 찍어대더니 '걸작!' 어쩌고 하며 큰 소리로 야단법석을 떨었다.

'아야카, 전화는 밥 먹고 나서 하지 그러니?'

마유미가 야단을 쳐도 들은 체도 하지 않았다. 마유미가 당신도 한마디 하라기에 게이스케도 어쩔 수 없이 아야카를 타일렀다.

'빨리 먹지 않으면 엄마가 힘들잖니.'

아야카는 풋 웃음을 터뜨리더니 깔깔 웃으며 게이스케에게 말했다.

'엄마가 화나서 날 때려죽이기라도 한대? 그런 짓 하면 인생 끝장이라고 이제 막 앞집 아줌마가 몸소 증명해주었는데? 설마 엄마도 그 정도로 바보는 아니겠지.'

게이스케도 마유미도 더 이상 할 말이 없었다. 마유미는 식기세척기가 있는데도 시간을 들여 손으로 냄비와 접시를 씻었고, 게이스케는 평소보다 오래 욕조에 몸을 담근 후 바로 갔다.

아야카는 사건을, 앞집에서 일어난 불행한 사고를 즐기고 있다. 그런 아이가 아니었는데.

역시 그런 곳에 집을 짓는 게 아니었다.

오후 4시.

이렇게 가벼운 발걸음으로 언덕길을 오르기는 처음이다. 엔도 아야카는 방금 전 노래방에서 히나코를 만난 일을 떠올리면서 콧노래를 흥얼거리며 언덕길을 올랐다. 이렇게 신나는 일이 또 있을까? 역시 세상은 공평하다. 부잣집 아가씨들만 모이는 학교에 다녀도, 넓은 집에 살아도, 살인사건이 난 집안의 자식이니 앞으로 절대 행복해질 리가 없다. 히나코는 평생 세상의 손가락질을 받으며 살아가야만 한다.

아야카의 세상을 일그러뜨렸던 언덕길도 앞으로는 단순한 길에 지나지 않는다.

어제는 교통 규제를 실시할 정도로 경찰과 보도 관계 차량이 히바리가오카에 잔뜩 몰려들었는데 오늘은 아무 일도 없었던 것처럼 고요했다. 며칠 더 떠들썩해야 하지 않나? 텔레비전이나 주간지 인터뷰에 응할 마음도 있었는데, 시시하다.

집 앞에 다가가면 아야카는 늘 고개를 왼쪽으로 돌린다. 신지를 만날 수 있을까 기대하면서. 이제 그런 기대는 하지 않지만 오늘은 다른 광경이 눈에 들어와 다카하시 저택을 그만 뚫어져라 쳐다보았다.

굉장하다.

셔터가 내려온 차고와, 그곳에서 현관까지 이어지는 다갈색 돌이 맞물린 높은 담에 수십 장이나 되는 종이가 미어터질 정도로 붙어 있었다.

'죽어!'

'살인자!'

'창피한 줄 알아라!'

'꺼져!'

'몽땅 죽어버려!'

비방문이 가득했다. 하얀 종이에 굵은 매직으로 휘갈겨 쓴 것, 서예 붓으로 쓴 것, 워드프로세서로 찍어 잔뜩 복사한 것. 필체도 종이 크기도 제각각이다.

아침에 집에서 나왔을 때는 이렇지 않았다. 반나절 사이에 이런 일이 벌어지다니. 누가 한 짓일까? 담을 올려다보니 2층 구석방의 깨진 유리창이 눈에 들어왔다. 이것도 아침에는 멀쩡했었다.

분하지만 집을 나설 때마다 2층 구석방을 올려다보는 습관이 몸에 배어 있으니 틀림없다.

비방문, 깨진 유리창. 텔레비전 드라마에서 이런 광경을 본 적은 있다. 살인사건이 발생한 집이니 당연한 일이다. 하지만 저런 해코지는 해가 지고 나서, 한밤중에나 하는 줄 알았다. 설마 대낮에 이 정도로 대담한 짓을 하는 사람이 있을 줄이야. 정신이 어떻게 생겨먹은 사람일까.

주변을 둘러보았지만 사람 모습은 어디에도 보이지 않았다. 목소리도 들리지 않는다. 구경꾼들이 사건이 발생한 집에 해코지를 하려고 대낮에 당당히 언덕 밑에서 찾아온 걸까? 하지만 그랬다면 히바리가오카 주민들의 눈에 띄었을 것이다. 아니면 이 동네 이웃들이 짜고 낙서를 붙인 걸까? ……어째서?

평온한 생활에 불안을 드리웠으니까.

무서웠으니까.

고급 주택가 히바리가오카의 이름을 더럽혔으니까.

어쩌면 이 종이를 붙인 사람들은 '비방'이라는 생각을 하지 않았는지도 모른다. 단순한 '항의'라고 생각했는지도 모른다. 자기들이 하는 짓이 옳다고 믿기에 대낮에 이럴 수 있는 게 아닐까?

'꺼져!'

붉은 매직으로 적힌 글자를 보면서 신지가 했던 말을 떠올렸다.

'그쪽이 우리보다 늦게 집 지었잖아. 이웃이 싫으면 이사 가지 그래?'

히바리가오카에서 제일 작은 집을 찾으면 된다고 시호의 친구에게 말한 사람은 신지일 터였다. 그 말이 시호에게 전해졌고, 아야카가 망신을 사게 되었다. 신지 때문에 조롱을 당했는데, 신지는 아야카에게 전혀 미안해하는 기색이 없었다.

그런 주제에 업신여기는 표정으로 그런 소리를 지껄이다니.

그러니까 살인사건이 터지는 거야.

집 크기야 사실이니까 신지가 사과할 필요는 없을지도 모른다.

하지만 살인사건을 일으킨 집안의 자식은 먼저 이웃들에게 사과를 해야 마땅하지 않나?

한밤중에 구급차에 경찰차가 오고, 날이 밝으니 취재 차량까지 오고, 신문에도 실리고, 텔레비전에도 나오고, 다들 피해가 이만저만이 아니다.

이웃들 앞에서 땅에 무릎을 꿇고 눈물 흘리며 '여러분, 폐를 끼쳐 죄송합니다'라는 말 정도는 해야지. 그렇지 않으면 이쪽은 속이 풀리지 않는다.

이 낙서는 히바리가오카 주민들의 목소리다. 주민이라면 누구나 불평할 권리가 있다.

맞는 말이야. 맞는 말이야. 여기 쓰인 말대로야.

낙서를 한 장씩 읽어가는 사이에 아야카는 점차 흥분했다. 다카하시네 가족은 전부 꺼져버리라지. 아니, 처음부터 이곳에 없어야 했다.

그러면 히바리가오카에서도 조금은 더 편하게 지낼 수 있었을 텐데.

발밑을 보니 주먹에 들어가고도 한참 남는 자그마한 돌멩이가 굴러다녔다. 그 돌을 주워들고 2층 구석방을 올려다보았다.

신지의 방. 매일 밤늦게까지 불빛이 켜져 있던 그 방 유리창을 대체 누가 깼을까? 방은 많으니 다른 유리창을 깨면 좋았을 텐데. 신지의 방에 돌팔매질을 할 권리가 있는 사람은—바로 나인데.

이미 깨진 창문이라도 상관없어. 신지의 방에 돌을 던질 테야.

신지에게 돌팔매질을 할 테야. 아야카는 팔을 치켜들었다.

세상이 떠나갈 듯한 경적소리가 울렸다.

깜짝 놀라 심장이 멎는 줄 알고 시선을 돌렸는데, 어머니의 경차였다.

앞 유리 너머로 눈을 휘둥그레 뜨고 입을 쩍 벌린 어머니가 난생 처음 보는 생물을 보는 듯한 눈으로 아야카를 보고 있었다.

오후 5시.

나일론 소재 에코백이 식탁 위에 그대로 있다. 냉동식품이 들어 있으니 빨리 냉동실에 넣어야 하는데, 마유미는 의자에서 일어설 수가 없었다. 뺨이 후끈거린다. 에어컨 스위치는 켰지만 사건이 일어났던 그날 밤 이래로 창문을 닫고 사는 실내는 뭉근한 열기 때문에 좀처럼 시원해질 기미가 없다.

겨드랑이 밑에 땀이 흘렀다. 하지만 더위 때문은 아니다.

아야카가 물건을 집어던지는 모습은 여태 지긋지긋할 정도로 보았다. 그런데 집 안에 들어와서도 심장이 계속 두근두근 요란하게 뛴다. 무슨 차이일까? 집 밖에서 보았던 광경이 충격이었던 걸까?

아니, 문제는 그 아이의 얼굴, 표정이다.

집 안에서 악을 쓰는 아야카는 내면에 쌓인 불만을 풀어내려는 듯이 날뛰곤 했다. 울음을 터뜨릴 것만 같은, 괴로워서 견딜 수 없다는 듯한, 그런 얼굴이었기 때문에 어쩔 수 없다고 체념하는 부분도 있었다. 하지만 방금 전 돌멩이를 치켜든 아야카에게서는 그런 표정을 전혀 찾아볼 수 없었다.

경적을 울리자 눈이 마주쳤지만 아야카는 금세 시선을 돌렸다. 아야카는 치켜든 손을 내리고 돌멩이를 길가에 집어던지고는 집 안으로 뛰어 들어갔다. 간발의 차이로 아야카를 말릴 수 있어 다행이라고 가슴을 쓸어내렸던 것도 잠시, 차에서 내려 다카하시 저택을 보니 2층 구석방의 창유리가 와장창 깨져 있었다.

한밤중에 잠에서 깨어 바라볼 때면 늘 불이 켜져 있던 방이다. 히나코나 신지가 밤늦게까지 공부하고 있겠거니 싶어 대견한 마음으로 올려다보았는데, 아야카는 또 다른 감정을 품고 바라보았는지도 모른다.

그렇다고 이런 끔찍한 짓을.

하지만 깨진 유리보다도 눈에 선한 것은 차고 셔터부터 담까지 나붙어 있던 비방문들이었다. 집을 나서기 전에는 없었다. 앞집에서 살인사건이 터졌다는 소식을 들었을 때 마유미의 머릿속을 스쳤던 것은 이런 광경이었다.

드라마에서 이런 장면을 본 적도 있고 누군가가 복역 중인 살인범의 집에 불을 질렀다는 뉴스도 본 적이 있다. 텔레비전 화면 속, 불에 타고 남은 가옥의 담벼락에는 스프레이로 살인범을 비방하는 말들이 끝도 없이 적혀 있었다.

실제로 본 적도 있다. 살인사건은 아니지만 어렸을 때 살던 아파트 어느 집 문에 '변태'라고 적힌 종이가 붙어 있었다. 속옷을 훔친 회사원의 집이었다. 그 집에는 마유미보다 한 살 많은 여자 아이가 있어 매일 아침 함께 학교에 가곤 했는데, 이튿날부터 마유미는 혼자 등교하게 되었다. 마유미가 그 아이를 피한 것인지 그 아이가 더 이상 함께 가자는 말을 하지 않았던 것인지 잘은 모르겠지만, 같은 학년이 아니라 다행이라고 생각했던 기억이 있다.

속옷 하나 훔쳤는데 그 정도였으니 살인사건이면 일이 더 커질 것이다. 텔레비전에 비친 다카하시 저택을 보면서 불안한 마음이 치밀었다. 집을 방송에 내보내다니, 아무 상관없는 사람들에게 '해코지할 곳은 바로 이 집입니다' 하고 알려주는 꼴 아닌가?

조금 물러난 자리에서 찍은 영상에는, 모자이크 처리를 하기는 했지만 마유미의 집도 찍혀 있었다.

실수로라도 누가 우리 집에 해코지를 하면 어쩌지? 그런 걱정까지 했다.

하지만 사건 이후 이틀이 지났어도 누가 다카하시 저택에 해코지한 흔적은 보이지 않았다.

중후하고 현대적인 디자인의 집이다 보니 역시 건드리기가 꺼림칙했는지도 모른다. 아니, 그게 아니라 고급 주택가라는 이미지가 저속한 행위를 하는 사람들의 접근을 허락하지 않았던 것이다. 해코지를 하려고 구경꾼들이 외부에서 찾아와도 히바리가오카의 분위기가 그런 행위를 저지해줄 것이다.

그렇게 믿었는데, 이게 뭐야.

대낮에 당당히 이런 짓을 했다는 뜻이다.

오늘에야 이런 짓을 한 이유는 아마도 경찰이나 보도 관계자들의 모습이 대부분 시야에서 사라졌기 때문이리라. 아야카는 이 낙서를 보고 돌을 던진 것일까? 유리가 깨지는 소리에 쾌감을 느끼고 두 번째 돌을 치켜들었던 것일까?

'집이 가여워.'

깨진 유리를 바라보고 있는데 등 뒤에 시선을 느끼고 고개를 돌렸다.

고지마 사토코다. 문 그늘에서 이쪽을 보고 있다. 어디 외출하려던 참일까, 화려한 원피스를 입고 있지만 크로스백은 늘 똑같다. 눈길이 마주쳤다. 이쪽으로 오나 싶어 몸이 굳었지만 사토코는 눈을 홱 돌리고 집안으로 들어갔다.

왜 저럴까? 어쩜 이렇게 끔찍할 데가, 누가 한 짓일까 어쩌고 하면서 말을 걸까봐 긴장했는데 무시당하니 오히려 마음에 걸린다.

유리를 깬 사람이 아야카라는 사실을 알고 있는지도 모른다. 저만큼 요란하게 깨졌으니 큰 소리가 났겠지. 사토코라면 분명 무슨 일인지 보러 나오고도 남는다.

살인사건이 발생한 집이라고 해도 돌팔매질을 하다니, 아무리 생각해도 상식에서 벗어난 행위다. 틀림없이 사토코는 경멸했을 것이다. 나라도 만약 다른 집 아이가 돌을 던졌다면 그 아이를, 아니, 그 아이의 부모를 한껏 경멸했을 것이다.

아야카를 본 주민이 또 있지나 않을까? 어디 그늘에서 경멸이 담긴 눈초리로 마유미를 보고 있지는 않을까?

마유미는 도망치듯 집 안으로 뛰어들었다.

실내는 겨우 시원해졌지만 마유미의 뺨은 여전히 후끈거렸다.

오후 5시 30분.

맛있는 커피다. 게이스케는 한 모금 마시고 생각했다. 벽지 교체 작업이 끝나자 의뢰인이 거실에서 다과를 내주었다. 뜨거운 커피와 초콜릿 케이크다. 대접을 받으며 의뢰인에게 벽지 손질하는 방법을 설명하고 있는데 아이 둘이 줄줄이 돌아왔다.

중고생으로 보이는 남매가 교복 차림 그대로 거실로 들어왔다. 누나가 입은 교복은 게이스케의 눈에도 익었다. 의뢰인이 아이들에게 말했다.

"너희들, 손은 제대로 씻어야지. 그리고 히로키의 방 벽지를 바꿔주신 분이니 감사하다고 인사드리렴."

아이들은 게이스케 옆으로 오더니 둘이 나란히 고개를 숙였다.

"고맙습니다."

"아니, 천만에……."

솔직하고 예의 바른 태도에 게이스케는 엉거주춤 일어서서 머리를 긁적거렸다. 아이들은 그대로 안쪽 주방으로 갔다.

"히로키, 네 방, 이제 파란 하늘이 아니네."

누나 쪽이 그렇게 말했다. 파란 하늘 디자인의 벽지는 천장과 온 사방에 붙어 있었기 때문에 방에 들어가 한참 있노라면 하늘에 두둥실 떠 있는 기분이 들었다. 아야카의 방도 이런 디자인으로 하면 훨씬 여유로운 마음을 가졌을까? 그런 생각을 하며 벽지를 벗겨내는 작업을 했었다.

"나도 내년부터 고등학생인데, 여자친구 데려올 때 하늘 벽지면 부끄럽잖아."

히로키라는 이름의 소년이 말했다. 새 벽지는 무늬 없는 하얀색이다. 때가 타더라도 눈에 띄지 않도록 약간 회색을 넣었기 때문에 밝은 빛깔이면서도 차분한 분위기가 있다. 벽지를 다 바른 실내를 보며 아야카의 방도 이 벽지로 하면 조금 차분해질까 하는 생각을 했다.

누나는 식탁 위에 있는 케이크를 자르고, 히로키는 커피를 따르고 있다.

"입시 전부터 여자친구 타령이라니 여유만만이네. 아니면 벌써 여자친구 있어?"

"없네요. 그것보다 누나, 메시지 보냈어?"

"누구한테?"

"빤하잖아. 내 입으로 말해야 알아?"

"……아직."

"뭐하고 있는 거야. 누나가 그렇게 박정한 사람인 줄 몰랐어."

"하지만 뭐라고 보내? 기운 내? 뭐든지 의논해? 우리 집에 와도 돼? 무슨 말을 보내도 상처받을 것만 같단 말이야."

"하지만 아무 연락도 없는 게 제일 괴로울 거 아냐."

"잘난 척, 다 아는 척 떠들지 마. 그럼 네가 보내면 될 거 아냐? 혹시 히로키 너, 히나코를 좋아하는 거 아냐?"

"멍청한 소리 마. 누나 친구니까 걱정하는 것뿐이잖아."

히나코라는 말을 듣고 게이스케는 누나 쪽을 보았다. 앞집 아이를 말하는 걸까? 교복 역시 마유미가 아야카에게 입히고 싶어했던 S여학교 교복이었다.

"너희들, 손님 앞에서 그만 좀 해라."

의뢰인이 아이들을 타이르자 아이들은 "죄송합니다" 하고 게이스케를 보았다.

"아닙니다. 사이가 좋아 보여 부럽네요. 저희는 딸 하나라. 그나저나 이 케이크, 참 맛있군요."

"어머나, 기뻐요. 제가 직접 만든 거랍니다. 괜찮으시면 따님한테 좀 가져다주세요. 마침 저희끼리 다 먹으면 칼로리가 과한 터라."

의뢰인은 게이스케의 대답도 듣지 않고 일어서서 식탁으로 향했다. 아버지가 가져온 수제 케이크를, 아야카는 기뻐할까?

"아빠 몫이 너무 커."

"그래, 내장비만인데."

"카카오는 몸에 좋으니까 괜찮아."

게이스케는 식탁을 둘러싼 세 사람을 보았다. 분명 이 집에서는 그런 사건이 일어나지 않겠지. 같은 또래의 아이들이 있고 비슷한 환경에서 생활하는데 어째서 사건이 일어나는 집과 그렇지 않은 집이 있는 걸까.

아니, 남편을 죽인 사람은 아내이니 부부 문제인가? 하지만 원인은 아들에게 있다.

오후 6시.

아야카는 돌을 던지지 못한 분풀이로 모바일 사이트 게시판에 신지를 욕하는 글을 올렸다. 어젯밤부터 몇 번이나 올리고 있다.

하지만 아야카가 무슨 글을 올렸는지 모를 정도로 게시판에는 몇 분마다 글들이 올라왔다. 무수한 글 속에는 가까운 사람이 썼음직한 내용도 있었지만 태반은 다카하시 가족과 전혀 상관없는 사람들이 쓴 게 아닐까 싶은 추상적인 내용뿐이었다.

아무 피해도 입지 않은 사람들이 어째서 이렇게 으스대며 글을 써대는 걸까? 아야카는 앞집에서 일어난 사건이니까 필사적으로 글을 쓰고 있지만, 다른 사건에 대해 글을 올린 적은 한 번도 없다. 아무 관심도 없었기 때문이다.

하지만 글을 읽는 사이에 이것이 가장 큰 제재라는 생각이 들었다. 사건이 터지고, 경찰에 붙잡히고, 재판소에서 형을 받는 것만으로는 심판이 되지 않는다. 텔레비전이나 인터넷으로 전국에 보도되어 알지도 못하는 사람들에게 비난을 받고 사회에서 매장당하면 가해자뿐만 아니라 가족이나 친척들도 돌이킬 수 없는 짓을 저지르고 말았다는 사실을 인식하고 깊이 반성할 수 있지 않을까?

신지도 히나코도 여기 적힌 내용을 마음속 깊이 받아들여야만 한다.

'꼴좋다.'

여기에도 적혀 있다. 자기들은 선택받은 인간이라는 교만한 마음이 사건을 일으켰다고. 맞는 말이다.

태도가 그러니 그날 밤, 그런 사건이 터진 것이다.

앞집 사건은 내가 유도한 일이다. 언덕길을 내려가는 신지를 향해 불행해지라고 빌었던 나의 바람이 이루어진 것이다.

아야카는 사건 당일의 기억을 떠올렸다.

그날, 집에 돌아와도 신지가 한 말이 머리에서 떠나지 않았다.

남을 조롱하거나 업신여기는 행위는 머리 나쁜 인간이나 하는 짓이라고 생각했다. 신지하고는 말할 기회가 없었을 뿐, 기회만 있으면 틀림없이 아야카에게 상냥하게 대해주리라 믿고 있었다. 상상 속에서 신지는 늘 아야카에게 상냥했다.

학교에서 화가 나는 일이 있으면 신지를 닮은 순스케의 포스터를 바라보며 신지에게 푸념을 쏟아내는 상상을 하곤 했다. 아야카가 무슨 말을 해도 정말 너무했네, 하고 맞장구를 치며 이해한다고 고개를 끄덕여주고, 마지막에는 아야카는 잘못이 없으니 신경쓰지 말라고 말해준다.

하지만 신지에 대한 불만은 순스케의 포스터로 풀 수 없었다. 수줍은 미소를 볼수록 화가 났다. 식사 준비가 끝났다는 어머니의 목소리가 들리자마자 1층으로 내려갔다.

식사 중에는 늘 텔레비전을 켠다. 가족의 단란한 시간은 생각할 수도 없다. 아버지가 함께 저녁 식사 자리에 앉는 경우는 일주일에 사흘 정도지만, 셋이 나란히 앉든 어머니와 단둘이 앉든 할 이야기는 아무것도 없다. 텔레비전을 보면서 적당히 몇 마디 나누는 정도가 딱 좋았다.

아버지는 아직 집에 돌아오지 않아 어머니와 둘이서 저녁을 먹었다. 매주 챙겨 보는 퀴즈 프로그램에 채널을 맞추자 게스트로 다카기 순스케가 나와 맥이 풀렸다. 다른 프로그램을 틀까 했지만 어머니도 챙겨 보는 프로그램이다. 방송이 시작되었는데 채널을 돌리면 왜 그러냐고 물을 게 뻔하다. 그게 번거로워 그대로 두기로 했다.

순스케는 신지와 얼굴은 비슷하지만 머릿속은 다르니까 퀴즈도 변변히 못 맞히겠지.

그런데 다카기 순스케는 어려운 문제를 술술 맞혔다. 개그맨이 이게 어찌 된 영문이냐며 깐죽거리자 사회자가 순스케는 명문 사립고에 다닌다며 유명 대학 부속 고등학교의 이름을 들먹였다. 스튜디오에서 대단하다는 환성이 이는데 똑같은 소리가 맞은편에서도 들려왔다.

'순스케는 머리까지 좋다니 대단하네. 그래서 연기도 잘하나봐. 대사도 금방 외울 테고, 스토리도 머릿속에 확실하게 들어오겠지? 춤도 노래도 잘하고. 기본적으로 똑똑한 아이는 못하는 게 없구나.'

어머니는 감탄스럽다는 듯이 그렇게 말하더니 한숨을 푹 쉬었다.

또 한숨. 당신이 하고 싶은 말은 잘 알아.

'어차피 난 떨어졌어!'

그렇게 외친 순간, 분명 편평했던 식탁이 아야카의 눈앞에서 기울었다. 밥그릇과 접시, 유리잔이 아야카 쪽으로 굴러온다. 그것을 두 손으로 힘껏 쳐냈다.

방으로 뛰어올라가 책상 위의 물건을 닥치는 대로 집어던졌다. 방이 기운다. 책상이 기운다. 모든 것이 아야카에게 굴러온다. 벽에 짓눌릴 것만 같다. 다가오지 마! 다가오지 마! 사전을, 교과서를, 필통을 치켜들어 두 번 다시 덤벼들지 못하도록 바닥에 힘껏 내던졌다.

바보 취급 마!

시호도, 같은 반 아이들도, 신지도, 어머니도, 순스케까지……

이런 포스터, 이젠 필요 없어!

공부 책상 옆의 벽을 보았다. 그날 갈기갈기 찢은 순스케의 포스터는 휴지통에 버렸다. 구하기 힘든 포스터라 조금 아까운 짓을 했다고 이제 와서 후회가 되었지만, 포스터야 새로 사면 그만이다.

연분홍 체크무늬 벽지에는 몇 줄이나 되는 손톱자국이 있다. 궁상맞다. 잡지 부록 포스터라도 붙여서 가릴까? 아니, 아버지에게 바꿔달라고 하면 된다. 그 사람은 그런 쓸모밖에 없으니까. 이번에는 어떤 벽지로 할까. 벽지에 맞추어 커튼도 갈아야지. 어머니는 신이 나서 고르려 들겠지만 이번에는 절대 간섭 못하게 할 테다.

인터넷에 글은 많이 올라왔을까?

휴대전화를 열었다. 역시 10분 정도로는 별 차이가 없었다. 접속한 김에 다카기 순스케를 욕하는 글도 올렸다.

'상냥하게 고민을 들어주는 역할인데, 마음속으로는 상대를 바보 취급하는 기색이 빤히 보여서 보고 있으면 역겹다. 최악의 연기.'

콧노래를 흥얼거리며 버튼을 누르자 기울었던 경치가 조금씩 평형을 되찾아가는 것 같았다.

오후 7시.

전자레인지로 데운 닭튀김, 채소 샐러드, 된장국. 파트타임으로 지친 날에 흔히 하는 메뉴로 식사 준비를 마쳤다.

계단 밑에서 아야카를 부르자, 평소에는 좀처럼 내려오지 않는데 바로 내려왔다. 아야카는 식탁에 앉더니 텔레비전 리모컨을 쥐고 가요 프로그램으로 채널을 돌렸다. 마유미가 김이 모락모락 나는 밥그릇을 앞에 내려놓자 아야카는 텔레비전에서 눈 한 번 떼지 않고 젓가락을 들었다.

닭튀김을 입으로 가져가 삼킨다. 평소 같으면 냉동 닭튀김은 씹는 맛이 별로라고 불평을 할 텐데 잠자코 된장국 그릇을 들고 있다. 피곤한 걸까?

마유미도 아야카 맞은편에 앉아 젓가락을 들었다.

"아야카, 오늘도 조퇴했지?"

"어떻게 알았어?"

아야카가 여전히 텔레비전을 보면서 대답했다.

"선생님이 휴대전화에 음성 메시지를 남겼어. 오늘로 사흘 연속이라던데, 많이 안 좋니? 열은 쟀어? 병원에 가보지 않아도 괜찮아?"

"유난 떨기는. 그냥 속이 좀 메슥거렸던 것뿐이야."

아야카는 젓가락으로 닭튀김을 들어 쩍 벌린 입에 집어넣었다.

"하지만 지금껏 조퇴한 적은 한 번도 없었잖니. 그런데 사흘 연속이라니. 기말 시험도 코앞이고. 내일은 학교 안 가는 날이지? 엄마도 내일은 늦게 출근하는 날이니 오전에 병원에 가보자."

"시끄러워!"

아야카가 요란하게 젓가락을 내던지며 땅이 꺼져라 한숨을 쉬었다.

"분위기 파악 좀 해. 내가 지금 제대로 밥 먹고 있는 거 안 보여? 몸이 안 좋은 사람이 닭튀김 같은 걸 먹을 수 있겠어? 당신은 항상 그 모양이야. 내 상태나 얼굴은 제대로 보지도 않고 일단 빤한 말만 해보지. 애초에 내 건강이 정말 걱정된다면 밥 먹기 전에 물어봐야 하지 않아? 자기 사정에 맞춰서 이런 허술한 메뉴나 내놓고 걱정스러워 죽겠다는 투로 말하지 마!"

"그게 무슨……."

아야카가 좋아하는 햄버그스테이크를 만들려고 했다. 속에서 따끈한 치즈가 흘러나오면 깜짝 놀라겠지 싶어 새로 나온 치즈도 사왔다. 그것을 만들 기력을 빼앗은 사람은 아야카였다. 더군다나 그런 짓을 해놓고도 잘난 척 입을 놀리며 반성하는 기미 하나 없다.

"그만 됐어. 텔레비전 소리 안 들리니까 조용히 해."

아야카가 볼륨을 단숨에 높였다. 마유미는 저도 모르게 귀를 막을 뻔했다. 노래하는 가수는 다카기 순스케였다.

"어머, 신곡이네."

마유미는 험악한 분위기를 어떻게든 수습해보려고 그렇게 말했지만 아야카는 혀를 차더니 채널을 돌렸다. 동물 프로그램이다. 새끼 고양이 몇 마리가 뒹굴며 장난치는 모습이 나왔다. 아야카는 동물에 별로 관심이 없을 텐데.

아야카는 내려놓았던 젓가락을 들어 닭튀김을 찌르더니 고기에 박힌 젓가락을 바라보며 실실 웃고 있다. 뭐가 재미있는지 마유미는 도통 이해할 수 없었다.

"아야카, 학교에서 무슨 일 있었니?"

"아니."

"하지만 다들 텔레비전을 보고 앞집 사건 소식을 알고 있을 거 아니니? 뭔가 기분 상하는 소리 듣지는 않았어?"

"아무 말 안 들었어. 애초에 아무도 내가 히바리가오카에 사는 줄 모르니까."

아야카는 젓가락을 쥐고 닭튀김을 통째로 입에 넣었다.

"하지만 요전에 같은 반 시호가 우리 집에 왔었는데?"

아야카가 눈을 부라렸다. 보리차로 닭튀김을 꿀꺽 삼키고는 콜록댔다.

"뭐야, 그걸 지금 말하는 거야?"

"무슨 뜻이니?"

"어째서 시호가 온 날에 말하지 않았어!"

아야카가 두 손으로 식탁을 쾅 내리쳤다.

"깜빡했어."

미안한 목소리로 대답했지만 마유미는 어째서 아야카가 화를 내는지 전혀 이해할 수 없었다. 그때 시호는 잘못 찾아왔다고 했다. 아야카를 찾아온 게 아니었다.

"당신의 그런 면이 열 받는단 말이야! 벌써 노망이라도 났어? 당신 때문에 내가 얼마나 망신을 당했는지 알아? 당신이 겉멋으로 이런 곳에 집을 지은 탓에 시호한테도, 반 아이들한테도, 잘나신 살인자 집안 아드님한테까지 바보 취급 받았단 말이야!"

아야카는 앉은 채로 마유미를 향해 식탁을 힘껏 밀쳤다. 된장국 그릇이 쓰러져 마유미의 블라우스 앞섶을 더럽혔다.

히스테리 스위치가 켜졌나.

하지만 아야카는 그 이상 아무 짓도 하지 않았다. 마유미가 어찌 되었든 아랑곳없다는 얼굴로 샐러드를 먹고 있다. 된장국이 식어서 데지는 않았지만 배 부분이 축축해 불쾌했다.

하지만 그게 문제가 아니다. 잘나신 살인자 집안 아드님이라니…….

"아야카, 오늘 신지를 만났니?"

"뭐? 오늘 만났을 리가 없잖아. 수요일 낮에 만났네요. 하지만 히나코 아가씨는 오늘 만났어."

"히나코를 만났어? 어디에서?"

"편의점에서. 컵라면 보고 있던데?"

"몇 사람 몫을 사던?"

"몰라. 참 이상하게도 묻네. 샌님 것도 샀냐고 묻고 싶은 거지? 당신처럼 둔한 사람이 에둘러 말하면 바보인 게 들통 나니까 그만 하시지."

아야카가 마유미를 업신여기는 태도로 웃었다.

"하지만 행방불명이라고 하니 어디 갔는지 걱정되잖니."

"어째서 당신이 샌님 걱정을 해야 하는데?"

"사건이 있던 그날 밤, 엄마가 그 애한테 만 엔을 빌려줬단 말이야. 편의점에서 지갑을 깜빡했다고 해서."

신지를 찾을 때까지 잠자코 있을 작정이었지만 끝내 말하고 말았다. 솔직하게 털어놓아야 아야카도 마유미가 신지를 걱정하는 심정을 이해해줄 줄 알았기 때문이다.

"믿을 수가 없어! 보통 그런 큰돈을 주나? 잔돈이 없으면 계산 대에서 돈을 바꿔달라고 하면 그만이잖아!"

"하지만 앞집 아이잖니. 아침에 꼭 갚겠다고 했단 말이야."

"갚았어?"

"그야……. 그런 일이 생겼잖니."

"바보 아냐? 사건이 터졌으니 도망친 거잖아. 하지만 지갑도 없는데 어쩌나 하고 일단 편의점에 들어갔던 거 아냐? 거기에 마침 쭐레쭐레 온 당신을 봉으로 본 거라고. 아아, 꼴불견이야!"

이해는커녕 아야카의 얼굴에는 마유미를 경멸하는 표정이 떠올

랐다. 편의점에 다녀오라고 했던 것은 아야카 아니었던가? 생리
용품을 사 오라는 부탁을 하니까 신지가 산 물건 값을 함께 치러
줄 수가 없었다.

"당신은 역시 최악이야."

마유미를 업신여기는 아야카의 표정이 저녁에 보았던 얼굴과
겹쳤다.

"아유, 냄새. 그 꼴로 용케도 앉아 있네. 역시 머리 나사가 하나
풀린 거 아냐?"

아야카가 실실거리며 된장국이 밴 블라우스를 쳐다본다. 이것
도 아야카 때문이다. 그런데 사과도 하지 않고 사람을 멸시하다
니, 이 아이는 어떻게 된 걸까. 게이스케가 이런 행동을 용납하니
까 아야카는 점점 착각하는 것이다.

역시 내가 말해야 하나.

"남의 집에 돌팔매질하는 쪽이 훨씬 더 최악 아니니?"

"뭐?"

"앞집 창유리, 깨져 있더구나."

"아아, 그거?"

아야카는 쌀쌀맞게 대답했지만 책망하는 마유미의 얼굴을 보더
니 오히려 매섭게 쏘아보았다.

"당신, 나를 의심하는 거야?"

"그야 돌을 쥐고 있었잖아."

"하지만 내가 아니야."

아야카는 정색하고 말했지만 현장을 본 마유미는 믿을 수가 없었다. 한때의 변명은 지금까지도 실컷 들었다.

"뭐야, 그 얼굴. 제 자식을 못 믿겠다는 거야? 앞집 자식은 믿으면서? 그럼 당신은 그 낙서도 내 탓이라고 생각해?"

"그건……."

아야카는 아닐 것이다. 짧은 시간 안에 그 정도의 비방문을 준비해 붙이는 일은 혼자서는 불가능하다. 아니, 학교 친구들과 만들었나? 학교라면 종이나 매직도 잔뜩 있을 테고, 컴퓨터를 빌려 만들 수도 있겠지. 농구부 친구들과 입을 맞추어 조퇴하고 비방문을 붙인다. 그리고 마무리로 돌을 던진다.

"혼자서는 못할지도 모르지. 하지만 아야카. 아무리 범죄가 터진 집이라도, 모두 같이 한 짓이라도, 남의 집에 위해를 가하면 이번에는 네가 범죄자가 될지도 몰라."

"내가 아니라고 했잖아!"

아야카가 두 손으로 식탁을 쾅 내리치고 일어섰다. 닭튀김이 담긴 하얀 접시를 들어 올려 바닥에 내던진다. 접시가 깨지고 파편이 튀었다.

"그만! 그만해, 아야카!"

"내가 아니야!"

아야카는 날카로운 목소리로 외치더니 손에 닿는 물건들을 닥치는 대로 바닥에 집어던졌다. 소리를 흡수해주는 깔개는 주방에는 깔려 있지 않다.

아야카의 손이 식탁 중앙에 놓인 관엽 식물 화분으로 뻗었다……

　오후 7시 30분.

　게이스케는 버스로 출퇴근한다. 스마일마트 히바리가오카 점이
있는 교차로에서 몇 미터 떨어진 버스 정류장에서 내려 히바리가
오카로 향하는 언덕길을 걸어 올라간다. 이웃집 차고에 주차된 고
급차를 보며 히바리가오카에서 버스로 출퇴근하는 어른은 자기
혼자뿐이지 않을까 생각할 때도 있지만, 고급차로 직장에 다니고
싶은 생각은 없다. 회사 밴이라면 그대로 타고 돌아가고 싶을 때
도 있지만 그것은 직장에서 금지하고 있다.

　게이스케는 인테리어 회사에서 하는 일이 좋았다. 새 집을 지을
때도, 리폼할 때도, 그곳에서 생활하는 사람들의 미소를 볼 수가
있다. 게이스케에게 생활의 중심은 인테리어 회사였고, 집은 몸을
쉬기 위해 돌아갈 뿐인 장소였다. 그것이 우연히 히바리가오카에
있을 뿐이다.

　수제 초콜릿 케이크가 든 종이가방을 한손에 들고 언덕길을 올
랐다. 아야카가 기뻐하면 좋겠다며, 의뢰인은 유명한 초콜릿 가게
의 종이가방에 넣어주었다.

　어젯밤은 경찰과 보도 차량이 길을 막아 마음껏 걷지도 못했던
도로도 하루 지나니 거짓말처럼 횅했다. 사무실에서 마무리를 하
면서 켜놓았던 텔레비전에서, 다른 동네에서 또 존속 살인사건이
터졌다는 뉴스가 흘러나왔다. 용의자로 짐작되는 차남이 칼을 들

고 도주했다는 이유로 소동이 커졌다.

히바리가오카의 사건은 그대로 잊어.

자택 부근으로 접어드는 길목 앞에서 쨍그랑 하는 소리가 들렸다. 유리가 깨지는 소리 같았다. 눈길을 돌리니 도로 끝자락에 누가 서 있다. 가로등 불빛을 받아 허리께가 반짝반짝 빛났다. 다카하시 저택을 향해 뭔가 던지려 하고 있다.

"사토코 씨!"

저도 모르게 이름을 부르고 말았다는 사실에 게이스케 자신이 더 놀랐다. 고지마 사토코가 잽싸게 돌을 발밑에 집어던지고 게이스케 쪽을 보았다.

"어머나, 엔도 씨. 어서 오세요."

사토코가 생긋 미소를 짓는다. 거북스러운 기색은 어디에도 없다. 게이스케는 다카하시 저택을 올려다보았다. 2층 창유리가 두 군데 깨져 있었다. 그리고 차고 셔터에서 담까지 욕설이 담긴 낙서가 셀 수도 없이 붙어 있었다. 전부 이 사람이 한 짓일까?

게이스케는 사토코를 보았다.

"이건 히바리가오카 부인회가 하는 작은 항의예요."

사토코는 게이스케에게 그렇게 말하더니 다카하시 저택으로 눈길을 돌렸다.

"히바리가오카가 예전부터 고급 주택가였던 건 아니에요. 산을 깎은 자리에 언덕길을 오르내려야만 하는 이런 동네는 불편할 뿐이잖아요? 처음부터 여기 살던 사람들이 열심히 일을 했어요. 돈이 들어와도 밑에 내려가지 않고 이곳에서 땅을 사들여 큰 집을 지었고, 그것이 몇십 년 쌓여 히바리가오카의 가치가 오른 거예요. 다카하시 씨 댁은 지금으로부터 18년 전에 지었던가 그래요. 바깥양반이 재혼하면서 이곳에 왔다고 하더군요. 의사인데다 아이들도 예의 바르고 똑똑해서 좋은 분들이 오셨다고 우리 토박이들도 기뻐했어요. 호젓하고 평화로운 이곳은 정말 좋은 동네라고. 그런데……."

사토코는 두 손으로 크로스백을 꼭 쥐고 사랑스러운 눈길로 바라보더니 게이스케에게 내밀었다.

"이 가방은 내 보물이에요. 고급 벨벳에 실 한 가닥으로 고급 스팽글을 하나하나 정성스레 박았어요. 바느질도 힘들지만 스팽글을 고르는 일이 더 힘들었어요. 유명한 프랑스 회사의 스팽글을 주문했지만 몇십 개 중에 하나는 눈에 잘 보이지 않는 자국이나 흠집이 있지요. 그런 스팽글을 박지 않도록 꼼꼼하게 살펴야 해요. 이 노안으로 말이죠, 후후. 어째서 그래야 한다고 생각하나요? 완성한 후에는 하나가 망가져도 그것만 빼낼 수가 없기 때문이에요. 맞닿은 스팽글도 몇 개나 같이 떼어내야 하죠. 새로 덧붙인 스팽글은 하나라도 더 이상 한 가닥, 같은 실로 만들었다고 할 수 없어요. 그러면 아무런 가치도 없는 평범한 가방으로 전락하는 거예요. 무슨 뜻인지 알겠어요?"

게이스케는 도통 이해할 수 없었다. 하지만 사토코는 이야기를 계속했다.

"히바리가오카라는 이름이 붙으면 비싸게 팔린다며 욕심을 낸

개발업자들이 산을 더 깎아내고 땅을 만들었고, 새 집이 몇 채나 들어섰어요. 댁을 포함해서요. 활기찬 게 아니라 수선스러워졌죠. 이곳 토박이들이 쌓아올린 가치를 망가뜨리면 안 되죠. 저는 그게 나중에 온 사람들이 지켜야 할 최소한의 도리라고 생각해요. 그런데 살인사건이라니! 이건 옛날부터 살고 있는 주민들이 항의를 담아 외치는 소리예요."

게이스케는 터져 나오려는 한숨을 겨우 참았다.

범행 현장을 들킨 아줌마의 기나긴 변명이었다.

당연히 불쾌하기야 했겠지만, 욕설을 담은 종이를 붙이거나 집에 돌을 집어던지는 짓은 유치하고 저속한 행위라고 생각할 수밖에 없었다. 더군다나 히바리가오카를 촌스러운 크로스백에 비유해봤자 아무런 설득력도 없다.

"하지만 이런 방법은……."

"어머나, 세상에. 댁이 잔소리를 다 하다니. 애초에……."

사토코의 목소리를 지우듯이 고함소리가 울려 퍼졌다.

"내가 아니야!"

이어서 유리그릇이 쨍그랑 깨지는 소리가 났다.

"또 시작이네."

사토코가 한숨을 쉬며 소리가 나는 쪽을 돌아보았다. 게이스케도 고개를 돌려 자기 집을 보았다. 아야카의 고함소리는 고요한 밤의 주택가에 쩌렁쩌렁 울렸다. 연달아 무언가가 부서지는 소리도.

"앞집에서 살인사건이 터지든 말든, 댁은 여전하군요. 정말 지굿지굿해요. 이러니 우리 아들 내외도 이곳으로 돌아오기 싫다는 거예요."

게이스케는 귀를 틀어막고 싶었다. 이대로 언덕길을 내려가 달아나버리고 싶었다.

'나는 저 집 안으로 들어가야 하나?'

어째서 남들처럼 조용히 살 수 없단 말인가? 고함 한 번 지르지 않고, 손찌검 한 번 하지 않고, 무슨 말이든 다 들어주었는데. 히바리가오카에 집까지 지어주었는데.

"어째서 가지 않나요? 빨리 말려야죠. 하루 이틀 일이 아니라는 것쯤은 댁도 알잖아요?"

사토코가 비난하듯이 말했다. 하지만 게이스케는 발이 떨어지지 않았다.

집에 들어가서 뭘 어쩌란 말인가. 말릴 수 있었다면 벌써 말렸다. 잠잠해질 때까지 기다릴 수밖에 없다.

"자, 빨리요."

사토코가 게이스케의 등을 떠밀었다.

"대체 저더러 어쩌라는 말씀입니까?"

"세상에나. 한 집안의 가장이라는 사람 꼬락서니가 이러니 원. 제가 그 봉투를 들고 말리러 가리까?"

사토코가 한숨을 쉬며 게이스케가 든 종이봉투를 보았다. 할 수 있으면 해보시지. 게이스케는 자포자기한 심정으로 종이봉투를 내밀었다. 사토코는 또 한 번 요란한 한숨을 쉬었다.

"남의 집 일이라 숨어서 보는 줄 알았더니, 댁은 자기 집 일에도 똑같이 구는군요."

움찔했다.

"그게 무슨……?"

"다 알아요. 다카하시 씨 댁에서 사건이 터졌을 때도 지금처럼 신지하고 준코 씨의 목소리가 들렸는데, 댁은 저기 주차장에 세워놓은 자동차 그늘에 끝까지 숨어 있었잖아요?"

들켰단 말인가. 게이스케는 자택 주차장을 보았다. 사건 당시, 분명 그는 그곳에 있었다. 하지만 숨어 있었던 것은 아니다. 게다가 그 사실을 알고 있다는 것은 사토코 역시 밖에서 그 목소리를 들었다는 뜻 아닌가?

"그러는 사토코 씨 역시……."

챙그랑! 요란한 소리가 울려 퍼졌다. 이번에는 실내에서 들리는 소리가 아니었다. 창유리가 깨지는 소리다.

"그만!"

모든 소리를 집어삼키며 어둠을 찢어발기는 짐승 같은 비명소리가 울려 퍼졌다.

마유미의 목소리다.

게이스케는 정신없이 뛰었다. 따스한 오렌지색 불빛이 모여 있는 언덕길 아래로.

【7월 5일(금) 오후 3시~오후 8시 30분】

6

다카하시 가족

오후 10시 20분.

다카하시 요시유키, 히나코, 신지, 세 사람은 버스 터미널 근처 도로변에 있는 패밀리 레스토랑에 들어갔다. 손님은 얼마 없었다. 저녁을 아직 먹지 않은 요시유키는 햄버그 세트를, 바로 30분 전에 컵라면을 먹은 히나코와 신지는 스몰 사이즈 피자와 음료 세트를 주문했다.

고속버스에서 내린 요시유키는 집으로 돌아가기 전에 어디서 이야기 좀 하자며 히나코와 신지를 이곳으로 데려왔다. 이야기는 집에서도 할 수 있다. 오히려 여기보다 남들의 이목을 신경 쓸 필요도 없다. 그런데 굳이 이곳으로 온 이유는 집에 돌아갈 용기가 없기 때문이라는 사실을 요시유키 자신도 알고 있었다.

"오빠, 여태 뭐하고 있었어?"

히나코가 음료 코너에서 가져온 아이스커피를 빨대로 휘적대면서 물었다.

"미안. 도저히 빠질 수 없는 강의가 있었어."

'도저히'를 강조해서 대답했다. 버스에서 내리자마자 돌아오길 기다렸다는 듯이 달려온 히나코에 대한 죄의식도 있었고, 스스로에 대한 변명이기도 했다.

오늘 아침, 당장 돌아가려고 마음먹었는데도 막상 아파트에서 나오니 다리가 굳었다. 이곳에 있는 동안은 아직 평범한 학생 행세를 할 수 있지만, 고향 집으로 돌아가는 순간 요시유키는 살인 사건의 관계자가 되고 만다. 불리하기 짝이 없는 사실이 나와도 듣고 싶지 않다, 알고 싶지 않다는 말은 통하지 않는다. 호기심 어린 시선에 내던져지는 일도 피할 수 없을 것이다.

오늘은 학점 때문에 도저히 빠질 수 없는 강의가 있다. 이 수업을 듣고 나서 돌아가도 괜찮지 않을까? 반나절 늦게 돌아간다고 사태가 바뀔 리는 없다. 그렇게 생각하며 요시유키는 대학으로 향했다.

"사건 소식은 언제 알았어?"

"그게, 실은 연구실에 틀어박혀 있느라, 어젯밤 히나코가 보낸 메시지를 보고서야 알았어."

"그래? 분명히 경찰이 연락했을 줄 알고 그렇게 썼는데, 그 메시지만 보고는 무슨 일이 있었는지 몰랐겠구나. 좀 더 자세히 쓸 걸 그랬네. 미안."

"히나코 잘못이 아니잖아."

강의실에 들어가려는데 학생과 직원이 메모를 건네주었다. 당장 전화해달라는 Y현 S시 경찰서의 연락이었다. 수신 날짜는 어제 오전이었다. 그 직원도 설마 살인사건과 관계된 용건일 줄은 생각도 못하고 강의가 있는 날에 알려주면 되겠지 했을 것이다.

속도 편하군. 아니, 내가 그런 말을 할 처지가 아니지.

요시유키는 메모지를 접어 청바지 주머니에 쑤셔 넣고 그대로 세 시간 동안 강의를 들었다. 오전에 끝나는 강의라 평소 같으면 연구실로 간다. 해야 할 일은 산더미 같다. 하지만 이제 그것은 핑계거리가 되지 않을 것 같았다.

"하지만 설마 오빠가 그 고속버스에서 내릴 줄은 꿈에도 몰랐어. 분명 신칸센으로 돌아올 줄 알았거든."

"기차를 타기에는 가진 돈이 조금 모자랐어."

"그래? 그러고 보니 전에도 그래서 야간버스로 돌아온 적이 있었지."

히나코는 이제야 알겠다는 표정으로 커피를 마셨다. 거짓말을 했다. 기차표 값 정도야 지갑 속에 있다. 오후 첫 기차를 타면 저녁에는 도착할 수 있었다. 하지만 훤할 때 돌아오고 싶지 않았다. 신칸센 역에서 내려 전철로 갈아타고 가까운 역에서 내려 집으로 가는 길에 어떤 표정을 지어야 할지 알 수가 없었다. 요시유키의 얼굴을 아는 사람들이 어떤 눈으로 쳐다볼지 상상만 해도 위장이 오그라들고 구역질이 났다.

그래서 버스를 탔다. 버스라면 한밤중에 도착한다. 버스 터미널은 히바리가오카보다 훨씬 아래쪽 바닷가에 있기 때문에 내리자마자 아는 사람을 만날 걱정도 없다. 집에도 돌아가지 않고, 이모 댁에도 연락하지 않고, 비즈니스호텔에 묵을까 하는 생각도 했다. 그런데…….

"이쪽으로 올 거면 메시지라도 보내지 그랬어. 내가 오빠 집으로 찾아간다는 메시지 보냈잖아. 하마터면 엇갈릴 뻔했네."

"어제 집에 자러 온 친구가 그만 실수로 내 휴대전화를 갖고 돌아가버렸거든. 미안."

"그래? 그래서 대답이 없었구나. 그 친구도 왜 하필 이럴 때 엉뚱한 실수를 한담. 혹시 애인 아냐?"

아카리의 얼굴이 생각났다. 어젯밤 일은 떠올리고 싶지 않다.

"아니. 나한테 그런 상대가 있을 리 없잖아."

"그렇구나. 하지만 다행이다. 오빠한테 버림받은 줄 알았어."

"그 메시지 말고도 더 보냈지? 정말 미안."

"됐어, 뭘. 오빠가 우리를 버릴 리 없는데. 그치?"

눈물을 머금은 건지 히나코가 초롱초롱한 눈으로 쳐다보았다. 가슴이 욱신거렸다. 자기 생각만 하느라 돌아갈지 말지 계속 망설였었는데, 히나코는 전혀 의심하지 않고 맛있게 피자를 먹고 있다. 컵라면을 먹었다고는 했지만 아직 식욕이 있는지 두 번째 조각에 손을 뻗는다.

요시유키는 손대지 않은 눈앞의 햄버그 접시를 보았다. 버스 안에서 공복이라 줄곧 배에서 소리가 나는 바람에 내리면 일단 뭐든 먹을 작정이었는데, 막상 눈앞에 요리가 나오니 손을 댈 기분이 들지 않았다. 입에 넣고 꼭꼭 씹어도 넘어갈 것 같지가 않았다.

히나코는 눈 깜짝할 사이에 피자의 절반을 먹어치웠다.

"신지는 안 먹어?"

둘이서 하나를 주문한 탓인지 자기 몫을 다 먹은 히나코가 신지에게 물었다.

"어, 응. 배 안 고프니까 누나가 먹어."

신지가 고개 숙인 채 대답했다.

"그럼 사양 않고."

히나코가 피자에 손을 뻗었다. 요시유키는 맞은편에 앉은 히나코와 신지를 번갈아 보았다. 신지는 피자를 먹는 히나코 옆에서 말없이 빨대로 콜라만 찔끔찔끔 마시고 있다.

버스 정류장에 히나코가 있어 깜짝 놀랐지만 그 뒤에 있던 신지를 보고는 더 놀랐다. 행방불명된 게 아니었던가? 히나코와 함께 있다는 말은 꺼림칙한 구석은 하나도 없다는 뜻일까? 역시 아버지를 죽음에 이르게 한 인물은 그 사람이라는 뜻일까?

버스 안에서 요시유키는 내내 사건 생각만 했다.

자세한 내막은 모른다. 아는 내용은 인터넷 뉴스로 읽은, 의붓어머니 준코가 '말다툼 끝에 장식품으로 남편을 내리쳤'고 자백했다는 사실뿐. 동기는 전혀 짐작할 수 없었다. 그렇기 때문에 신지가 행방불명이라는 사실이 뭔가 큰 의미를 지니고 있지 않을까 싶었다.

신지가 아버지를 죽였다. 그것을 그 사람이 감싸고 있다.

신지가 그런 짓을 할 수 있을 것 같지는 않지만, 나이로만 보아도 그 사람보다는 그나마 그럴 가능성이 있다. 그 사람이 신지를 감싸는 모습도 상상할 수 있었다. 아카리에게 말로는 차별받은 적이 없다고 했지만, 요시유키와 신지에 대한 그 사람의 마음은 그 뿌리가 다르다는 사실도 알고 있었다. 하지만 그것은 어찌 보면 당연한 일이라 이해도 하고 있었다.

누구나 한 핏줄인 제 자식이 더 귀여울 텐데, 하물며 그 아이가 자기를 쏙 빼닮아 얼굴까지 아름답다면 한 핏줄에서 태어난 아이들을 두고 비교해도 특별할 것이다. 신지와 히나코를 대하는 그 사람의 태도가 다르다는 사실도 알고 있었다.

신지인가?

하지만 눈앞에는 신지가 있다. 식욕은 없어 보이지만 겁을 먹은 눈치도 없다. 사람을 죽였다면 이렇게 차분할 리가 없다. 피도 눈물도 없는 살인귀라면 또 몰라도, 신지는 내 동생이다. 신지가 남들보다 곱절은 상냥하고 섬세하다고 당당하게 말할 수 있다.

"이제야 어슬렁어슬렁 돌아와 이런 걸 물을 처지는 아니지만, 나는 무슨 일이 있었는지 전혀 몰라. 내일 경찰에 가면 사정을 설명해주겠지만, 그보다는 너희들이 사건에 대해 말해주지 않겠어?"

너희라고 하면서 히나코를 보았다. 신지보다 히나코가 더 차분하게 객관적으로 설명할 수 있을 것이다.

"그걸 알고 싶은 사람은 나야. 나도 집에 없었단 말이야."

히나코가 신지를 보았다. 둘이 함께 있기에 분명 사건에 대해 뭔가 의논한 줄 알았는데 그렇지 않았던 모양이다.

"신지, 이제 그만, 말 좀 해."

히나코가 신지에게 애원하듯 말했다. 신지는 잠자코 고개를 숙이고 있다.

"신지! 말하라니까! 네가 입 다물고 있다고 뭐가 달라져?"

히나코가 테이블을 쾅 내리쳤다.

"히나코, 진정해."

신지를 너무 자극하지 않는 편이 나을 것 같아 요시유키는 히나코를 타일렀다. 하지만 신지는 고개를 들었다.

"누나 말투를 보면 아버지하고 똑같아. 그렇게 나를 쭉정이 취급하고 부정하지. 그렇게 듣고 싶으면 말해줄게."

신지의 얼굴에서는 아무런 감정도 읽을 수가 없었다.

이런 우스갯소리 알아?

멍청한 미인 여배우가 못생긴 천재 박사에게 프러포즈를 했습니다. 여배우는 박사에게 말했습니다. '내 말 좀 들어봐요, 당신. 우리 아이는 분명 당신을 닮아 똑똑하고 나를 닮아 아름답겠지요.' 박사가 말했습니다. '하지만 날 닮아 못생기고 당신을 닮아 멍청한 아이면 어쩌려고?'

하나도 안 웃기니 우스갯소리라고 할 수도 없겠네. 이 두 사람, 꼭 아버지랑 어머니 같지? 하지만 유전자라는 건 딱 맞게 반반씩 이어받는 게 아닌가봐.

형은 우리 어머니하고 같은 사람은 아니어도 어머니의 얼굴과 아버지의 똑똑한 머리를 이어받았으니 반반으로 보이겠지만, 어머니도 머리가 좋은 분이었다니까 어쩌면 전부 어머니한테 물려받은 건지도 몰라. 누나는 얼굴도 머리도 아버지를 닮았고, 운동신경은 어머니를 닮아 은근히 좋은 점만 물려받았지. 나는 전부 어머니를 닮았어.

내가 그렇게 머리가 좋지 않다는 건 꽤 옛날부터, 초등학교 고학년이 되면서 알아차렸어. 나는 재치가 없어. 아, 이 문제를 풀려면 여기를 이렇게 하면 되는구나, 이런 걸 스스로 깨달은 적이 없어. 예습, 복습을 반복해 경험을 쌓을 뿐이야.

아마 그걸 가장 먼저 눈치 챈 사람은 아버지일 거야.

아버지는 공부방에 들어와서 나를 꾸짖기 시작했어. 아무리 험한 꼴을 당해도 나는 나 혼자만 참으면 될 줄 알았어. 하지만 어느 날 깨달았어. 나 이상으로 어머니가 험한 꼴을 당하고 있었다는 사실을. 시험이나 모의고사가 다가오면 나는 안간힘을 다했어. 나 때문에 어머니가 모진 꼴을 당하니까. 달아나고 싶을 정도였어. 하지만 그러면 어머니가 더 끔찍한 꼴을 당할 테니 참았어. 어쨌든 공부를 해야 한다는 생각에 누나한테도 모의고사 전날에는 친구네 집에 가달라고 했어.

하지만 어머니는 이미 한계였어. 그게 사건이 터진 그날 밤이었어.

한밤중에 어머니가 내 방에 와서 기분 전환 삼아 편의점에나 다녀오라고 했어. 수학 모의고사 전날이라 그럴 겨를이 없었어. 그럴 여유가 있으면 공부를 해야 했고, 아버지가 있는데 밖에 나간다는 생각은 할 수도 없었어. 하지만 어머니는 잠깐이면 된다고 했고, 나는 거의 쫓겨나다시피 밖으로 나왔어. 그래서 지갑도 휴대전화도 못 챙겼어.

누나한테는 말했지만, 앞집 아주머니한테 돈을 빌린 건 편의점에 갔으니 뭔가 사서 돌아가지 않으면 아버지에게 뭘 하러 갔던 거냐고 혼날 것 같았기 때문이야.

집에 돌아오니 현관 앞에 구급차가 서 있었어. 편의점에 있을 때 지나가는 구급차를 봤지만 설마 우리 집으로 향하는 줄은 꿈에도 몰랐어. 틀림없이 엄마한테 무슨 일이 생겼다고 생각한 나는 무서워서 집 안에 들어갈 수가 없었어. 쓰레기장 그늘에 숨어서 지켜봤는데 실려 나온 사람은 아버지였고, 끔찍한 일이 벌어진 것 같아 어쩌면 좋을지 몰라 도망쳤어.

히나코는 입을 열지 못했다. 신지가 말하는 동안 군데군데 끼어들고 싶어 좀이 쑤셨는데, 막상 이야기가 끝나니 무슨 말을 하면 좋을지 알 수가 없다. 그 정도로 머릿속이 뒤죽박죽이었다.

"모진 꼴이라니, 아버지가 손찌검했던 거야?"

요시유키가 묻자 술술 굴러가던 혀가 거짓말처럼 굳은 듯, 신지는 고개를 숙이고 조개처럼 입을 꾹 다물었다.

"다쳐서 병원에 간 적은?"

오빠는 뭘 묻는 걸까. 신지가 하는 말을 진심으로 받아들이는 걸까? 아무런 위화감도 못 느끼는 걸까? 저런 건 신지가 지어낸 이야기다.

"아빠가 손찌검할 리가 없잖아. 사건 당일에는 없었지만, 한집에서 사는데 내가 모를 리 없어. 엄마가 다치거나 멍이 든 모습은 한 번도 못 봤어. 신지도 그래. 인형처럼 매끈한 얼굴로 얼토당토 않은 소리는 그만해."

죽은 아버지를 모독하다니. 그것도 한 가족이. 진심으로 받아들이는 오빠에게도 화가 났다. 친아버지가 살해당했는데 어머니에게 유리하게 해석하다니 믿기지 않았다.

"신지, 어땠는지 말해."

요시유키가 물었다.

"언어폭력이었어. 늘 바른말만 하는 누나는 이해 못할지도 모르지만, 나는 아버지에게 꾸지람을 들을 때마다 내가 사라지는 것만 같았어. 아마 어머니도 똑같은 심정이 아니었을까?"

신지가 고집스럽게 대답했다.

"거짓말. 아빠는 신지나 엄마한테 언성 한 번 높인 적 없어. 너하고 내 방은 바로 붙어 있잖아. 작은 목소리로 나누는 이야기는 들리지 않지만 큰 소리로 꾸짖으면 당연히 내가 눈치 챘을 거야."

"구체적으로 어떤 말을 들었지?"

신지의 주장을 부정하는 히나코의 말을 듣고 나서 요시유키가 신지에게 물었다. 히나코는 그 이유를 이해할 수 없었다. 신지는 또 고개를 푹 숙이고 있다.

"지금 지어내고 있지? 소용없는 짓이야. 아빠는 널 꾸짖은 적이 없으니까. 늘 칭찬만 했잖아. 신지는 얼굴도 말쑥하고 운동신경도 좋아서 부럽다고 했잖아. 아빠는 할 줄 아는 게 공부밖에 없어서 힘들게 의사가 되었지만 너에게는 더 많은 길이 있으니 좋아하는 일을 하라고 그랬잖아."

히나코는 그런 말을 듣는 신지가 늘 부러웠다. 오빠도 부러웠다. 공부를 열심히 해도 오빠를 따라갈 수는 없다. 운동을 열심히 해도 신지를 따라갈 수가 없다. 멋을 부려도 신지나 어머니의 아름다움과는 근본적으로 다르다는 생각이 들었다.

그렇지만 아버지는 히나코에게 상냥했다. 일 때문에 피곤할 텐데 시시한 학교 생활의 투정도 다 들어주었고, 시험 성적표를 보여주면 오빠하고는 천지차이가 나도 히나코 나름대로 노력했다는 점을 인정해주었으며, 새 옷을 차려입은 모습을 보여주면 잘 어울린다고 칭찬해주었다.

그렇기 때문에 아버지가 되고 싶었던 건축가라는 또 하나의 꿈을 목표로 삼았는데.

"말해, 신지."

요시유키가 신지에게 물었다. 어디까지나 중립에 서려는 오빠의 태도에 환멸을 느꼈다. 오빠가 돌아오면 어떻게든 해줄 테니 조금이나마 앞길이 보일 줄 알았는데 지나친 기대였는지도 모르겠다.

"그런 태도가 가장 잔인해."

신지가 불쑥 중얼거렸다.

"뭐? 무슨 소리를 하는지 모르겠네. 좋아하는 일을 하라는 말이 잔인해? 지금 잠꼬대 하니? 그래서 뭐야? 공부해라, 의사가 되어라, 그런 말이 듣고 싶었어? 버러지라는 소리나 들으면서 맞고 싶기라도 했어? 너처럼 어렸을 때부터 엄마한테 응석만 부리는 애는 무슨 말을 해도 부정적으로만 받아들이지. 잔인하다니, 아빠한테 잘도 그런 말을 쓰는구나. 무슨 뜻인지 알고는 있니?"

"히나코!"

요시유키가 히나코를 말렸다.

"일단 신지 얘기를 끝까지 들어보자."

"왜 내가 혼나야 해?"

오빠한테 비난받을 이유는 어디에도 없다. 이제 와서 슬금슬금 기어 나온 주제에 뭘 잘난 척 떠드는 걸까. 강의를 들었다지만, 집에서 살인사건이 터졌다는데 그 일을 뒤로 미루어야할 정도로 중요한 사정일까? 친구가 휴대전화를 가지고 돌아갔다지만 마음만 있으면 공중전화로라도 연락할 수 있었을 테고, 기차표 값 정도는 역시 가지고 있었던 게 아닐까? 이 레스토랑에 들어왔을 때 오빠는 뭐든 좋아하는 걸 시키라고 말했다. 버스표 값에 세 사람 몫의 식대를 더하면 기차표 값과 별 차이 없을 것이다.

오빠는 도망쳤던 게 아닐까. 그리고 지금도 도망치기 위한 방도를 궁리하는 게 아닐까. 아버지도, 어머니도, 하물며 동생들을 위한 것도 아니라 저 하나만을 위해 타개책을 궁리하고 있는 게 아닐까?

"신지가 아버지 말씀을 잔인하다고 받아들이는 건 아버지가 관심을 끊었다고 해석했기 때문 아니야?"

요시유키가 신지에게 상냥하게 물었다. 신지가 뜸을 들이다가 고개를 끄덕였다.

"그렇구나. 신지는 공부도 열심히 한다는 사실을 아버지에게 인정받고 싶었구나. 그렇다면 네가 방금 했던 말은 조금 이상하지 않니? 상처받았다는 네 말은 꽤 과장되었다고 생각하지만, 아직 중학생인데다 나도 비슷한 생각을 했던 시기가 있으니 이해는 할 수 있어. 하지만 어머니가 그 정도로 궁지에 몰렸을 리는 없어. 아니면 아버지가 어머니에게 뭔가 더 지독한 소리나 손찌검이라도 했니?"

그렇다. 맞는 말이다. 이 의견에는 동의할 수 있다. 히나코도 신지를 쳐다보았다.

"그렇지 않아. 그렇지는 않지만……."

신지는 고개를 숙이더니 또 입을 다물어버렸다. 이래서야 날이 새겠다. 히나코는 음료를 한 잔 더 가지러 자리에서 일어섰다.

미리 생각했던 말은 술술 나오는데 갑자기 물으니 말이 나오지 않는다. 공부하고 똑같다.

신지는 네가 하고 싶은 일을 하려무나. 아버지에게 처음 그 말을 들은 것은 초등학교 4학년 때였다. 대학 입시를 눈앞에 둔 형이 의학부를 목표로 죽어라 공부하는 모습을 보았기 때문에 자신도 몇 년 지나면 똑같이 열심히 노력해야 한다고 막연히 생각하던 신지는 아버지의 그 말을 곧이곧대로 받아들였다. 특별히 무엇이 되고 싶다는 생각은 없었지만 농구로 유명한 학교에 가고 싶었다.

'어머, 신지는 아빠처럼 의사가 되고 싶잖니?'

그렇게 말한 사람은 어머니였다. 어머니가 양 어깨를 붙잡고 웃으며 신지의 얼굴을 들여다보았지만 눈은 웃고 있지 않았다. 그 모습이 왠지 무서워 '응' 하고 고개를 끄덕이자 어머니는 이번에는 진심으로 기쁜 표정을 지었다. 그 후로 어머니는 사사건건 '의학부'를 들먹거리게 되었다.

분명 그 전에는 어머니에게 공부 문제로 잔소리를 들은 적이 별로 없었던 것 같다. 시험 때 좋은 점수를 받으면 칭찬해주었지만, 그것은 운동회 달리기에서 1등을 차지했을 때와 똑같은 칭찬이었다.

중학교 입시를 의식하기 시작한 시기라 그랬을까.

중학교는 역시 형하고 같은 K중학교에 가면 어떨까? 형은 간사이 쪽 대학을 선택했지만 신지는 아빠하고 같은 학교를 목표로 하면 어떨까? 신지라면 분명 괜찮을 거야. 아무렴, 아버지 아들이잖니.

그 말 그대로 신지는 K중학교 입시를 치렀다. 남들만큼 수험 공부를 해서 합격했고, 그래서 다들 그런 줄 알았다. 당연한 일처럼 농구부에 들었고, 부모님께 그 소식을 전하자 아버지는 '열심히 하려무나' 하고 말해주었지만 어머니는 '공부 시간 뺏기면 못써' 하고 탐탁지 않은 표정을 지었다.

그 후로도 시험 결과에 얽매이는 사람은 늘 어머니 쪽이었다. 아버지가 아직 1학년이니 조급해할 필요 없다고 역성을 들어주어도 어머니는 '아버지는 저렇게 말씀하셔도' 하면서 방에까지 잔소리를 하러 왔다.

그것을 견딜 수가 없어 집에서 뛰쳐나간 적이 있다. 어머니에게 가출을 선언하고 나간 것이 아니라 한밤중에 몰래 나간 것이다. 하지만 어디로 가면 좋을지 몰랐다. 친구야 있지만 누나처럼 잠을 자러 갈 정도로 친한 친구는 없다.

히바리가오카는 비교적 연령층이 높은 가족들이 많아 11시가 지나면 대부분의 집에 불이 꺼진다. 하지만 아래쪽을 바라보니 불빛이 펼쳐졌다. 그 따스한 오렌지색 빛에 이끌리듯 신지는 언덕길을 내려갔다. 간선도로까지 내려가자 자동차가 달렸고, 더 내려가니 길에 돌아다니는 사람들도 많았다.

신지와 또래로 보이는 아이들하고도 마주쳤다. 그 아이들을 힐끔거리며 해변까지 언덕길을 내려갔다. 어둠 속에 둥실, 버스 터미널의 하얀 불빛이 풍선처럼 빛났다. 그 뒤편으로 돌아가니 바로 바다였다. 둑과 나란히 있는, 그저 널따랗기만 한 공터에는 어둠의 세계가 펼쳐졌다.

이곳에 몇 년 뒤면 거대한 관람차가 생긴다고 한다. 어떤 경치가 보일까?

산이 있는 쪽을 올려다보았다. 빛의 띠가 산 중턱까지 뒤덮고 있다. 캄캄했던 히바리가오카마저도 어쩌면 지금은 모든 집에 불이 켜진 게 아닐까 싶을 정도로 눈부셨다. 어두운 곳은 내가 서 있는 자리뿐. 하지만 그것이 묘하게 마음 푸근하다. 어둠과 하나일 때는 애쓸 필요 없다고 마음을 달랠 수 있었다.

어둠과 하나가 되기 위해 집에서 나와 언덕길을 내려가는 빈도는 학년이 올라갈수록 늘어났다. 어머니는 신지의 성적이 떨어졌다고 하지만 그렇지 않다. 주위의 빠른 학습 속도를 신지는 더 이상 따라갈 수 없었다. 능력의 한계였다. 철야로 예습, 복습을 해도 수업을 따라가기 버거웠다. 하지만 어머니는 그것을 농구 탓으로 돌렸다.

'꼭 지금 동아리 활동을 할 필요는 없잖니. 열심히 공부해서 고등학교에 들어가서 또 하면 되잖아.'

그런 말을 들어도 신지는 농구부만은 그만둘 수 없었다. 그만두라는 말을 듣지 않으려고 공부 시간을 더 늘렸다. 그렇게 은퇴 시합을 한 달 앞둔 현 대회 예선 전초전까지 왔는데…….

시합 당일, 아침에 일찍 나갈 수 있도록 짐을 스포츠백에 넣어 현관 옆에 두었는데 아무리 찾아도 보이지 않았다. 유니폼도 농구화도 연습용 공도 들어 있는데. 주방에 있던 어머니에게 묻자 '그런 게 있는 줄도 몰랐네' 라는 쌀쌀한 대답이 돌아왔다.

한 번 더 방을 확인하고 거실, 주방, 세면실, 화장실, 욕실까지 살펴보았지만 없었다. 혹시나 싶어 지푸라기라도 붙잡는 심정으로 밖으로 나갔다. 정원을 확인하고 그대로 도로로 나가자 대각선 맞은편 집에 사는 아주머니가 늘 들고 다니는 이상한 크로스백을 메고 집 앞을 쓸고 있었다.

'어머나, 신지는 아침부터 부지런도 하구나.'

그런 말에도 답례를 할 여유가 없었다. 하지만 아주머니는 생글생글 웃으며 계속 신지에게 말을 걸었다.

'그나저나, 농구공이 가연성 쓰레기던가?'

얼굴에서 핏기가 쭉 가시는 심정이었다. 30미터쯤 떨어진 쓰레기장으로 달려가자 반투명한 지정 쓰레기봉투 속에 농구공과 운동화, 유니폼이 들어 있었다. 대형차가 달려오는 소리가 들려 쳐다보니 청소차가 이쪽으로 다가오고 있었다.

아슬아슬한 차이였다.

신지는 쓰레기봉투를 집어 옆구리에 끼고 단숨에 집으로 돌아왔다.

'이게 무슨 짓이야?'

울컥 치밀어 오르는 분노를 애써 억누르며 물었지만 어머니는 태연한 얼굴로 대답했다.

'그런다고 약속했잖니. 중간고사에서 30등 안에 못 들면 동아리 활동을 그만두겠다고 엄마하고 약속했지? 쓰레기 버리는 날 하루 전에 현관에 농구용품이 든 가방이 놓여 있기에 버려달라는 뜻인

줄 알았지.'

　약속은 했다. 그래서 열심히 공부했다. 매일 두세 시간밖에 못
자면서 열심히 공부했고, 간신히 100명 중에서 34등에 들어갈 수
있었다. 뒤에서 따라가기도 벅찬 신지에게는 기적 같은 등수였다.

　아버지도 칭찬해주었다. 어머니도 그 옆에서 '신지가 한번 마음
만 먹으면 식은 죽 먹기지. 아무렴, 아버지 아들이잖니' 하고 기쁜
표정으로 말했다. 그래서 네 명 차이, 30등에 들지 못한 일은 너그
럽게 봐주었다고 믿었다. 더군다나…….

　'아까 물었을 때는 모른다고 했잖아?'

　'신지가 먼저 거짓말했잖니? 설마 지금 동아리에 가는 건 아니
겠지? 오늘은 학원에서 모의고사가 있는 날이잖아.'

　그래서 버린 건가.

　'현 대회 예선 전초전이란 말이야.'

　'어느 쪽이 더 중요한지 잘 생각하렴.'

　모의고사는 앞으로도 질릴 정도로 남아 있는 많은 시험 중 하나
에 지나지 않는다. 이 시험으로 합격 여부가 결정되는 것도 아니
다. 하지만 농구 시합은 오늘 전초전을 포함해 앞으로 두 번밖에
없다. 현 대회 예선에서 우승하면 아직 한 번 더 남아 있지만, 아
마 어려울 것이다. 오늘 시합은 우승한다 해도 어떤 결과로 이어
지지는 않는다. 하지만 그렇다고 아무래도 상관없는 시합은 아니
었다.

　'부탁이야.'

'오늘은 안 돼. 그렇게 시합에 나가고 싶으면 약속을 지켜야지. 이번에 학교에서 모의고사 보지? 그때 전교 30등 안에 들면 현 대회 예선에 나가도 돼.'

어머니의 반대를 무릅쓰면서까지 쓰레기봉투를 끌어안고 시합에 갈 만한 행동력은 없었다. 결국 늘 꼭두각시다. 하지만 그런 상태에서 치른 학원 모의고사 성적이 좋을 턱이 없었다.

마지막 시합에 나가려면 다음 모의고사에서 어머니가 수긍할 만한 결과를 내는 길밖에 없다. 그래서 누나에게도 모의고사 전날은 친구네 집에서 자라고 부탁했다.

그 누나는 음료 코너에서 가져온 콜라를 마시며 메뉴를 뒤적이고 있다. 아직도 뭘 더 먹을 작정인가? 무던한 성격이 부럽다. 형은 식어빠진 햄버그를 여자애들처럼 잘게 잘라 천천히 입에 넣고 있었다.

도망치는 동안 궁리했던 거짓말은 벌써 들통 나고 말았다. 이제 어쩌면 좋을까.

신지가 입을 다물어버리자 요시유키는 가급적 시간을 들여 햄버그를 먹었지만 이제 한입이면 그릇은 텅 빈다. 히나코는 무슨 도감을 보듯이 뚫어져라 메뉴를 보았지만 뭘 주문할 기미는 없었다.

어쩌면 좋지.

남매끼리 의논하면 바로 진상이 드러날 테고, 그러면 향후 대책을 고민할 작정이었다. 신지가 자신과 어머니가 모진 꼴을 당했다고 말했을 때는 아버지가 먼저 손찌검을 했다면 정당방위가 성립되지 않을까 싶었다. 하지만 아버지는 자기보다 약한 사람을 손찌검할 인물이 아니었다. 그런 생각을 하는데 아니나 다를까, 폭력이 아니라 언어로 상처를 주었다고 한다. 그렇다면 그 때문에 정신 상태가 불안정했던 것은 아니었나 싶었지만 아버지의 발언은 도저히 그런 상태로 몰아넣을 만한 말이 아니었고, 더구나 신지는 입을 꾹 다물고 있다.

히나코는 어째서인지 심기가 불편해보였다.

"너희들은 어떻게 하고 싶니?"

히나코와 신지가 동시에 고개를 들고 말없이 요시유키를 바라보았다. 그러는 너는 어떠냐는 얼굴이다.

"나는 진상을 확인한 다음 앞일을 포함해서 최선책은 무엇인지 너희하고 의논할 작정이었어. 하지만 진상은 이제 상관없어."

"무슨 뜻이야?"

히나코가 말했다.

"진상은 신문에 나온 것처럼 어머니가 자백한 내용 그대로여도 상관없어. 아버지하고 어머니 사이에 말다툼이 벌어져 어머니가 아버지를 장식품으로 때려죽였다. 그것이 사실인지, 만약 사실이라면 그런 낌새는 없었는지, 두 분 사이에 무슨 일이 있었는지, 너희하고 여기서 이야기해봤자 별 의미가 없다는 걸 깨달았어. 그러니 지금 아는 사실만 염두에 두고 무엇이 우리에게 최선의 길인지, 이제부터 고민하자."

"우리⋯⋯."

신지가 중얼거렸다.

"그래. 남매 셋이서, 존속 살인사건이 일어난 집안의 아이라는 입장에서 말이야."

"우리가 뭘 할 수 있겠어?"

히나코가 물었다.

"우리 앞을 가로막는 벽은 무엇이지? 히나코 역시 앞으로 지금까지와 똑같은 생활을 보낼 수 있다고 생각하지는 않겠지. 등교하기가 불안하지는 않니?"

히나코는 괴로운 얼굴로 고개를 저었다.

"그렇다면 왜 불안하지? 돈 때문에? 아니겠지. 주위의 시선 때문이야. 설마 휴대전화로 이상한 게시판을 들여다보지는 않았겠지?"

오늘 아침 보았던 모니터 속 글자들이 머릿속에 떠올랐다. 생각만 해도 구역질이 난다.

히나코는 다시 한 번 고개를 저었다.

"⋯⋯배터리가 닳으면 안 되니까."

"그럼 됐어. 절대 보지 마. 누군지 알지도 못하는 놈들까지 우리 가족 이야기로 난리야."

보지 못했다면 입 다무는 편이 나았을지도 모른다. 하지만 이미 벽이 존재한다는 사실을 깨달아야 다음 문제를 의논할 수 있다.

"우리는 앞으로 부조리한 악의를 받게 될 거야. 인터넷에서만 그런 게 아니야. 집도 지금 어떻게 되었는지 알 수 없어. 직접 해코지를 하거나 위해를 가하는 일도 있을지 몰라. 그걸 조금이라도 피하기 위해서, 일단 어떻게 해야 어머니의 형벌이 가벼워질지 생각하자. 형무소에 들어가는 것하고 집행유예, 무죄는 천지차이야."

"무죄가 될 수도 있어?"

"아키코 이모한테도 의논해서 최대한 좋은 변호사에게 의뢰해야지. 하지만 그보다 우리의 증언이 더 중요하지 않을까? 가령 방금 신지가 한 말. 아버지가 직접적인 폭력은 휘두르지 않았지만 그런 일이 있었다고 하면 어떨까?"

"무슨 소리야? 믿을 수 없어. 아빠를 나쁜 사람으로 몰 작정이야? 나는 그런 건 죽어도 싫어!"

히나코가 버럭 외쳤다. 멀리 서 있던 점원이 이쪽을 쳐다보았다.

"나도 싫어."

목소리를 낮추어 말했다.

"그럼 어째서 그런 소리를 하는 거야? 애초에 오빠 입장에서 보면 생판 남인 어머니가 친아버지를 죽인 거잖아. 그런데 어떻게 그런 생각을 해? 아빠가 죽었는데 슬프지도 않아?"

"슬프지 않을 리가 있어?"

덜컹거리는 버스 안에서 아버지를 생각했다. 슬픈 감정이 곧바로 북받치지 않다니, 아버지를 그리 좋아하지 않았다는 뜻일까? 절대 그렇지 않다. 큼직한 손바닥으로 몇 번이나 머리를 쓰다듬어 주지 않았던가? 아버지에게 칭찬을 듣고 싶어 열심히 공부했다.

의사가 되고 싶다고 말하자 그거 기대된다면서 기쁜 얼굴로 아버지의 키를 훌쩍 넘어선 요시유키의 머리에 손을 얹고 푸근하게 어루만져주었다.

버스 좌석에 앉아 손바닥을 펼쳐 머리를 쓰다듬어보았다. 키만 그런 게 아니라 덩치도 제법 따라잡았을 터인데, 제 손이 너무나 자그맣게 느껴졌다. 그 순간 눈물이 왈칵 쏟아졌다. 아버지, 아버지, 아버지······. 소리 죽여 울었다.

아버지가 살해당했다는 말만 들었다면 애간장이 끊어지도록 울면서 아버지를 살해한 녀석을 죽여버리고 싶었을 것이다.

하지만 아버지를 살해한 인물은 그 사람이다. 피는 안 통해도 요시유키를 소중하게 길러주었다. 친어머니처럼 여기고 있다.

그 사람이 누군가를 죽였다는 말만 들었다면 뭔가 사정이 있었을 거라고 어머니의 무죄를 믿고 마음을 굳세게 가지려 했을 것이다.

큰일이 벌어졌는데도 남 일처럼 멍하니 받아들일 수밖에 없었던 이유는 극단적인 두 사건이 한꺼번에 터지는 바람에 사실을 인식하기 전에 상쇄된 탓이 아닐까?

울어서 마음이 가라앉은 덕인지 한 가지 사실만은 확신할 수 있었다.

아버지는 이제 없다. 남은 사람은 그 사람이다. 살인범이라 할지라도 가족이라는 사실은 변함없다. 그뿐이랴, 세간에서는 가족이라는 사실을 더욱 강조할 것이다. 우리는 그런 현실을 받아들여야만 한다.

히나코와 신지는 그 점을 이해하고 있을까?

"그럼 똑똑히 설명해줘. 아버지는 어째서 살해당해야 했지? 어머니는 어째서 아버지를 죽였어? 신지의 성적이 나빠서? 하지만 입시에서 떨어진 것도 아니고, 성적이 나쁘다고 아버지에게 혼난 것도 아니야. 그보다, 겨우 아들 성적 때문에 남편을 죽일까? 나는 부모님이 다투는 모습을 한 번도 본 적이 없어. 어머니가 경찰에는 살해한 이유를 확실하게 말씀하셨대?"

"모르겠어. 나도 몰라."

히나코가 머리를 싸매더니 화들짝 놀라 고개를 들었다.

"얘, 신지. 너 그날 밤, 뭔지 몰라도 엄마하고 다퉜지?"

"무슨 소리야, 그게……."

테이블의 한 지점을 바라보며 입을 다물고 있던 신지가 고개를 들고 쉰 목소리로 말했다.

"시치미 떼도 소용없어. 아야카한테 들었단 말이야. 네가 아아, 오오, 어쩌고 하는 고함을 질렀고 엄마가 잘못했다느니 살려달라느니 그랬다고."

"그게 정말이야?"

신지와 어머니가 다투었다. 신지가 고함을 질렀다. 이쪽도 상상하기 어려운 일이지만 증인이 있다니 사실일 것이다. 이런 중요한 이야기는 빨리 했어야지.

"신지, 어머니하고 무슨 일이 있었지?"

"……아무 일 없었어."

"그게 말이 돼? 네가 고함을 지르다니 보통 일이 아니었던 모양인데?"

"……어머니하고 다툰 게 아니야. 나 혼자 속이 갑갑해서 그냥."

"뭔가 화나는 일이라도 있었니?"

"나는…… 농구 시합에 나가고 싶었어."

요시유키는 맥 빠지는 대답에 튀어나오려는 한숨을 겨우 참았다. 맞은편에서 히나코가 땅이 꺼져라 한숨을 쉬었다. 신지는 지금 무슨 이야기를 하는지 알고나 있는 걸까? 하지만 모처럼 입을 열었으니 말허리를 끊어서는 안 된다.

"나가면 되잖아. 아니면 주전 선수에서 밀려났어?"

"아니야. 엄마가 이런 소리를 했어."

신지가 고개를 들었다. 각오를 다진 표정이었다.

신지는 사건 당일 있었던 일을 모조리 털어놓기로 했다. 누가 고함소리를 들었다면 굳이 감출 이유가 없다.

"3학년으로 올라가면서 어머니가 성적이 떨어지면 동아리를 그만두라고 했어. 하지만 그것만은 싫어서……."

신지가 농구를 시작한 것은 초등학교 3학년 때부터였다. 유일하게 스스로 원한 일이었다. 그것을 그만둔다는 말은 꼭두각시가 된다는 뜻이나 마찬가지였다.

"몰래 계속하다가 들키는 바람에 그 전 시합에도 못 나갔어. 하지만 마지막 시합에는 꼭 나가고 싶어서 어머니하고 약속했어. 이

번 모의고사에서 전교 30등 안에 들면 시합에 나가기로. 그래서 매일 밤 죽어라 공부했어. 누나한테도 모의고사 전날에 친구네 집에 가달라고 했고."

"농구 시합이 걸려 있었구나. 그런 줄은 전혀 몰랐어."

히나코가 깜짝 놀란 얼굴로 말했다.

다른 가족이 있을 때 어머니는 신지에게 공부 이야기를 하지 않았다. 단둘이 되면 몰래 말했다. 그래서 신지는 가급적 히나코가 집에 있기를 바랐지만, 그러면 이번에는 어머니가 히나코를 탓할 것이다.

어머니는 신지의 성적이 나쁜 이유를 타고난 능력 탓으로 여기지 않았다. 농구 탓, 게임 탓, 휴대전화 탓, 그리고 히나코 탓. 히나코가 제 방에서 듣는 음악쯤이야 아무런 방해도 되지 않는데, 신지의 시험 기간이 되면 어머니는 종종 히나코를 타이르곤 했다.

"하지만 해야지, 해야지, 하고 생각하면 점점 머리가 아파오는 거야. 그날도 모의고사 전날인데 수업 시간에 다들 아무렇지 않게 푸는 문제가 도저히 풀리지 않고 머리가 깨질 것처럼 아파서 학교에서 조퇴했어."

"두통 이야기는 어머니께 말씀드렸니?"

요시유키가 물었다.

"아니. 심리적 이유라는 건 나도 알고 있으니까."

신지는 그렇게 대답하며 말을 이었다.

"학교에서 나왔는데도 계속 아팠고, 집이 가까워지니까 머리가 깨질 것처럼 심하게 아팠는데, 정신을 차리고 보니 언덕길을 하염 없이 내려가고 있었어. 그러면 마음이 안정돼. 예전에 아침 일찍 형하고 버스 터미널에서 만난 적 있었지? 그것도 기분 전환하려 고 밑으로 내려갔던 거야."

"그러고 보니 그다음에 모의고사를 치르러 갔지."

요시유키는 그때의 일을 떠올렸다. 그래서 그런 곳에 있었던 건가.

신지는 고개를 끄덕이고 말을 이었다.

"그런데 도중에 앞집 애가 불러 세우는 거야."

"아야카가?"

히나코가 얼굴을 찌푸리며 말했다. 신지도 그때 있었던 일을 떠 올리고 얼굴을 찌푸렸다.

"시합 때 어떻게 된 거냐고 묻기에 무슨 상관이냐고 했더니 자 기가 피해를 봤다느니 사과하라느니, 영문 모를 시비를 걸지 않 겠어?"

"그 애한테 무슨 짓이라도 했어?"

"아무 짓 안 했어. 앞집에 산다는 사실이 민폐라는 식으로 말하 기에 그럼 그쪽이 이사 가라고 했지. 그러고 나서는 그냥 무시하 고 바다까지 내려가서 한참 거기서 멍하니 넋을 놓고 있노라니 두 통은 가셨지만 갑갑한 기분은 여전했어."

"나도 알아, 그 기분."

히나코가 고개를 주억거렸다.

"집으로 돌아왔는데 어머니하고 둘뿐이라 저녁 식사도 얼른 마치고 책상 앞에 앉았어. 문제집을 펼치니 머리가 또 약간 아팠지만 그냥 잘 수도 없어서 열심히 공부했어. 그랬더니 앞집에서 또 싸움을 시작해서……."

"또 싸움이라니, 뭐야?"

요시유키가 물었다.

"앞집 아야카 얘기야. 신지하고 같은 중학교 3학년인데, 히스테리를 엄청나게 부려서 일주일에 한 번은 이웃에 다 들릴 정도로 고함을 질러대."

히나코가 대답했다.

"내가 대학에 들어간 후에 생긴 집 말이지? 그런 애가 있어?"

"진짜 최악이야. 그렇지, 신지?"

"그게 일상이라 내버려둘 생각이었는데, 그 애의 쇳소리가 쩌렁쩌렁 울릴 때마다 머리가 지끈지끈 아파서 더 참을 수가 없었어. 조금 있으니 싸움은 멎었지만 그만 공부할 의욕이 푹 꺾여서 포기했어. 시합은 이제 못 할 거라고 생각하니 너무 분해서 공을 벽에 던졌어. 몇 번이고, 몇 번이고."

"방 안에서 농구공을 던졌어?"

"그래. 어머니가 당장 방에 올라와서 그만두라고 야단쳤어. 하지만 그만두지 않았어. 그만둘까보냐 싶은 심정이었어. 그냥 무시하고 계속했더니 점점 기분이 좋아져서 책장 위로 슛을 던졌는데 어머니가 공을 가로채는 거야."

"엄마라면 가능하지."

"화가 났어. 돌려달라고 해도 돌려주질 않아서 대신 책이니 필통이니 손에 잡히는 대로 마구 집어던졌어. 그랬더니 어머니가 '그만둬! 잘못했어!' 하고 비명을 지르는데 꼴좋다 싶더라. 나도 같이 고래고래 소리를 질렀더니 속이 더 시원했어."

혼날 줄 빤히 알면서 형도 누나도 왜 장난을 칠까, 신지는 어렸을 때부터 늘 궁금했다. 군것질도, 목욕탕에 비누거품을 잔뜩 풀어놓는 장난도, 재미는 있어 보였지만 혼이 나면서까지 하고 싶은 생각은 들지 않았다.

아버지가 형을 혼내는 모습이나 누나에게 잔뜩 얼굴을 찌푸리는 모습을 보면 마치 자기가 혼나는 것처럼 몸이 움츠러들었다. 하지만 공을 던져보니 몸이 훌쩍 가뿐해지는 것 같았다. 소리를 질러보니 두통도 가라앉았다.

"내가 집에 있을걸 그랬어."

히나코가 중얼거렸다.

"그랬으면 네가 소동을 부리기 전에 말릴 수 있었을 텐데…….
여태까지 농구를 열심히 했으니 마지막 시합에 나가고 싶은 심정은 이해해. 공부를 열심히 했다는 것도 인정해. 나는 늘 엄마가 신경 써주고 가장 소중하게 여기는 신지가 부러웠지만 너는 갑갑했을지도 몰라. 머리도 아팠을지 몰라. 그럴 때 아야카를 만나 이상한 소리를 들으면 화가 날 만도 했겠지."

신지를 이해한다는 투로 말하면서도 히나코의 목소리는 단호

했다.

"그렇다고 아야카하고 똑같은 짓을 해? 너도 그 앨 실컷 바보 취급했으면서, 그런 꼴사나운 짓이 또 어디 있니?"

'이게 무슨 난리법석이냐! 꼴사납구나!'

"아버지도 그렇게 말씀하시면서 방에 들어오셨어."

"아빠가 그때 집에 있었어?"

"나도 몰랐는데 갑자기 방문을 벌컥 여시는 거야."

크지는 않았지만 나직하고 위엄 있는 목소리에 신지는 단숨에 얼어붙었다. 어머니의 얼굴도 굳어버렸다.

"아빠가 또 뭐랬어?"

"치우라고 했어. 그 말씀뿐이었어. 내가 허둥지둥 내던진 책을 주웠더니 아버지는 말없이 아래층으로 내려가셨어."

"엄마는?"

"아버지를 따라 내려갔어."

난동을 부린 사람은 신지이고 어머니는 그런 신지를 말린 것뿐이지만, 마치 자기가 혼난 사람처럼 굳은 얼굴로 아버지 뒤를 따라 잠자코 방을 나갔다.

"그것 때문에 아래층 방에서 말다툼을 벌인 것 아닐까?"

요시유키가 말했다. 신지를 탓하는 기색은 없다. 신지가 가장 우려했던 부분이었다.

"모르겠어."

"두 분이 말씀하시는 목소리는 못 들었어?"

"뭐라고 얘기는 했을지도 모르지만 내용까지는 못 알아들었어. 큰 소리로 싸우면 또 몰라도 그냥 목소리는 안 들리잖아."

"그러네. 층이 다르니 잘 안 들리지. 창문을 열면 밖에서 나는 소리가 더 잘 들릴 정도니까."

히나코가 덧붙였다. 밖에 있을 때는 들리던 1층 텔레비전 소리가 2층 방으로 올라가면 안 들리기도 한다.

"하지만 큰 소리는 내지 않았어도 말다툼은 했을지도 몰라. 그러니까…… 내 탓이야."

비난받기 전에 신지는 제 입으로 그런 말을 했다. 일시적인 감정으로 공을 던지고 고함을 지른 탓에 어머니가 아버지를 죽이게 되었다.

"엄마도 경찰에 남편하고 말다툼을 벌이다가 그랬다고 한 것 같던데."

히나코가 우물거렸다.

"두 분이 방에서 나간 후에 너는 뭘 했지?"

요시유키가 질문을 바꿨다.

"방을 치우고 나니 목욕도 하고 싶었고 목도 말랐지만, 아버지한테 혼날까봐 껄끄러워서 방에 틀어박혀 있었어. 집중은 잘 되지 않지만 일단 문제집을 펼치고 공부하고 있는데 어머니가 왔어."

"뭐라면서? 눈치는 어땠어?"

히나코가 다그치듯이 물었다.

"뭔지 몰라도 굉장히 풀 죽은 얼굴로 미안하다고 했어."

"신지한테 사과를 했어? 그래서?"

"시합에 나가도 되고, 공부는 이제 됐으니까 기분 전환 삼아 산책이라도 다녀오라고 했어."

"어머니가 산책 다녀오라는 말을 하셨다는 거지?"

요시유키가 확인하듯이 되물었다.

"시간도 늦었고 솔직히 그럴 기분은 아니었지만, 시합에 나가도 된다고 하니까 괜히 싫은 소리도 할 수 없어서 일단 밖으로 나갔어."

"지갑하고 휴대전화는 어째서 두고 왔지?"

"잠깐 다녀오는 거니까 휴대전화는 필요 없을 줄 알았고, 지갑은……."

신지가 말을 끊었다. 말을 해야 할까. 하지만 여기까지 말했는데 이제 와서 입을 다물 수도 없다.

"목도 마를 테니 편의점에서 주스라도 사서 마시라고, 어머니가 천 엔짜리 지폐를 꺼내주셨어."

"하지만 앞집 아주머니에게 돈을 빌렸다면서?"

히나코가 끼어들었다.

"어머니는 분명히 두 번 접어서 바지 주머니에 넣어주셨어."

집을 나왔을 때와 똑같은 신지의 반바지에는 허벅지 양쪽에 넉넉한 주머니가 달려 있다. 어머니는 분명 그 왼쪽 주머니에 천 엔짜리 지폐를 넣어주었다.

"없었던 거니?"

요시유키가 물었다. 신지는 힘없이 고개를 끄덕였다.

바다까지 언덕길을 내려갈 기력이 없어 편의점에서 시간을 때우기로 했다. 잡지를 뒤적이고 있는데 눈에 익은 사람이 가게 안으로 들어왔다. 앞집 아주머니였다. 신지를 보더니 친한 척 말을 걸어왔다. '내년에는 고등학교 입시도 있고, 서로 힘내자꾸나.' 어디서 똑같은 취급인가 싶었다.

모처럼 기분 전환하러 왔는데 헛수고였다. 가게에서 나오려고 발치에 두었던 바구니를 들고 계산대로 가서 주머니에 손을 넣었는데 지폐가 없었다. 주머니가 터진 것도 아니다. 반대편 주머니도 확인했지만 지폐는 어디에도 없었다.

물건을 되돌려놓을까도 싶었지만 냉장고에서 꺼낸 지 한참 지난 음료수를 필요 없다고 되돌려놓는 짓은 상식 없는 행동 같았다. 신지를 힐끔거리는 앞집 아주머니와 눈이 마주쳤다. 저 사람에게 비상식적인 인간으로 보이기는 싫었다. 겨우 몇십 분만 빌리는 거라고 스스로를 타이르며 돈을 빌리기로 했다.

"엄마가 일부러 돈을 안 넣은 걸까?"

히나코가 중얼거리는 소리를 들은 신지는 흠칫 놀랐다.

"네가 집에서 나갈 때 아버지는 뭘 하고 계셨지?"

요시유키가 물었다.

"아래층에 계셨을 텐데, 보지는 못했어……."

집의 계단은 현관으로 직접 연결된다. 어머니는 신지를 따라 현관까지 내려와 조심해서 다녀오라며 배웅해주었지만 아버지는 어쩌고 계셨는지 모른다. 마주치지 않아 마음이 놓였을 정도였다.

"어머니가 네 방에 올라왔을 때 태도가 이상하지는 않았어?"

"그런 건 모르겠어."

"오빠는 엄마가 신지한테 산책 다녀오라고 했을 때 아빠가 이미 죽어 있었다고 생각하는 거야?"

"그런……."

히나코의 말에 신지는 큰 충격을 받았다. 어머니는 신지가 없을 때 사건이 터진 것처럼 꾸미려고 신지에게 산책을 다녀오라고 했던 것이다. 편의점에서 주스나 사 마시라고 돈을 쥐여주는 척하면서 실제로는 넣지 않은 이유는 신지가 편의점에 있었다는 사실을 점원이 똑똑히 기억하도록 그랬을 것이다. 형이나 누나가 말할 때까지 어째서 깨닫지 못했을까?

편의점에서 돌아오니 집 앞에 구급차가 서 있었고 아버지가 실려 나오고 있었다. 무서워서 도망쳤다. PC방에 가서야 무슨 일이 있었는지 알았다. 내가 난동을 부린 탓이다. 그 일을 들키면 혼날까봐 두려워서 집으로 돌아갈 수가 없었다. 사건 당시 집에 없었다는 사실이 그나마 마음을 달래주었는데…….

"신지, 미안하다. 나는 널 의심하고 있었어. 어머니가 너를 감싸느라 본인이 그랬다고 거짓말하는 줄 알았어."

요시유키가 고개를 숙였다.

"신지가 행방불명 상태라 나도 그런 줄 알았어. 미안."

히나코도 고개를 숙였다.

"그러지 마."

그 한마디가 신지에게는 최선이었다. 사과받을 일이 아니다. 차라리 네 탓이라고 비난받는 편이 낫다. 신지는 두 사람의 눈을 똑바로 바라볼 수가 없어 고개를 푹 떨어뜨렸다.

"하지만 역시 알 수 없는 건 동기야. 말다툼을 벌였다고 쳐도, 어쩌다가 아버지를 때리게 된 걸까? 신지, 한 번 더 잘 생각해봐. 정말 아무 소리도 못 들었어? 네가 난동 부린 일 때문에 아버지가 어머니를 꾸짖었다고 치자. 호된 소리가 나왔는지도 몰라. 하지만 그게 장식품으로 남편을 때릴 만한 일일까? 애초에 장식품이라는 게 대체 뭐야?"

"오빠가 받은 트로피. 경찰에서 아키코 이모하고 같이 확인했어."

히나코가 불쑥 대답했다.

"일부러 그런 건 아닐 거야. 아빠가 옛날에 받은 상이나 나하고 신지가 육상 경기에서 받은 상도 잔뜩 있었지만, 오빠가 받은 트로피가 제일 컸거든."

신지도 처음 듣는 이야기였다. 서로 아는 사실을 털어놓자고 한 형의 의도를 이제야 이해할 수 있었다. 경찰이 아무리 조사해도, 언론이 아무리 들쑤셔도, 가족밖에 모르는 부분이 있다. 그것을 알려고도 하지 않고 외부 정보만 듣고 앞일을 고민해본들 해결책이 나올 리 없다.

다시 한 번 그날 밤 있었던 일을 되짚어보았다. 대화, 표정, 분위기…….

"······앗!"

고개를 퍼뜩 들었다.

"뭔가 생각났어?"

"밖으로 나갔을 때 혹시 난동 부렸던 게 이웃에 들렸을까 싶어 주위를 둘러보았어. 그때 앞집 차고에 그 집 아저씨가 있었어."

"퇴근하고 돌아온 거야?"

"잠깐, 앞집 차는 경차 한 대뿐이야. 아주머니가 저녁 때 그걸 타고 다니는 모습을 자주 보았으니 아저씨는 차로 통근하지는 않을 거야. 어째서 차고에 있었을까?"

"일단 집에 돌아왔다가 외출하려고 했다거나, 자동차 손질이라도 했다면 거기 오래 있었을지도 모르겠다."

"밖에서는 뭔가 들렸을지도 몰라."

요시유키와 히나코의 말을 들은 신지도 정신이 번쩍 들었다. 앞집 아저씨가 아버지와 어머니의 대화를 들었을지도 모른다.

"집으로 돌아가자."

요시유키가 계산서를 들고 일어서자 히나코도 뒤를 따랐다. 신지도 두 사람의 뒤를 따라 일어섰다.

날이 바뀌어 오전 0시 30분. 오렌지색으로 빛나는 불빛의 띠는 여전히 드문드문하게 히바리가오카까지 이어졌다.

【7월 5일(금) 오후 10시 20분~7월 6일(토) 오전 0시 30분】

고지마 사토코 Ⅲ

애야, 엄마다. 전화받는구나. 다행이다. 엄마가 잘못했어. 그쪽이 지금 몇 시인지 생각할 경황이 없어서 말이다. 또 큰일이 벌어졌지 뭐니. 이번에는 옆집이야. 그 집은 매일 그 모양이라 엄마가 지나치게 걱정하는 건지도 모르겠다. 하지만 왠지 평소하고 사정이 다른 것 같아.

그래서 말인데, 엄마가 용기를 내 볼 테야. 그래, 말리러 갈 거야. 두 번 다시 히바리가오카에서 살인사건이 일어나면 안 되니까.

그야 무섭지. 하지만 내버려둘 수가 없구나. 가장이 나 몰라라 내뺐으니 어쩔 수 없잖니. 그래, 방금 전까지 밖에서 함께 그 난리를 듣고 있었어. 좀 말리라고 부탁도 했지. 그런데 냅다 달려서 어디론가 가버렸지 뭐니. 믿을 수 없지? 한 집안의 가장이 자기 집에 큰일이 생겼는데 달아난 거야. 정말 어쩜 그럴 수가 있는지.

아버지? 오늘도 회사 가셨지. 이 집을 지키는 게 내 역할이란다. 이젠 엄마밖에 없는걸. 상관없는 일이라니 무슨 소리니. 이건 말이다, 너를 위한 거야. 네가 안심하고 히바리가오카로 돌아올 수 있도록 엄마가 힘내마. 그러니 용기를 주렴.

신고? 또 경찰이 와서 이 이상 일이 커지는 건 싫구나.

그럼 엄마는 이제부터 다녀올게.

너를 위해서 말이야. 알겠니?

7

히바리가오카

오후 8시 20분.

아야카는 관엽식물 화분을 두 손으로 쳐들고 마유미를 노려보더니 마루에 힘껏 내동댕이쳤다. 초벌구이 화분이 깨지면서 자갈 섞인 흙이 마루 위에 흩어졌다. 엔도 마유미는 흙과 똑같은 빛깔의 마루를 멍하니 바라보았다.

'마루 색은 어떻게 할까? 다크 브라운 계열이 분위기도 차분하고 때가 타도 눈에 띄지 않겠지만, 어두운 색이면 흠집이나 먼지가 눈에 잘 띄겠지. 아야카도 신경 쓰일 텐데, 라이트 브라운 쪽으로 할까?'

'아유, 엄마도 참. 내가 미니카 갖고 노는 어린애도 아니고, 마루에 흠을 왜 내? 나도 다크 브라운 계열이 더 좋아.'

'그럼 이 색으로 할까?'

그 시절이 가장 즐거웠다. 아야카의 눈치를 살피지 않고 정면에서 눈을 마주볼 수 있었던 그 시절이. 아야카가 히스테리를 부리지 않으면 운수 좋은 날, 히스테리를 부리면 운수 나쁜 날. 언제부터인가 하루의 끝을 이런 식으로 되돌아보는 버릇이 생겼다. 히스테리 스위치를 누르지 않으려고 신경이 닳도록 마음을 썼건만, 요전에 히스테리를 부린 지 사흘도 지나지 않았는데 이 야단이다. 대체 언제까지 이런 날들이 계속되는 걸까.

무슨 말로 달래야할지 모르겠다. 나오는 것은 한숨뿐.

"누굴 바보로 알아? 불만이 있으면 똑바로 말로 해!"

아야카가 슬리퍼를 신은 발로 마유미에게 한 걸음 성큼 다가서자 자갈이 으드득 마루를 긁었다. 다시 한 걸음, 으드득. 피부에 자갈이 박히는 듯한 착각에 두 팔에 소름이 돋았다.

"……그만해. 약속했잖니?"

"내가? 뭘?"

"마루에 흠집 내지 않겠다고 했잖아."

아야카가 발밑을 보더니 바로 고개를 들었다.

"내가 알 바 아냐! 집, 집, 집, 집! 당신 머릿속은 늘 그 생각뿐이지. 바보 아냐?"

아야카는 다른 화분을 들더니 창문 쪽으로 몸을 돌렸다.

"그만둬……."

마유미의 목소리가 들리지 않는지 아야카는 두 손을 치켜들어 화분을 내던졌다. 얇은 커튼 너머로 유리가 깨지는 둔탁한 소리가 울렸다. 머릿속이 새하얘진다. 투명한 필름이 몸을 뒤덮어간다.

화분은 실내로 떨어져, 테이블 옆과 마찬가지로 창가의 마루에도 초벌구이 화분의 파편과 자갈 섞인 흙이 흩어졌다. 하얀 벽지에도 흙이 튀었다. 이런 짓을 한 게 누구지? 내 소중한 보물에 흠을 낸 게 누구지? 뒤를 돌아보니 짐승이 서 있었다. 마유미를 위협하듯 노려보고 있다. 하지만 하나도 무섭지 않다.

"용서 못해."

짐승에게 그렇게 말하자 짐승은 업신여기는 얼굴로 마유미에게 욕설을 퍼부었지만 짐승이 하는 말은 귀에 들어오지 않았다. 아무런 반성도 하지 않는 그 얼굴에 분노만 커질 따름이다.

"용서 못해!"

또 한 번 외치며 짐승에게 달려들어 정면에서 멱살을 잡았다. 짐승은 순간 얼어붙었지만 바로 자세를 바로잡고 큰 소리로 고함을 지르더니 손발을 허우적거리며 날뛰기 시작했다. 길게 뻗은 짐승의 손톱이 마유미의 뺨을 할퀴었다. 하지만 키도 몸무게도 마유미가 짐승보다 유리했다. 온 힘을 실어 짐승을 바닥에 쓰러뜨리고 그 위에 올라탔다.

"용서 못해, 용서 못해, 용서 못해!"

짐승의 두 어깨를 짓누르면서 마유미는 목이 터져라 외쳤다. 나쁜 짓은 하나도 하지 않았다. 사치도 부린 적 없다. 집을 짓고 평온한 가정을 꾸리고 싶었다. 바람은 그저 그뿐인데 어째서 이런 꼴을 당해야만 하나. 언제까지 참아야 하는 걸까. 이제 그만 날 풀어줘.

"너 같은 건 눈앞에서 사라져!"

마루 위에 굴러다니는 밥과 닭튀김을 쥐어 짐승의 입에 쑤셔 넣었다. 짐승이 겁먹은 눈으로 콜록대더니 눈물을 흘리며 밥알을 토해냈다. 오물이 마루에 튀는 모습을 보니 다시 분노가 치밀어 이번에는 흙덩어리를 입에 쑤셔 넣고 두 손으로 짐승의 입을 틀어막았다.

짐승이 우우 하고 신음소리를 냈지만 마유미를 감싼 투명한 필름은 그 자세 그대로 굳어버리고 말았다.

고지마 사토코는 도어폰을 끝없이 눌러댔다.

유리가 깨지는 소리가 났고, 마유미의 비명소리가 들렸고, 게이스케가 달아났다. 결의를 다지려고 아들에게 전화를 걸었는데, 대체 시간이 얼마나 흘렀는지 파악할 수가 없었다. 엔도 가(家) 현관문 앞에 서서 크게 숨을 들이마시고 도어폰을 눌렀지만 대답은 없었다. 연달아 열 번 이상 눌렀지만 아무 반응도 없다.

하지만 마유미의 짐승 같은 목소리는 들렸다.

사토코는 엔도 가의 정원으로 돌아갔다. 계절의 변화를 즐길 수 있는 나무와 꽃이 아름답게 배치된 고지마 가의 정원과는 달리 작은 화단 하나뿐이라 정원이라기보다는 빨래 너는 공간이다. 굵은 자갈이 깔려 있어 걸을 때마다 요란한 소리가 났다. 도둑이라면 짜증스럽겠지만 사토코는 마음이 든든했다.

깊숙이 들어가자 불이 켜진 방의 창유리가 깨어져 있었다. 신음소리가 들리는데 커튼이 쳐져 있어 내부 상황이 보이지 않았다. 마유미인지, 아야카인지, 누구 목소리인지는 모르겠지만 보통일은 아닌 것 같았다.

"마유미 씨, 마유미 씨."

창밖에서 쭈뼛쭈뼛 불러보았지만 대답은 없다. 바지랑대를 하나 뽑아 깨진 유리 구멍으로 쑤셔 넣어 커튼을 들어 올리자 안이 살짝 보였다. 마유미가 등을 돌리고 아야카 위에 올라타 목을 조르고 있는 것처럼 보였다. 신음소리는 아야카의 목소리였다.

"마유미 씨!"

큰 소리로 외쳤지만 마유미의 뒷모습은 꼼짝도 하지 않았다.

"마유미 씨, 어리석은 짓은 그만둬요! 마유미 씨!"

몇 번을 불러보아도 마유미는 반응이 없었다. 아야카의 신음소리가 점점 잦아들었다. 어쩌면 좋지? 창문 위치나 상태로 보아 이쪽으로 들어갈 수는 없다. 누구에게 도움을 청해야 할까? 그럴 바에야 차라리 신고를 하는 게 낫다.

사토코는 어깨에 메고 있던 크로스백의 지퍼를 열었다.

'아아, 이게 있었지.'

3년 전에 아들이 고향에 돌아왔을 때 혹시 모르니 이런 거라도 가지고 다니는 편이 좋지 않겠냐며 선물해준 물건이다. 기뻐서 한시도 몸에서 떼지 않고 들고 다니기 위해 수예 교실에서 크로스백을 만들고 싶다고 부탁했다.

방범 벨. 한 번도 사용한 적은 없다. 사용할 일도 없을 줄 알았다. 부적 삼아 가지고 다녔는데 지금이야말로 긴급 사태, 이것을 사용할 때다.

'애야, 잘 봐라. 엄마가 한다.'

크로스백에서 벨을 꺼내 금속 고리에 손가락을 걸고 힘껏 잡아당겼다.

삐뽀삐뽀삐뽀삐뽀……. 고막을 쥐어뜯는 날카로운 소리가 울려퍼진다. 귀를 막지 않으면 도저히 견딜 수 없는 소리였다. 사토코는 한쪽 귀를 막고 깨진 유리 틈으로 벨을 집 안에 던져넣었다.

삐뽀삐뽀삐뽀삐뽀……. 등 뒤에서 난데없이 고막을 찌르는 소리가 울렸다. 몸을 흠칫 떨자 투명한 필름이 단숨에 녹아내렸다. 이 소리는 뭐지?

마유미는 천천히 일어서서 창가로 다가갔다. 깨진 관엽식물 화분 옆에 빨간 플라스틱 상자 같은 물건이 굴러다녔다. 크기는 성냥갑 정도나 될까 말까 한데 음량은 사이렌만 했다. 그것을 주워들어 두 손바닥으로 꾹 감싸자 소리가 다소 잦아들었다.

"마유미 씨."

창밖에서 누가 이름을 불러 고개를 들었다.

"힉!"

저도 모르게 뒷걸음을 쳤다. 이상한 모양새로 들린 커튼 사이로 얼굴이 하나 보였다.

"나예요, 사토코."

그 말을 듣고 커튼을 천천히 젖히자 바지랑대 끝이 꽂힌 깨진 유리 너머로 까치발로 서 있는 사토코가 보였다. 사토코의 짓이었나.

"마유미 씨, 날 좀 들여보내줘요. 벨을 끄지 않으면 이웃에 폐가 되니까."

"하지만 지금 좀 어수선해서……."

"무슨 소리예요, 빨리 애를 도와줘야지."

"애요?"

사토코의 시선을 좇아 고개를 돌렸다. 아야카가 마루 위에 쓰러져 새우처럼 등을 말고 콜록거리면서 입 안에서 질척한 갈색 오물을 토해내고 있다. 큰일이다.

"아야카, 괜찮니?"

등을 어루만져주려고 발을 내딛자 아야카가 두 손으로 얼굴을 감쌌다. 겁에 질린 눈으로 손가락 사이로 마유미를 쳐다본다. 이쪽으로 오지 말라고 온몸으로 거부하는 것처럼 보였다. 벨을 감싸고 있는 손바닥에 플라스틱과는 다른 감촉이 느껴졌다. 흙의 감촉. 관엽식물 뿌리가 그대로 달린 흙덩어리를 아야카의 입에 쑤셔넣고 위에서 틀어막았을 때의…….

"다행이다, 살아 있구나."

등 뒤에서 사토코가 중얼거리는 소리가 들렸다.

살아 있다니? 이상한 소리는 그만 좀 했으면 좋겠다.

태연한 척 굴면서 사토코 쪽을 돌아보았다.

"죄송하지만 이제 괜찮으니 그냥 돌아가세요."

"뭐가 괜찮다는 거예요? 내가 말리지 않았다면 지금쯤 무슨 일이 생겼을지. 당신, 자기가 무슨 짓을 했는지 알고서 그런 소리를 하는 건가요?"

사토코가 창문으로 뛰어들 기세로 바싹 다가왔지만 집에 들일 수는 없었다.

"이건 저희 집 문제예요. 남하고는 상관없는 일입니다."

"아니요. 이미 내 문제이기도 해요. 그쪽이 끌어들인 거라고요. 나는 달아난 댁의 바깥양반 대신 온 거니까."

"달아나요?"

"어쨌든 이 시끄러운 소리 좀 어떻게 합시다."

사토코가 손가락에 건 고리 달린 핀을 보여주었다. 하는 수 없다.

"그럼 일단 현관으로."

그렇게 말하자 사토코는 흥 하고 콧방귀를 뀌더니 현관 쪽으로 몸을 돌렸다. 자갈을 짓밟으면서 "아이참" 하고 투덜대고 있다. 오지랖 넓은 성격 때문에 뛰어든 아줌마한테 왜 이런 꼴을 당해야 하나. 시끄러웠을지도 모르지만, 그거라면 요전번처럼 도어폰을 누르면 될 일인데 하필 방범 벨을 울리다니. 이웃 망신이다.

아야카도 분명 불쾌하겠지.

뒤를 돌아보니 아야카의 모습이 없었다. 세면실일까, 아니면 마유미가 들어오기 전에 자기 방으로 달아난 걸까. 그보다 사토코가 문제였다. 현관 앞에서 벨만 건네주고 얼른 돌려보내야지.

사토코가 거실로 들어왔다. 문밖을 향해 말하는 소리가 들렸다.

"고맙구나. 괜찮니?"

아야카가 현관문을 열었나?

"이래서야 마치 강도라도 든 것 같군요."

사토코는 그리 넓지 않은 거실을 둘러보더니 거침없이 말했다. 마유미가 민망한 나머지 고개를 숙이고 있는데 사토코가 한 손을 내밀었다.

"벨 돌려줘요."

사토코의 손에 방범 벨을 넘겼다. 삐뽀삐뽀 울리는 소리에 다시 움찔했지만, 사토코가 핀을 꽂으니 소리는 뚝 그쳤다.

"이건 말이죠, 아들이 혹시 모른다며 선물해준 거예요. 하지만 막상 일을 당하면 경보음 하나에 뭐가 어떻게 될지 효과가 의심스러웠죠. 아들에게 물으니 누가 입을 틀어막으면 도움을 청할 수 없으니 그 대신 사용하는 물건 아니겠냐고 했지만, 이 벨의 진짜 효과를 오늘 겨우 알았네요. 당신은 알겠어요?"

"글쎄요……."

"강도를 만나 이런 걸 울려봤자 아무도 도와주러 오지 않아요. 그렇게 큰 소리가 났는데도 나 말고는 아무도 오지 않았잖아요? 그것도 비슷한 소동 끝에 살인사건이 난 지 사흘도 지나지 않았는데 말이에요. 방범 벨은 범인을 깜짝 놀라게 해서 그 움직임을 막는 효과가 있는 거예요."

범인. 마유미를 그렇게 취급하고 있는 것 같았다.

"폐가 되었다면 도어폰을 누르셨으면 됐는데."

"눌렀어요. 몇 번이나 눌렀는지 몰라요. 그야말로 폐가 될 정도로 말이죠."

전혀 들리지 않았다.

"아까부터 내가 괜한 짓을 한 것처럼 구는데, 경찰에 신고하는 편이 나았나보죠? 뭐하면 지금이라도 신고할까요?"

"그런, 아니, 죄송했습니다. 이쪽에 좀 앉으세요."

마유미는 사토코에게 깨끗한 소파 자리를 권했다. 하지만 사토코는 바닥에 시선을 떨어뜨리더니 질렸다는 듯이 마유미의 얼굴을 올려다보았다.

"……아직 무슨 불만이라도?"

"그 말투도 불만스럽지만, 당신, 딸은 전혀 걱정하지 않는군요. 혹시 딸이 걱정돼 죽겠는데 나 때문에 보살피지 못하는 거라면 나중에 다시 올게요. 하지만 과연 그럴지 좀 걱정되는군요."

뭐가 걱정된다는 걸까? 매일매일 홀로 참아왔지만 오늘은 끝내 참지 못하고 아야카에게 달려들고 말았다. 때린 것은 아니다. 목을 조른 것도 아니다. 시끄러운 입을 막았을 뿐. 흙까지 입에 넣다니 조금 지나쳤을지도 모르지만, 저렇게 당장 큰일이라도 벌어질 것처럼 잔소리를 들어야 할 일일까? 아야카는 약간 괴로워 보였지만 제 발로 일어서서 나가지 않았다. 사토코에게 현관문을 열어준 것도 아야카 아닌가.

"저기, 저하고 딸은 정말 괜찮아요."

"그렇겠죠. 따님 입으로 그 소리를 들으면 돌아가겠어요. 당신도 그 지저분한 옷 좀 갈아입고 오면 어때요?"

사토코는 그렇게 말하더니 소파에 털썩 걸터앉았다. 테이블 위의 리모컨을 들어 멋대로 텔레비전 채널을 돌리기 시작했다. 얼마나 더 뻔뻔하게 굴어야 속이 풀릴까? 기가 막혔지만 텔레비전을 내내 켜놓았다는 것도 깜빡했다. 억울한 심정으로 가득했지만 순스케의 노래가 들리자 마음이 조금 가라앉았다.

그 애는 지금쯤 어쩌고 있을까?

아야카보다도 신지가 걱정되었다.

사토코의 휴대전화 대기 화면은 다카기 순스케다.

순스케가 출연하는 10시 가요 프로그램에 텔레비전 채널을 맞추었다. 늘 녹화해서 보는 이 프로그램을 제 시간에 보기는 처음이다. 이런 시간까지 나는 뭘 하고 있는 걸까.

이웃 부지에 집이 설 때부터 사토코는 위화감을 느꼈다. 부동산업자는 처음에 어중간한 면적의 토지를 사달라고 고지마 가를 찾아왔지만, 애초에 택지 개발에 반대했던 사토코였다. 그 때문에 남은 땅을 매입하다니 말도 안 되는 소리였다.

그 땅이 팔렸다는 소문을 듣고 어느 집 주차장인 줄 알았더니 집이 서기 시작했다. 작아도 시간과 공을 들여 짓나 했더니, 철골로 틀을 짜고 순식간에 벽을 바르더니 하루 만에 집 비슷한 형체가 생겨버렸다. 그때 사토코의 가슴에 솟아난 감정은……

'이건 히바리가오카에 있어서는 안 될 집이야.'

위화감이 가시지 않은 채로 집은 완성되었고, 얼마 지나자 그곳에 살 가족이 왔다. 위화감을 씻어내 줄 사람들이길 기대했는데 기대에서 완전히 벗어난 것은 물론이고, 오히려 위화감을 혐오감으로 바꾸는 일들이 정기적으로 일어나기 시작했다.

아야카의 히스테리였다.

아야카의 히스테리를 처음 들었을 때는 놀랐지만 무슨 사정이 있을 줄 알고 못 들은 척하기로 했다. 그만큼 난동을 부렸으면 다음 날 사과하러 올 테고, 토박이로서 너그러운 태도를 보여주려고 차와 과자를 준비해 기다렸다. 하지만 하루 종일 기다려도 옆집에서는 아무도 고지마 가를 찾아오지 않았다.

이튿날 아침, 아야카의 통학 시간에 맞추어 밖으로 나가 비질을 해보았지만 아야카는 사토코의 앞을 그대로 지나쳤다. 인사는커녕 시선도 맞추려 하지 않았다. 교육을 어떻게 받았기에 저러나 기가 막혔지만 이어서 나온 게이스케도, 마유미도, 사토코와 눈이 마주친 순간 뜨끔한 표정을 짓더니 생글생글 웃으며 고개를 꾸벅 숙이고는 재빨리 떠났다.

이럴 줄 알았으면 그 땅을 매입해버릴 걸 그랬다. 하지만 택지 조성 공사가 끝나면 이런 사람들이 잔뜩 몰려들 테지. 히바리가오카는 더 이상 히바리가오카가 아니게 된다. 히바리가오카에 30년 이상 산 사람들로 구성된 부인회 주최 수예 교실이 사토코의 유일한 즐거움이었다. 하지만 그날 텔레비전에서 십대 시절의 아들을 쏙 빼닮은 소년을 발견했다.

다카기 순스케. 노래를 불러도 드라마에 나와도 토크쇼에 나와도 어수룩해서 차마 눈 뜨고 볼 수가 없었지만 그것이 오히려 모성애를 자극해 열심히 응원하게 되었다. 그러자 순스케도 사토코의 기대에 부응하듯이 실력이 쑥쑥 성장했다.

순스케를 응원하면서 다카하시 가의 차남 신지가 신경 쓰이기 시작했다. 신기하게도 신지만 두고 보면 아들과 하나도 닮지 않았는데 중간에 다카기 순스케를 두면 그러데이션처럼 공통점이 자연스레 떠올라 신지에게 아들의 모습을 투영할 수 있었다.

매일 아침, 신지의 모습이 보고 싶어 비질을 일과로 삼았다. 반상회비를 내고 있으니 집 앞 도로는 사토코가 청소할 필요가 없지만, 하루가 시작되는 순간에 신지를 보면 사토코의 마음도 설렜다. 신지는 어렸을 때에 비해 다소 기운이 없어 보였지만 수험생이라 피곤하기도 하겠지 싶어 크게 걱정하지 않았다.

신지도 순스케처럼 아이돌을 꿈꾸면 좋았을 텐데. 그러면 그런 사건은 일어나지 않았을 텐데. 신지의 아버지인 히로유키 역시 그 길을 권했다. 사토코는 어머니인 준코의 심정을 통 이해할 수가 없었다. 처음 이사 왔을 때는 아름답고 조용해 호감 가는 사람인 줄 알았는데 요 몇 년 사이, 5년쯤 됐을까, 이따금 위화감을 느꼈다. 그것이 무엇인지 알 수 없었고 기분 탓일지도 모른다는 생각이 들었지만, 사건이 일어나자 그 정체가 무엇인지 깨달았다.

엔도 가가 들어섰을 때와 똑같은 위화감. 준코 역시 이 히바리가오카에 있어서는 안 될 존재였다. 행방불명이라는 신지는 걱정

되었지만, 히바리가오카를 지키고 싶은 마음이 더 커서 사토코는
행동에 나섰다.

그나저나 이 엔도 집안 사람들은 '타산지석'이라는 금언을 모
르는 걸까? 앞집에서 살인사건이 터졌으면 보통 자기네 생활을
되돌아보는 법이다. 우리 집에서 똑같은 사건이 일어나지 않는다
고 과연 단언할 수 있을지, 부모자식 관계를 되돌아보고 자기 언
동을 냉정하게 되돌아보고, 비참한 사건이 일어나지 않도록 하려
면 어쩌면 좋을지 고민하거나 가족끼리 대화를 나누는 법이다. 사
토코 역시 한참 연락하지 않았던 아들 내외에게 전화를 걸었다.
그런데.

사흘도 되지 않아 이 꼬락서니라니. 언덕을 내려가면 세상에는
이런 사람들만 가득하겠지. 그래서 그렇고 그런 사건이 자주 일어
나는 것이다. 이 가족이야 어떻게 되든 상관없다.

하지만 히바리가오카에서는 더 이상 어떤 사건도 일어나지 않
도록 막아야 한다.

오후 9시 20분.

아야카는 몇 번이고 입가심을 했다. 하지만 목구멍 속의 까끌까
끌한 감촉은 사라지지 않았다. 세면실에 딸린 샤워기로 끈적거리
는 목덜미를 씻어냈지만 압박감이 사라지지 않았다. 세안 크림 뚜
껑을 닫으려 해도 제대로 끼울 수가 없다. 손도, 발도, 온몸의 오
한이 멎지 않는다. 동작을 멈추자 이가 덜덜 부딪혀 그 소리를 지

우려 수도꼭지를 힘껏 비틀었다.

'무서워.'

어머니에게 한 번도 혼난 적이 없는 것은 아니었다. 어렸을 때
부터 남들만큼은 혼났다. 문을 요란하게 닫거나 그릇을 험하게 다
루면 다시 하라고 야단맞곤 했다. 그 말을 무시했다가 손등을 맞
은 적도 있다. 텔레비전 개그 프로그램에서 배운 '영감탱이', '할
망구' 같은 단어를 생각 없이 입에 담았을 때도 그런 말버릇은 못
쓴다고 야단맞았다.

아야카가 나쁜 짓 하나 할 줄 모르는 착한 아이는 아니다. 오히
려 어렸을 때가 더 착했다. 그런데 혼나지 않게 된 것은 언제부터
였을까?

어머니가 아야카를 혼내는 대신 안쓰러운 표정, 당장이라도 눈
물을 쏟을 듯한 표정을 짓게 된 것은 언제부터였을까? 포기한 표
정, 이 아이에게는 무슨 말을 해도 소용없다는 표정. 그런 태도가
거슬려서 울컥하는 마음을 억누를 길이 없다.

불만이 있으면 말로 하면 된다. 마음에 들지 않으면 화를 내면
된다. 그런데 일방적으로 피해자 행세를 하고 보란 듯이 한숨을
쉰다.

차라리 맞는 편이 낫다. 할 수 있으면 해보라지. 마음속으로 몇
번이나 욕지거리를 해댔다.

하지만 방금 전 그건 뭐였지?

어렸을 때, 장난이나 실수를 했을 때 어머니가 '아야카!' 하고

호된 목소리로 이름을 부르면 몸이 움츠러들었다. 쭈뼛쭈뼛 고개를 들면 어머니의 단호한 눈이 아야카를 똑바로 쳐다보고 있었다. 잘못했다는 말이 나올 때도 있었지만 말이 나오지 않을 때가 더 많았다. 잘못한 줄은 알지만 그 마음을 어떤 말로 표현해야 할지 몰랐고, 소리 내어 말하기 전에 눈물이 쏟아져 울음을 참으려고 하면 목소리도 덩달아 나오지 않았다.

불안한 심정으로 어머니의 얼굴을 가만히 쳐다보면 어머니는 살포시 웃어주었다. 소리 내어 말하지 않아도 반성하는 아야카의 마음을 헤아려주었고 '다음부터는 조심하렴' 하고 상냥하게 말해주었다.

하지만 오늘의 어머니는. 설마 멱살을 잡고 달려들 줄은 몰랐다. 어머니의 힘은 상상 이상으로 세서 아야카는 눈 깜짝할 사이에 바닥에 쓰러졌다. 아야카 위에 올라탄 어머니가 무서운 얼굴로 내려다보았다. 아야카가 가만히 바라보아도 어머니의 표정은 변하지 않았다. 아무리 기다려도, 아야카가 반성을 해도 결코 웃지 않을 얼굴이었다. 화난 얼굴과는 또 달랐다.

죽여버릴 테다. 그런 얼굴로 보였다.

'너 같은 건 눈앞에서 사라져!'

어머니는 그렇게 말했다.

마루에 떨어진 음식물을 아야카의 입속에 처박았고, 아야카가 그대로 토해내자 이번에는 흙덩어리를 집어넣었다. 토해내지 못하도록 힘껏 입을 틀어막으니 나갈 길을 잃은 흙은 아야카의 목구멍 속으로 흘러들어갔다. 목이 막히고 위장 속 음식물이 역류해 식도에서 흙과 뒤섞였지만 토해내지 못하자 기도로 흘러가 숨을 쉴 수가 없었다. 관자놀이가 욱신거렸고 시야가 오렌지색으로 물들어 의식이 가물가물했다.

그래도 어머니는 꿈쩍도 않고 아야카의 입을 힘껏 틀어막았다.

별가방이 오지 않았다면 죽었을 것이다.

저 사람은 이제 어머니, 아니, 인간도 아니다. 어딘가 고장난 게 아닐까? 그 증거로 입 안에 든 오물, 위장 속 음식물을 토해내면서 콜록대는데 '아야카' 하고 아무 일도 없었다는 듯이 다가오려 했다. 마치 누구 다른 사람이 아야카에게 끔찍한 짓을 했다는 듯이.

아버지가 돌아올 때까지 별가방한테 같이 있어달라고 해야겠다. 아버지가 돌아와서 사정을 털어놓는다고 해도 과연 믿음직할지는 의문이지만, 집 안에서 저 사람하고 단둘이 있는 것보다야 낫다.

하지만 어쩌다 이 지경이 되었을까?

분명 히스테리를 부린 것은 아야카지만 평소하고 무슨 차이란 말인가? 앞집에서 살인사건이 터진 충격으로 정신이 나간 걸까? 어머니는 신지에게 만 엔을 빌려준 일을 걱정하고 있었다. 분명 그 일 때문이다.

신지 탓. 히바리가오카 탓.

'너 같은 건 눈앞에서 사라져!'

사라진 신지는 걱정하는 주제에.

텅 빈 위장에서 쥐어짜낸 누런 액체가 입에서 흘러나와 줄줄 흐르는 수돗물에 섞여 배수구로 사라졌다. 그래도 여전히 흙이 남아 있는 것처럼 목구멍 속이 까끌까끌했다.

오후 9시 30분.

엔도 게이스케는 인테리어 사무실 휴게실에서 편의점에서 사온 도시락을 뜯었다.

사무실에서 견적서를 작성하던 주임에게 휴게실 사용 신청서를 건네자 '마누라한테 쫓겨났어?' 하고 놀렸다. '뭐, 그런 셈이지요' 하고 머리를 긁적이며 열쇠를 받아들고, 진짜 그렇다면 얼마나 마음이 편할까 하고 한숨을 쉬었다.

나는 도망쳤다.

아야카의 히스테리는 어제오늘 일이 아니다. 마유미가 '그만!' 하고 비통한 목소리로 외치는 일도. 지금뿐이다. 몇 년만 참으면 된다. 분명 시간이 해결해주리라. 그렇게 스스로를 타이르며 넘겨왔다. 그리고 우연히 해결의 순간이 찾아왔다.

이기적인 생각이지만, 이번 사건으로 우리 집도 바뀔 수 있을지 모른다고 작게나마 기대를 품고 있었다.

아야카가 히스테리를 부리는 원인…… 입시 낙방, 콤플렉스. 우리 집 세 배나 되는 부지에 선 호화로운 맞은편 저택. 그 집에 사는 아이들은 예의 바르고 용모도 단정하다. 동갑내기 소년은 유명한 사립 중학교에 다니고, 두 살 많은 소녀는 세련된 교복을 입고 아야카가 떨어진 학교의 고등부에 다니고 있다. 주변 환경이 그런데 아무 고민 없이 즐겁게 지낼 수 있을 리 없다. '나는 나'라고 굳센 마음을 가질 수 있는 사람이 오히려 드물지 않을까?

하지만 그림으로 그린 것처럼 흠잡을 데 없는 그런 집에서 존속 살인사건이 터졌다. 가해자는 모친이지만 아이들도 지금까지처럼 변함없는 생활을 보내기란 어려울 것이다. 그 점은 안쓰럽지만, 아야카에게는 가치관이 바뀔 계기가 되지 않을까? 돈보다도, 용모보다도, 학력보다도, 아무 일 없이 평범하게 지내는 삶이 최고의 행복이라는 사실을 깨달을 수 있다면 히스테리도 잠잠해지지 않을까?

마유미도 게이스케도 마음 편히 살 수 있지 않을까? ……그렇게 생각했건만.

도시락 용기를 버리고 편의점에서 산 맥주 캔을 땄다.

이 무슨 얄팍한 생각인가. 남의 불행을 보아야만 실감할 수 있는 행복을 진정한 행복이라고 말할 수 있을까? ……아니, 말할 수 있다. 그렇기 되길 바랐다.

설마 사흘도 지나지 않아서 히스테리를 부릴 줄이야.

대부분의 사람들이 평생 겪을 일 없는 비일상적인 존속 살인사건이 앞집에서 일어나도 가치관이 변하지 않는 인간이 앞으로 무슨 기회를 만난들 바뀔 수 있을까? 시간이 흐르고 몇 살이 되어도 아야카는 평생 히스테리를 부리는 인간으로 남지 않을까? 나는 그런 집에서 평생 살아야만 하는 걸까?

이제 그만.

정신이 들고 보니 집에 등을 돌리고 무작정 달리고 있었다. 도망쳐봤자 달리 여자가 있는 것도 아니고 고향집이 가까운 것도 아니다. 몇 시간 전에 나온 직장으로 돌아갈 뿐. 하룻밤 자고 내일이 되면 또 그 집으로 돌아갈 수밖에 없다.

아야카와 마유미는 뭐라고 할까.

고지마 사토코는 빨리 말리라고 다그쳤지만, 아버지가 그만두라는 말을 해봤자 얌전히 물러날 딸이 아니다. 마음 내키는 대로 하게 내버려두거나 제삼자가 말리는 길밖에 없다. 사토코가 그냥 내버려두지는 않겠지. 사토코가 뛰어들면 마유미는 분명 민망해할 것이다. 사토코에게 남편이 도망갔다는 말을 들으면 어이가 없을지도 모른다. 나중에 전화하는 편이 나을까?

하지만 고지마 사토코의 행동에는 놀랐다. 사람 좋아 보이는 아주머니의 탈을 뒤집어쓴 부잣집 사모님이 다카하시 저택의 창유리를 깼다니. 그리고 그 무수한 비방문. 히바리가오카 부인회의 결정이라고 부끄러운 기색도 없이 당당하게 말했다. 자기들이 어떻게 히바리가오카를 이루어냈는지, 듣고 싶지도 않은 이야기를 줄줄 늘어놓았다. 히바리가오카가 얼마나 대단하다는 말인가? 산 밑이니 바닷가니 해도 고작 몇 킬로미터 차이 아닌가? 바닷가에 비가 내리면 산 밑에도 비, 산 밑 날씨가 맑으면 바닷가 날씨도 맑다.

그보다 유서 깊은 지역이라는 건 뒤를 이을 존재가 있어야 성립하는 것 아닐까? 히바리가오카를 지키고 싶다면 전국의 호기심 어린 시선에 노출된 다카하시 집안 아이들을 지켜주어야지, 이 상황에 부채질을 해서 어쩌자는 건가. 그 아이들이 지금의 참상을 보면 어떻게 생각할까?

사건 당일 밤, 게이스케는 밖에서 다카하시 가족의 대화를 들었다. 결코 엿들을 생각은 없었다. 회사에서 돌아오니 비명과 함께 요란한 소리가 들렸다. 또 우리 집인가 하고 한숨이 나오려는 참이었는데 그렇지 않았다. 설마 하던 다카하시 가족이었다. 행복을 판에 박은 듯한 앞집이 우리 집하고 똑같은 상황에 빠졌다, 대체 앞으로 어찌 될 것인가. 그런 생각으로 귀를 기울였다.

소동은 부친의 한마디로 잠잠해진 듯했다. 그 사실에 게이스케는 어깨가 축 처졌다. 그 후 다카하시 저택에서는 부부가 장소를 바꾸어 대화를 나누는 소리가 들렸다. 그랬는데 갑자기 조용해졌다. 창문을 닫은 탓이리라. 한참 지나자 신지가 밖으로 나와 언덕길을 내려갔다. 나는 이런 곳에서 뭘 하고 있는 걸까 싶어 집으로 들어가려는데 현관이 열리면서 마유미가 편의점에 간다고 밖으로 나왔다.

그 모습을 사토코가 보았을 줄이야.

하지만 비난받을 이유는 하나도 없다.

마유미가 나가고 얼마 뒤, 구급차와 경찰차가 연달아 달려왔다. 아야카와 함께 무슨 일인지 보러 나가자 다카하시 히로유키가 실려 나오는 참이었다. 다치기라도 했나 싶었는데 살인사건이었다. 가해자는 히로유키의 아내 준코. 남편과 말다툼을 벌이다가 장식품으로 때렸다고 진술했다. 시간상으로 볼 때 그 말다툼이란 게 바로 게이스케가 들었던 그 대화였다. 그 사실을 깨달았을 때, 등줄기가 오싹하니 식은땀이 날 뻔했다.

그 대화는 말다툼이라고 부를 만한 것이었나? 살인사건이 터질 만한 말다툼이었다면 아무리 게이스케라도 멍하니 듣고 있지만 않고 어떻게든 말릴 궁리를 했을 것이다. 아마 사토코도 그러지 않았을까?

하지만 아무리 생각해봐도 부부 사이의 흔한 대화일 뿐이었다. 그 대화의 어디에서 살의가 싹텄는지 짐작도 할 수 없었다.

분명 그 가족밖에 모르는 일이 있었던 것이다. 우리 집은 어떨까? 도망치고, 내일 돌아가고, 마유미와 아야카에게 멸시당하고, 또 일상으로 돌아간다.

다른 선택은 없단 말인가?

오후 10시 20분.

마유미는 세면실에 틀어박힌 아야카와 단둘이 있기가 거북해 2층 침실에서 재빨리 옷만 갈아입고 거실로 돌아왔다. 잠깐 다른 방에 있다가 돌아오니 시큼한 냄새가 코를 찔렀다. 마루에 널린 아야카의 토사물 냄새다. 그것 말고도 된장국은 흘러넘쳤지, 닭튀김은 굴러다니지, 그릇은 깨졌지, 의자는 쓰러졌지. 이래서야 사토코가 의심할 만도 했다.

키친타월로 토사물을 그러모았다. 진창이 대부분이었다. 입 안에 흙이 이만큼이나 들어 있었나. 분명 괴로웠을 테지. 숨도 제대로 쉬지 못했을 테고 기도가 막히면 질식했을 지도 모른다. 그렇게 끔찍한 짓을 한 사람은…… 정말 내가 그랬을까?

두 손바닥을 펼치고 바라보았다. 쥐었다, 폈다. 쥐었다, 폈다.

그때의 감촉은 어디에도 없다.

만약 사토코가 방범 벨을 울리지 않았다면.

사토코가 마유미를 힐끔거렸다. 마치 감시당하는 기분이다.

"저, 커피라도 한 잔 드릴까요?"

"됐어요."

"그럼 차라도."

"아뇨, 신경 쓰지 말아요."

냄새 나는 방에서 토사물을 치우면서 음료라도 마시겠냐고 물어봤자 불쾌하기만 할 것이다. 이런 곳에서 용케도 버티는구나. 새삼 감탄스러웠다. 마유미가 같은 입장이라면 한시라도 빨리 달아나고 싶을 텐데.

"저, 이런 시간에 괜찮으신가요? 부군께서는……"

"오늘은 없어요. 중요한 업무 때문에 나갔거든요. 당신이 걱정할 일은 하나도 없어요."

사토코는 그렇게 말하더니 텔레비전에 시선을 돌렸다. 마유미는 청소를 계속했다.

시어머니와 한 집에 살면 이런 느낌일까? 시부모는 마유미가 결혼했을 때 이미 형님 내외가 모셨기에 같이 살 걱정은 해보지도 않았지만, 파트타임 동료들이 불평하는 소리는 자주 들었다.

아이를 야단쳐도 도중에 들어와서 감싸는 바람에 끝까지 제대로 혼낼 수가 없다. 호되게 야단을 치려고 하면 그리 화낼 일 없지 않느냐며 오히려 꾸중하니 시어머니 앞에서는 화를 낼 수가 없다. 아이도 그걸 아니까 여차 싶으면 시어머니 품으로 달아난다. 이래서야 훈육도 제대로 못한다. 그런 소리를 하곤 했다.

하지만 텔레비전에서는 어머니의 육아 스트레스로 인한 학대의 원인은 핵가족화에 있다고 했다. 어머니와 아이가 단둘이 갇히게 되면서 아무런 억제가 없는 상황에서 비극이 일어난다고. 간단히 말하면 어머니가 흥분해도 말릴 사람이 없다는 뜻이다. 가족만 그런 게 아니다. 지역 사회 교류도 이제는 드물다.

나는 무슨 생각을 하는 걸까.

만일 사토코가 말리지 않았다면 지금쯤 무슨 일이 벌어졌을지 상상하기가 두려워, 어디서 주워들은 막연한 일반론으로 머릿속을 채우려는 게 아닐까?

멀쩡한 그릇은 줍고, 유리조각과 깨진 화분, 이가 나간 그릇을 종이봉투에 담고 살균 클리너로 마루를 닦았다. 환기를 시키려고 에어컨을 켠 채로 깨진 유리창을 활짝 열었다. 뺨을 어루만지는 뜨뜻미지근한 바람이 기분 좋았다.

나는 외부와 연결되어 있다.

아야카가 거실로 돌아왔다.

잠옷으로 갈아입고 타월 담요를 망토처럼 두르고 있다. 아야카는 마유미에게서 눈을 돌리고 소파로 다가가 사토코 옆에 앉았다.

"힘드니까 좀 누울래."

"그래, 그러려무나."

사토코에게 그렇게 말하며, 아야카는 사토코 쪽으로 머리를 두고 소파 위에 벌렁 드러누웠다.

마유미는 그 말을 못 들은 척, 쓰레기를 들고 거실에서 나갔다. 세면실로 들어가니 세면대도 주위 바닥도 질척하게 젖어 있었다. 벗어던진 옷이 세탁 바구니 앞에 떨어져 있다. 세면실을 치울 마음도 들지 않았다. 힘으로 억누르고 겁을 주어봤자 그 아이는 아무 것도 모른다. 아야카는 언제까지고 변함없이 아야카다. 마유미는 얼굴과 손을 비누로 정성스레 씻고 거실로 돌아왔다.

다들 과연 마실지는 모르겠지만, 마유미는 세 사람 몫의 유리잔에 종이팩에 든 아이스티를 따라 테이블에 올려놓고 사토코와 아야카 맞은편에 앉았다. 아야카가 누운 채로 유리잔에 손을 뻗었다.

"아야카, 쏟을라. 똑바로 앉아서 마셔야지."

"시끄러워, 살인자!"

상냥하게 말했는데도 아야카는 손을 쏙 거두고 내뱉듯이 말했다. 살인자.

"그런 소리 마. 살인이라니."

"당신, 날 질식시켜 죽이려고 했잖아!"

"그럴 생각은……."

"당신이 무슨 생각이었든 간에 정말 죽을 뻔했단 말이야! 별가……, 사토코 아주머니가 오지 않았다면 난 진짜로 죽었어!"

"그만해, 아야카. 애가 허풍도 참. 사토코 씨가 깜짝 놀라시잖니. 그렇지요?"

억지웃음을 지으며 사토코를 쳐다보자 사토코는 단호한 얼굴로 마유미를 마주보았다.

"내 눈에도 당신이 아야카를 죽……, 목을 조르는 것처럼 보였어요. 그래서 방범 벨을 울렸고요. 여기 계속 있는 이유도 그래요, 내가 지금 돌아가면 당신들은 죽이려고 했네 안 했네 하면서 또 싸울 테지요? 그게 걱정된단 말이에요. 그러니 내가 보는 앞에서 똑바로 화해해요. 대체 무엇 때문에 싸운 거예요?"

싸움? 그걸 싸움이라고 부를 수 있을까? 어느 단계의 행동을 말하는 걸까? 아야카에게 달려든 이유를 묻는 걸까?

"더 참을 수 없었어요. 늘 똑같은 일이 반복돼요. 히스테리를 부리는 아야카가 더 이상…… 제 딸로 보이지 않았어요."

짐승으로 보였다는 말은 차마 할 수 없었다.

"당신 탓이잖아. 나도 갑자기 히스테리 부리는 건 아니란 말이야. 당신이 늘 화를 돋우잖아."

"오늘은 무슨 일이 있었지?"

사토코가 아야카에게 물었다.

"앞집 2층 창유리를 깬 게 나라고 하잖아요."

"그야 돌을 치켜들고 있었잖니."

"봐요, 이렇게 내 말을 안 믿는다니까. 부모가 누명을 씌우는데 어떻게 참을 수 있겠어?"

"역시 말리길 잘했군요."

사토코는 마유미와 아야카의 얼굴을 번갈아 보다가 마유미 쪽
에서 시선을 멈추었다.

"앞집 유리를 깬 사람은 나예요."

"사토코 씨가?"

아야카도 아니고, 다른 동네에서 온 구경꾼도 아니고, 눈앞의
사토코가?

"봐, 내 잘못이 아니잖아."

아야카가 거보란 듯이 말했다. 하지만 그것은 결과일 뿐이다.
우연히 사토코가 먼저 깼을 뿐이다.

"하지만 아야카가 깨려고 했던 건 사실이야."

"깬 거랑 깨지 않은 건 천지차이야."

"아야카가 스스로 그만둔 게 아니잖니. 그때 내가 돌아오지 않
았다면 어땠을 것 같아?"

"그쪽이야말로 사토코 아주머니가 벨을 울리지 않았으면 어땠
을 것 같아? 그렇게까지 말할 거면 내가 유리를 깼다고 해. 살인
자보다는 훨씬 나으니까."

아무리 강한 살의를 품어도 죽였다는 사실과 죽이지 않았다는
사실 사이에는 크나큰 경계선이 있다. 그 경계선을 뛰어넘을 것인
지, 눈앞에서 그칠 것인지, 결정은 의지가 크게 좌우한다고 믿었
다. 윤리관, 이성, 인내심. 하지만 그것뿐이라면 나는 지금쯤 살인

자 신세다. 말려주는 사람의 유무가 결정을 좌우하는 경우가 많지 않을까? 범죄를 저지르지 않는다고 결코 훌륭한 사람이라는 뜻은 아니다.

나는 말려주는 사람이 있었다. 다카하시 준코에게는 없었다. 차이는 그저 그뿐. 마유미는 자신의 의지를 제어할 수 없다는 사실을 뼈저리게 느꼈다. 두 번 다시 아야카에게 그런 짓을 하지 않겠다고 약속할 자신이 없다. 다음에 또 같은 일이 벌어졌을 때, 말려주는 사람이 없다면 정말 죽여버릴지도 모른다.

"따로 사는 편이 나을지도 모르겠어."

한숨처럼 말했다.

"뭐? 뭘 잘난 척 떠드는 거야?"

"곰곰이 생각해서 하는 말이야. 아야카는 이 집이 싫지? 히바리가오카가 싫지? 그럼 아빠하고 다른 곳에서 살아. 전에 살던 동네로 돌아가서 고등학교도 아야카가 가고 싶은 학교에서 시험을 치면 되잖니. 전부 내 탓으로 돌려도 엄마는 받아들일 수가 없구나. 분명 오늘 같은 일이 또 벌어질 테지. 그러니 그리 되기 전에 떨어져서 사는 편이 나아."

"역시 집이 더 소중한가 보네. 당신은 이 집만 있으면 좋다 이거지? 그래서 나랑 아빠는 짐짝이다 이거지? 날 위해서 함께 이 집을 떠날 생각은 없다는 뜻이네."

"어딜 가도 함께 있으면 똑같아. 히바리가오카에서 벗어나면 아야카는 원하는 고등학교에 들어갈 수 있어? 가령 들어갔다 치자.

또 3년 후에는 대학 입시하고 취직 시험이 있어. 동아리에서 짜증나는 일이 있을지도 모르고, 친구들하고 싸우거나 실연당할지도 몰라. 아야카가 볼 때는 그런 것도 전부 내 탓이겠지?"

"그걸 받아주는 게 부모 아냐?"

"그럼 난 이제 부모 노릇은 못해."

"잠깐만요, 사토코 아주머니, 이 사람한테 뭐라고 좀 해줘요."

아야카가 애원하듯이 사토코에게 말했다. 사토코는 마유미를 보고 작은 한숨을 쉬더니 아야카를 돌아보았다.

"네 어머니는 지친 거야. 자기 자식한테 이만큼이나 당신, 당신, 하는 소리를 들으면 부모 노릇을 그만두고 싶기도 하겠지. 아야카, 너는 부모를 당신이라고 부를 정도로 훌륭하니? 장차 노벨상이라도 받으려고? 하지만 그런 사람들은 절대 자기 부모를 당신이라고 부르지 않아."

아야카가 발딱 일어나더니 구부정한 자세로 사토코를 밑에서 노려보았다. 남한테도 그런 눈을 하는구나, 한심한 생각이 들었지만 마유미는 잠자코 두 사람의 모습을 지켜보았다. 하고 싶은 말을 전부 쏟아낸 지금은 될 대로 되라는 심정이었다. 목욕을 하고 침대에서 자고 싶다. 그뿐이었다. 그러고 보니 게이스케가 늦는다. 하지만 그것도 알 바 아니었다.

"뭐야, 그게. 머리 나쁜 인간은 아무 말도 할 권리가 없다는 뜻이야?"

"어째서 그런 식으로 해석하지?"

"결국 당신도 날 바보로 알잖아. 앞집 유리나 깬 주제에 잘난 척 설교하지 마."

"조금만 마음에 들지 않는 소리를 들었다고 나한테까지 벌써 당신이라고 부르는구나. 나는 말이다, 여기 히바리가오카 토박이로 신념을 갖고 돌을 던진 거야. 비방문을 붙이자고 먼저 말을 꺼낸 것도 나야. 누가 그랬냐고 물으면 당당히 그렇게 말할 거야. 그리고 우리 토박이들이 어떻게 히바리가오카를 지켜왔는지, 얼마나 히바리가오카를 사랑하는지, 이번 일에 얼마나 분노를 느끼는지 가슴을 펴고 호소할 작정이야."

사토코는 등을 꼿꼿이 펴고 당당히 말했다.

"……돌아가."

아야카는 그렇게 중얼거리더니 사토코와 눈을 마주치지 않도록 타월 담요를 머리에 뒤집어썼다.

"그러네. 슬슬 실례해야겠어. 둘이서 내 험담이라도 하면서 화해하도록 해요. 남편마저 도망쳤으니, 나도 그러는 편이 마음이 놓이겠어."

남편이 도망쳤다? 아까도 그런 말을 들었는데. 머릿속으로 되뇌어보고서야 보통 일이 아님을 깨달았다.

"무슨 뜻이지요?"

"처음에 말했잖아요. 댁의 남편은 아까 돌아왔었어요. 밖에서 마주쳐서 잠깐 이야기를 나누었는데, 와장창 하는 요란한 소리가 나서 빨리 들어가서 말리라고 했더니 글쎄, 냅다 달아나지 뭐예요. 그래서 하는 수 없이 내가 온 거죠."

"남편은 어디로……?"

"글쎄요? 언덕길을 내려가던데. 어머나, 벌써 시간이 이렇게 됐네. 한밤중이잖아. 그럼 푹 쉬어요."

사토코는 힘겹게 일어서더니 거실에서 나갔다. 현관문을 여닫는 소리가 들렸다. 마유미는 아야카와 시선을 맞추었지만 서로 입은 열지 않았다. 무슨 말을 해야 할지 모르겠다. 게이스케 일은 마음에 걸렸지만 기력도 체력도 바닥났다. 먼저 달아나는 사람이 이기는 걸까? 차라리 나도 살인사건이 일어난 밤에 편의점에서 집으로 돌아오지 말고 달아났으면 좋았을까?

아야카는 타월 담요를 두르고 거실에서 나갔다. 단둘이 남는 상황을 피하는 걸까? 마유미는 소파에 체중을 싣고 깊숙이 앉아 눈을 감았다. 이젠 아무 생각도 하고 싶지 않다. ……그때.

"잠깐, 무슨 짓이야, 당신들!"

활짝 열린 창으로 느닷없이 고지마 사토코의 목소리가 들렸다.

대체 무슨 일일까? 모르는 척하고 싶었지만 목소리가 들렸으니 어쩔 수 없다. 방범 벨 소리는 들리지 않지만 큰일이 생기면 곤란하다. 손으로 무릎을 짚고 무거운 허리를 들었다. 현관문을 10센티미터쯤 열고 바깥 상황을 살피자 모습은 보이지 않았지만 사토코가 투덜거리는 소리가 들렸다.

마음을 다지고 밖으로 나가보았다.

설마, 그런 일이…….

오전 0시 50분.

다카하시 요시유키와 히나코, 신지. 세 사람은 말없이 심야의 언덕길을 오르고 있었다.

요시유키는 인터넷 게시판 글을 띠올리면서 최악의 상태에 빠진 집을 상상했지만 '괜찮아, 내가 정신 차려야지' 하고 가슴속으로 스스로를 타이르면서 걸었다.

히나코는 가방 주머니 위로 조용한 휴대전화를 움켜쥐고 걸었다.

신지는 앞서 가는 형, 뒤따라오는 누나 사이에서 더 이상 도망치지 못하고 발치만 바라보며 걸었다.

히바리가오카에 접어들자 서서히 집이 보였다. 요시유키가 걸음을 멈추자 신지와 히나코도 이어서 우뚝 섰다.

"왜 그래?" 히나코가 물었다.

"누가 있어. 뭔가 떠들썩한데, 우리 집 앞 아니야?"

"정말이네. 어쩌지? 해코지하려고 온 걸까?"

"조금 더 다가가서 살펴보자."

요시유키는 듬직한 덩치를 도로 옆에 바싹 붙이고 천천히 걸어갔다. 신지와 히나코도 요시유키의 등 너머로 주변을 살피며 천천히 따라갔는데……

"앗!"

히나코가 소리를 지르더니 온 힘을 다해 뛰어갔다.

오후 11시.

엔도 게이스케는 현관 옆 도어폰에 뻗었던 손을 거두었다. 같은 동작을 몇 번이나 되풀이했을까? 여기까지 와서 무엇을 망설이는 걸까. 손바닥을 바라보다가 주먹을 쥐고 반대편 손바닥에 찔러 넣었다. 기합을 넣으려고 그런 것인데 철퍽 하는 힘없는 소리에 놀라 주위를 살피고 말았다.

약속도 하지 않고 남의 집에 찾아갈 시간은 아니다. 가령 몇 시간 전에 있었던 곳이라 해도 말이다. 그래도 포기 못하고 현관 앞에서 어슬렁거리는 이유는 이 집의 불빛이 1층도 2층도 아직 몇 개나 켜져 있기 때문이다. 집안사람들은 깨어 있다.

뭔가 물건을 두고 와서 찾으러 왔다고 할까? 이 시간에 그런 핑계를 대도 수상하게 여기지 않을 만한 물건. 작업 재료, 집 열쇠, 지갑, 휴대전화……. 사전에 아무 연락 없이 찾아왔으니 휴대전화가 낫겠다. 결제 기능도 딸려 있어서 어쩌고 하면서.

게이스케는 다시 도어폰에 손을 뻗었다. 모니터가 달린 모델이다. 숨을 가다듬고 이번에는 집게손가락으로 확실하게 눌렀다. 얼마 지나지 않아 소년이 "예" 하고 대답했다. 분명 어른이 나올 줄 알았는데, 아버지가 집에 없거나 목욕을 하는 모양이다. 상식에서 벗어난 시간에 찾아온 손님에게 한 집안의 남자가 대표로 나왔는지도 모른다.

"밤늦게 정말 죄송합니다. 낮에 신세를 진 S인테리어의 엔도입니다. 사실은 휴대전화를 잃어버려서 댁에 두고 오지는 않았나 싶어 찾아뵀었습니다."

도어폰에 대고 꾸벅꾸벅 고개를 숙이며 목멘 소리로 간신히 말하자 "잠깐 기다리세요" 하고 도어폰이 끊겼다. 집 안에서 쿵쿵 달리는 소리가 들렸다. 휴대전화를 찾는 걸까? 조금 양심에 찔렸다.

'나는 뭘 하고 있는 걸까?'

5분쯤 지나 문이 열렸다. 낮에 벽지를 바꾼 방의 주인, 스즈키 히로키가 휴대전화를 한손에 들고 샌들을 신고 나왔다.

"오늘은 정말 고마웠습니다. 저만 새 집으로 이사한 기분이에요. ……휴대전화 말씀이시죠? 제 방하고 거실은 찾아봤는데 안 보이더라고요. 번호를 알려주시면 이걸로 걸어서 찾아볼게요."

히로키는 그렇게 말하며 자기 휴대전화를 열었다. 게이스케는 잠자코 있을 수밖에 없었다. 번호를 말해 발신 버튼을 누르면 당장 바지 주머니에서 수신음이 흘러나온다. 휴대전화를 잃어버렸다고 거짓말을 할 셈이면 전원을 꺼둘 걸 그랬다. 마유미나 아야카의 번호를 댈까? 아니, 아야카의 전화번호는 모른다. 하지만 마유미도 전화를 받아버리면 히로키에게 한 거짓말이 탄로 난다.

"미안하다."

게이스케는 고개를 숙였다.

"전화를 잃어버렸다는 말은 거짓말이야. 사실은 우리 앞집 때문에 잠깐 할 말이 있어서. 앞집이라는 건 다카하시라고 하는 가족이 사는 집인데, 엉망이 되어서, 지금부터 그걸 몰래 치우러 가려고 해."

"엉망이라뇨?"

"창유리도 깨졌고 비방문도 나붙어 있어. 오늘 그 집 가족은 아무도 없는 것 같지만, 돌아와서 그걸 보면 굉장히 상처받을 거야. 유리도 갈아주고 싶지만 그러면 가택침입죄가 될지 모르니까 하다못해 비방문이라도 몰래 떼어주고 싶어. 하지만 내가 한 줄 알면 이웃간에 모가 난다고 할까, 실제로 그런 상태로 만든 게 이웃들이니 절대 곱게 보지는 않을 거야. 그래서 어쩌나 고민했는데, 낮에 너희들 얘기를 듣자 하니 아무래도 다카하시 씨 댁 따님과 사이가 좋은 것 같아서 너희가 치운 셈 쳐주면 안 될지…… 의논하러 왔단다."

수상한 사람 취급을 각오하고 단숨에 털어놓았다. 얼굴에 맺힌 땀을 주머니에서 꺼낸 손수건으로 닦으려는데 발치에 휴대전화가 툭 떨어졌다.

하지만 히로키는 눈썹 하나 찌푸리지 않고 뭔가 골똘히 생각하는 눈치였다.

"죄송해요. 잠깐, 아주 잠깐만 기다려주시겠어요?"

히로키는 그렇게 말하더니 서둘러 집 안으로 들어갔다. 멀거니 홀로 남은 현관 앞에서 게이스케는 히로키가 돌아오기를 기다렸다.

'내가 무슨 말을 한 거지?'

휴게실 침대에 누워도 도통 잠이 오지 않았다. 잠은커녕 눈을 감자 편평한 침대가 어딘지 모르게 기우뚱한 것 같았다. 맥주 한 캔에 취했을 리도 없다. 이대로 어디 어둠 속으로 굴러 떨어질 것만 같아 허겁지겁 눈을 떴다.

여기서 밤을 지새워도 될까? 내일 일을 마치고 아무 일 없었다는 듯이 돌아가면 된다고 생각했지만, 과연 그런다고 원래 생활로 돌아갈 수 있을까?

오늘 밤 돌아가야만 할 것 같았다. 내일이면 이미 우리 집은 돌이킬 수 없는 상태가 되지 않을까? 근거는 없지만 막연한 불안이 가슴에 솟구쳤다.

오늘 밤이 가기 전이라면 도망쳤다는 사실을 어떻게든 수정할 수 있지 않을까?

돌아갈 이유가 필요했다. 그 전에, 집에서 떠난 이유가 필요했다. 고지마 사토코를 만나고 말았으니까. 도망친 게 아니라 직장에 돌아갔던 거라고 말할 수 있는 이유. 머릿속에 다카하시 저택의 참상이 떠올랐다. 흉하게 나붙은 비방문. 깨진 창유리. 이것은 잘못된 행위가 아니라고 당당히 주장하는 사토코에게 아무런 반박도 하지 못했다. 그러다 결국에는 무능한 인간 취급. 그리고 끝내 도망치고 말았다.

집 안에서도 밖에서도 아무 대꾸도 하지 못한다. 불필요한 다툼을 피하고 잠자코 견디는 길이 최선인 줄 알았지만, 그래서 뭔가 해결된 적이 있었던가? 현실을 조금이나마 개선하기 위해 내가 할 수 있는 일은 무엇일까?

그 답이 날이 밝기 전에 다카하시 저택을 원래 상태로 되돌려놓는 일이었다.

자기 집 문제에는 등을 돌리면서 남의 집을 수복하다니, 그저 도피에 지나지 않는다. 그래도 오늘 밤 돌아갈 계기와 그 자리를 떠난 핑계는 되지 않을까? 직장에서 쓰레기봉투와 주걱, 스티커 제거 용액을 빌렸다.

그러자고 마음을 먹었으니 곧바로 히바리가오카로 돌아가면 될 텐데, 어째서 이곳에 들른 걸까…….

현관문이 열리더니 히로키가 나왔다.

"많이 기다리셨죠." 머리에 수건을 두르고 운동화를 신고 있다.

"히나코 누나네 집 청소, 그냥 알리바이 공작이 아니라 저도 같이 갈게요."

"아니, 하지만 시간도 늦었고, 그럴 생각으로 온 게 아니란다."

게이스케는 허둥지둥 만류했다.

30분 전, 히바리가오카로 향하는 언덕길을 오르면서 몇 번이나 발걸음이 멎었다. 그대로 회사로 되돌아가고 싶은 충동에 시달렸다. 앞집을 깨끗이 치운다고 무슨 소용이 있을까, 오늘 밤 돌아간다고 뭐가 달라질까, 그런 내면의 목소리를 지워버리고 싶었다. 앞으로 자기가 할 일을 누군가에게 선언하고 싶었다. 누구든 상관 없다. 하지만 가능하다면 자신의 행동을 조금이나마 이해해줄 사람이 좋았다.

그때, 저녁 때 스즈키 가에서 들은 대화가 떠올랐다. 남매가 다카하시 히나코의 친구이고, 동시에 히나코를 걱정하고 있다. 게다가 굉장히 화목한 가정이었다. 그 이유 하나만 믿고 찾아왔는데 설마 같이 가겠다고 할 줄이야. 아니, 은근히 그런 가능성도 기대했는지 모른다.

"하지만 가고 싶어요. 부탁드립니다." 히로키가 고개를 숙였다.

"부모님께서 걱정하시지 않을까?"

"어머니 허락은 받았어요. 지금 막 목욕을 해서 나오시진 못하지만 우리 쓰레기봉투를 가져가라고 하셨어요. 이웃들 눈이 걱정되면 이쪽 동네 쓰레기장에 버리면 된다고요. 사실은 어머니도 같이 가고 싶은 마음은 굴뚝같다고 했지만 슬슬 아버지가 돌아오실 시간이라서요. 가는 김에 한 명 더 데려갈게요."

그렇게 말하며 히로키가 문을 열자 현관에 히로키의 누나가 보였다.

"이쪽이 히나코 누나 친구거든요." 히로키가 말했다.

표정을 보니 그다지 적극적인 것 같지는 않았지만, 히로키의 누나는 스니커 끈을 단단히 고쳐 묶고 나오더니 게이스케에게 "잘 부탁드립니다" 하고 고개를 깊이 숙였다.

"그럼 갈까?"

게이스케는 남의 집 아이를 둘 데리고 히바리가오카로 이어지는 길을 걸었다. 누나 쪽은 말없이, 히로키는 콧노래를 부르고 있다. 이제 걸음을 멈출 수는 없다.

히바리가오카에 도착했다. 게이스케의 집은 쥐죽은 듯 고요했다. 방에 불은 켜져 있지만 비명도 시끄러운 소리도 들리지 않았다. 평소처럼 텔레비전 소리만 들린다. 안도의 한숨을 쉬었다.

"지독하다. 이게 뭐야."

히로키가 화난 목소리로 말했다. 그 누나도 아연히 비방문을 바라보고 있다.

"그럼 시작할까?"

쓰레기봉투를 한손에 들고 세 사람은 비방문을 벗겨내는 작업을 시작했다.

오전 0시 30분.

마유미는 눈을 휘둥그레 떴다.

고지마 사토코가 다카하시 저택 앞에서 뭐라 불평을 쏟아내고 있다. 상대는 세 명. 사건이 일어난 집을 보러 온 구경꾼인가 했는데, 그중 한 사람은 아무리 봐도 게이스케였다.

게이스케는 한손에 큼직한 쓰레기봉투를 들고 다카하시 저택 담에 붙은 비방문을 벗겨내고 있었다.

게다가 나머지 둘은 처음 보는 얼굴로, 아야카와 비슷한 또래의 소년과 소녀였다. 종알거리는 사토코의 목소리가 전혀 귀에 들어오지 않는다는 투로 묵묵히 비방문을 벗겨내고 있다. 접착테이프는 물론이고 풀과 본드까지 사용했는지 한 장을 벗겨내는 데 제법 애를 먹는 눈치였다.

어째서 게이스케가 이런 짓을 하고 있지? 자기 집 일에는 눈을 돌리고 도망치지 않았던가? 그런데 앞집을 청소하고 있다니. 기가 막힌 정도를 뛰어넘어 우스꽝스러운 연극으로 보였다.

"엔도 게이스케 씨, 당신은 대체 어쩔 작정이지요? 우리 히바리가오카 주민이 신념을 갖고 한 행동이라는 말은 바로 몇 시간 전에 전달했을 텐데요."

사토코가 물어뜯을 기세로 외쳤다.

"그건 들었습니다. 사토코 씨를 비롯해 예전부터 살던 분들이 히바리가오카를 소중하게 여기는 마음은 압니다. 하지만 저는 이런 행동이 올바른 방법이라고 생각하지 않습니다."

게이스케가 사토코에게 반박했다. 목소리도 작고 겁먹은 기색이었지만 확실하게 반론하고 있다. 이런 게이스케는 처음 본다.

"뻔뻔하게 잘도 그런 소리를 하는군요. 자기 집에 큰일이 터졌을 때는 어쩌고. 말해두겠지만, 도망친 당신 대신 내가 구하러 가지 않았다면 댁의 따님은 죽었을지도 몰라요."

"그게 무슨……."

"거짓말 같으면 확인해보시든가."

사토코가 둥그런 턱으로 마유미 쪽을 가리키며 돌아보자 게이스케도 시선을 좇았다. 두 사람의 시선이 동시에 현관 앞에 선 마유미를 향했다. 집 안으로 달아나고 싶었지만 다리가 움츠러들어 움직이지 않았다. 사토코의 시선을 피해 게이스케를 보았지만 그가 무슨 생각을 하는지 전혀 알 수 없었다. 속을 알 수 없는 것은 어제오늘 일이 아니었다. 게이스케의 무사안일주의에는 화가 날 때도 많았지만 저녁 식사가 냉동식품이든, 조금 비싼 깔개를 사든, 무슨 짓을 해도 잔소리를 하지 않는 만큼 편한 부분도 있었다.

말이 없는 게이스케가 무슨 생각을 하는지 헤아려본 적이 있었던가?

따님은 죽었을지도 몰라요, 라고 말하는 사토코의 말에 게이스케는 지금 무슨 생각을 할까? 나를 경멸할까? 아야카를 걱정할까? 하지만 이쪽으로 달려오지 않는 것을 보면 의외로 사토코의 말을 허풍이라고 여기며 하던 일에 마음을 쏟고 있는지도 모른다. 분명, 그렇다.

이럴 때 몰두할 수 있는 일이 있는 게이스케가 부러웠다. 마유미는 발을 내딛어 계단을 내려가 좁은 도로를 건넜다.

"나도 할게."

게이스케에게 그 한마디만 건네고 마유미는 담 앞에 놓인 쓰레기봉투 다발에서 한 장을 꺼내 공기를 넣어 펼쳐 들고 '히바리가오카의 수치!'라고 적힌 비방문에 손을 뻗어 벗겨냈다. 본드 때문에 한 번에 벗겨지지는 않았지만 담에 들러붙은 종이를 손톱으로 조금씩 긁어내자 신기하게 마음도 가라앉았다.

"잠깐, 당신까지 뭐하는 짓이야?"

사토코가 귓가에서 소리를 질렀지만 마유미는 무시하고 다른 비방문에 손을 뻗었다. 이런 추악한 말을 늘어놓고, 그것도 모자라 본드로 붙이고 또 접착테이프를 바르다니. 악질적이다. 히바리가오카에 대한 애정이 아무리 강하다 해도 이것은 너무 악질적이다. 아야카가 이런 짓을 했다고 의심하다니. 오늘 밤 소동은 여기서부터 시작되었다.

이런 게 없었다면 평온한 밤을 보낼 수 있었는데. 이따위 낙서는 없었던 셈 치자. 오늘 밤 일도. 이 다카하시 저택에서 벌어진 살인사건도. 전부 없었던 일로 칠 수 있다면 얼마나 좋을까.

"그만둬!"

사토코는 마유미의 어깨를 붙잡았지만 마유미는 돌아보지 않았다. 이 담이 원래대로 깨끗해지면 오늘 밤 있었던 일은 없었던 셈 칠 수 있다. 그뿐이다.

"너희는 대체 어느 집 아이들이지? 처음 보는 얼굴이구나. 무슨 권리로 이런 짓을 하는 거지?"

사토코가 비방문을 벗기는 소녀에게 따지고 들었다. 하지만 소녀는 사토코의 얼굴을 쳐다보지도 않았다. 비방문만 뚫어져라 바라보면서 묵묵히 떼어내고 있다. 분노를 쏘아내는 듯한, 눈물을 참는 듯한, 그런 표정으로.

소녀도 뭔가 꺼림칙한 마음을 품고 있는 걸까? 하지만 정말 대체 어느 집 아이들일까? 어째서 게이스케와 함께 이러고 있는 걸까?

"그보다 어린애가 나돌아 다닐 시간이 아니잖니. 학교는 어디지? 어차피 변변한 곳도 아니겠지만, 내일 전화 좀 해야겠구나."

사토코가 소년을 올려다보며 말했다. 크로스백을 두 손으로 힘껏 쥐고 있는데, 방금 전 사용했던 방범 벨을 꺼내려고 그러는 걸까? 콧노래를 부르며 비방문을 떼어내던 소년은 가벼운 몸짓으로 사토코를 돌아보았다.

"마음대로 하세요. 아주머니야말로 무슨 권리로 말리는 거죠? 자기가 붙였다고 말하는 셈인데, 경찰에 신고해도 돼요?"

"나는 히바리가오카를 이루어낸 주민으로서 이 집에 항의할 권리가 있어!"

사토코의 당당한 주장에 소년이 잠시 움찔했다.

"없어!"

그렇게 외친 사람은 소녀였다.

"아무한테도 히나코를 탓할 권리는 없어요! 히나코가 아주머니한테 무슨 짓을 했다는 거죠? 기회는 이때다 하고 뻔뻔하게 피해자 행세를 하는데, 무슨 피해를 입었다는 거예요?"

"히바리가오카의 평판을 더럽혔어. '히바리가오카 엘리트 의사 살해 사건'이라는 이름이 붙었고, 교만하다느니, 허세를 부린다느니, 세상을 우습게 본 벌을 받았다느니, 인터넷 게시판을 보면 히바리가오카 전체가 욕을 먹고 있단 말이야!"

"그건 아주머니들이 평소 그런 태도를 취했기 때문이잖아요. 그러니까 사건에 편승해 히바리가오카도 욕을 먹는 것 아니에요? 히나코네 탓으로 돌리지 말아요. 고급 주택가 히바리가오카가 반감을 사는 이유는 바로 이곳 주민들 때문이라고요."

"뭐라고?"

"학교에 연락하고 싶으면 마음대로 하세요. S여학교 고등부예요. 담임선생님 성함은 오니시. 죄송하다고 열 번은 말해줄 사람이에요. 그런 짓을 하면 히나코가 점점 더 나쁜 사람이 된다는 생각은 하지도 못하는 사람이니까. 하나도 미덥지 못하니까. 아주머니가 무슨 말을 하든, 저는 이 집이 원래 모습으로 돌아갈 때까지 그만두지 않을 거예요. 이런 건 한 장이라도 히나코에게 보여주고 싶지 않아요. 제겐 히나코의 친구로서 이걸 떼어낼 권리가 있어요!"

"앗……."

가득 찬 쓰레기봉투 주둥이를 묶으며 사태를 지켜보던 게이스케가 소리를 질렀다. 마유미도 손을 멈췄다.

"어머……."

다카하시 히나코가 저 멀리 두 번째 외등 그늘에 서 있었다. 그 뒤에 요시유키와 신지의 모습도 보였다.

오전 1시.

히나코는 언덕길을 뛰어 올라갔다. 집 앞에 있는 사람은 아유미였다. 어두워서 확실하게 보이지는 않지만 저 실루엣은 아유미가 틀림없었다. 곁에는 히로키도. 뭘 하고 있는 걸까? 반사적으로 뛰쳐나갔지만 문득 불길한 예감이 머릿속을 스쳐 발길을 멈추고 가로등 그늘에 숨었다.

집 담벼락에 뭔가 종이가 잔뜩 붙어 있다. 저걸, 아유미가?

아유미는 손에 쥔 종이를 구깃구깃 구겨 옆에 놓인 쓰레기봉투에 넣더니 또 다른 종이에 손을 뻗었다. 일주일치 쓰레기가 들어가는 크기의 대형 쓰레기봉투는 절반쯤 차 있었다. 붙이던 게 아니라 떼어내고 있는 것이다. 히로키와, 그리고 어째서인지 앞집 아저씨, 아주머니도.

아유미에게 따지고 드는 아주머니가 있다. 고지마 사토코였다. 아유미가 무시하자 이번에는 히로키를 물고 늘어졌다. 히로키는 가벼운 대꾸로 되받아쳤고, 더욱 열 받은 사토코에게 아유미가 외쳤다.

"제겐 히나코의 친구로서 이걸 떼어낼 권리가 있어요!"

아유미의 목소리가 귀에 들어와 박혔다. 용수철이 헐거워질 정도로 몇 번이나 여닫았던 휴대전화 너머가 아니었다. 친구. 친구. 봇물이 터지듯이 눈물이 흘러넘치고 콧물까지 나왔다. 콧물을 훌쩍이는 순간 시선을 느꼈다. 앞집 아저씨다. 그에 이어 앞집 아주머니, 히로키, 그리고 아유미가 이쪽을 쳐다보았다.

우뚝 선 채로 서로 바라보고 있는데 히로키가 "얼른 가봐" 하고 아유미의 등을 떠밀었다.

엉거주춤 한 발짝, 두 발짝, 걸음을 내딛는 아유미에게 맞추어 히나코도 걸음을 내딛었다. 서로 손이 닿는 거리까지 와서 걸음을 멈추고 마주보았지만 말이 나오지 않았다. 사토코에게 버럭 소리를 지른 것이 거짓말처럼, 아유미는 고개를 숙인 채 입을 다물고 있다. 히나코도 무슨 말을 해야 할지 몰랐다. 문득 쳐다보니 아유미의 오른손에는 종이뭉치가 그대로 들려 있었다.

"고마워."

그 한마디를 하는데 또 눈물이 흘러넘쳤다.

히나코가 소리 내어 말하지 못한 말을 뒤에 선 요시유키가 받왔다.

"고마워. 이런 시간에, 우리가 돌아오기 전에 낙서를 떼어내주어서. 정말 고마워."

요시유키는 앞집의 두 사람, 엔도 게이스케와 마유미에게도 깊이 머리를 조아렸다.

"고맙습니다."

히나코도 함께 고개를 숙였지만 어째서 아유미가 이 부부와 함께 있는지 알 수가 없었다. 같은 목적으로 우연히 마주친 걸까?

"고맙습니다."

히나코에 이어 아유미가 게이스케에게 고개를 숙였다. 점점 더 영문을 모르겠다.

"아저씨가 우리 집까지 부르러 와주셨어."

아유미가 히나코에게 지금까지 있었던 일을 설명했다. 게이스케는 낮에 히로키의 방 벽지를 갈기 위해 스즈키 가에 갔던 모양이다.

"앞집을 원래 모습으로 돌려놓고 싶다고 우리 집까지 부르러 와주셨어. 저녁 때 우리가 아저씨 앞에서 히나코 이야기를 했거든……. 그렇죠?"

아유미가 게이스케를 돌아보았다.

"아니, 그냥, 그런 셈인가."

게이스케는 말을 흐리면서 머리를 긁적였다. 아유미가 히나코를 돌아보았다.

"미안, 히나코. 힘들 때 연락 못해서. 무슨 말을 해야 할지 몰랐어. 반 애들은 무섭다느니 최악이라느니 멋대로 지껄여대고, 게시판에는 더 심한 말들이 올라왔으니까. 히나코의 가방이나 사물함도 낙서로 가득했는데 담임은 보고도 못 본 척하고……."

"쓸데없는 소리는 마."

"히나코한테 메시지를 보내면 그 애들을 전부 적으로 돌리게 되니까 무서워서……."

히로키가 말렸지만 아유미는 계속 말했다. 상상했던 일이 실제로 일어났다는 사실에 가슴이 아팠지만, 아유미의 말에 다른 뜻이 없다는 점은 이해할 수 있었다. 필사적으로 사과하려는 것이다.

"아저씨가 부르러 와주셨을 때도 사실은 망설였어. 본 적도 없는 사람들의 적개심을 사는 게 아닐까 무서웠어. 히로키한테 억지로 끌려온 꼴이야. 히나코한테 메시지를 보냈냐고 계속 묻기도 했고."

"왜 그런 말까지 해." 히로키가 중얼거렸다.

"미안해, 이런 식으로 말해서. 하지만 여기 와서 실제로 낙서를 보니 용서할 수 없었어. 비열하다는 건 이런 걸 말하는 거구나 싶었어."

아유미가 사토코를 노려보았다. 사토코는 콧방귀를 흥 뀌었지만 아유미는 귀담아 듣지 않고 히나코를 똑바로 바라보았다.

"아무 도움도 못 되었다는 죄의식도 있어서 정신없이 떼어냈지만, 그렇다고 용서받을 수는 없을 거야. 이 아주머니보다, 친구인데 아무 행동도 하지 않은 내가 더 비열해. 정말, 미안."

어깨를 떠는 아유미에게 히나코가 손을 뻗었다.

"사과하지 마. 정말이지, 너무 기쁘니까."

히나코도 울고, 아유미도 울었다. 어깨를 와락 끌어안고 우는 두 사람 옆에서 요시유키가 게이스케에게 택시를 불러달라고 부탁했다. 게이스케가 그 말을 듣고 주머니에서 휴대전화를 꺼냈다.

"잠깐, 아직 절반도 안 끝났잖아. 끝까지 할래."

"오늘 너희가 이곳에 와주었다는 사실이 우리를 충분히 구원해 주었으니 이제 이대로 두어도 상관없어. 정말 고마워."

요시유키가 히로키의 손에서 쓰레기봉투를 받아들고 정중하게 고개를 숙였다.

택시에 올라타는 아유미와 히로키에게 히나코와 요시유키는 몇 번이나 고맙다는 말을 하며 시야에서 사라질 때까지 손을 흔들었다.

【7월 5일(금) 오후 8시20분~7월 6일(토) 오전 1시 40분】

관람차

오전 1시 40분.

남은 사람은 여섯 명. 엔도 게이스케, 엔도 마유미, 다카하시 요시유키, 다카하시 히나코, 다카하시 신지, 고지마 사토코. 모두 히바리가오카 주민들이다.

"아저씨께 여쭙고 싶은 일이 있습니다."

요시유키가 게이스케에게 말했다.

"사건 당일 밤, 신지가 편의점에 가려고 집에서 나갔을 때 아저씨를 보았다고 들었습니다. 혹시 그 전후에 부모님의 대화나 무슨 소리를 들으셨다면 알려주실 수 없겠습니까?"

"확실하지는 않지만 너희 부모님 이야기소리가 들리기는 했어. 하지만 정말 평범한 대화였고, 내가 볼 때 사건하고 상관있다는 생각은 도저히 들지 않더구나. 도중에 창문이 닫혔으니 그 후에 무슨 일이 있었던 게 아닌가 싶어. 그렇죠, 사토코 씨?"

"나요? 남들 듣기에 거북한 소리는 말아요. 나는 남의 댁 이야기를 엿들은 적이 없어요."

"그럼 여기서 물러나주십시오. 저는 지금부터 이 아이들에게 그날 밤 있었던 일을 얘기할 건데, 당신은 아무 상관없는 제삼자라는 뜻이니까요. 마유미, 당신도 돌아가주겠어?"

"잠깐만요, 저는 그날 밤 편의점에서 신지를 만났어요. 계속 걱정했다고요. 함께 이야기를 들을 권리가 있어요."

마유미가 신지를 보았지만 신지는 말없이 고개만 숙이고 있었다.

"잠깐 기다려요. 나도 들어야겠어요. 그날 밤 아무 소리도 듣지 못한 건 아니에요. 다만 못 들은 척하는 편이 낫다고 생각했죠. 예의상 말이에요. 엔도 씨가 하는 말이 과연 맞는지 판단하기 위해서라도 나도 함께 있어야 해요. 게다가 그런 중요한 이야기를 이런 길가에서 할 생각인가요? 두 집 다 남을 들일 상태가 아닐 텐데요. 엔도 씨 댁은 이제 지긋지긋해요. 다들 우리 집으로 오시죠."

단숨에 쏟아낸 사토코에게 반론하는 사람은 없었다. 부부끼리, 남매끼리 얼굴만 마주볼 뿐.

"잠깐!"

아야카가 비틀거리는 걸음으로 집에서 나왔다.

"나도 갈래. 나도 피해가 이만저만이 아니니 제대로 들을 권리가 있어."

아까는 잠옷이더니 어느새 티셔츠와 청바지로 갈아입었다.

"그럼 갈까요?"

사토코를 앞세워 일곱 명이 줄줄이 고지마 저택으로 향했다.

"……속물."

맨 끝으로 따라오던 신지가 기어들어 가는 목소리로 중얼거렸다. 히나코가 걸음을 멈추고 뒤를 돌아보았다.

"그건 오빠도 나도 알아. 권리를 따지는 소리가 어리석다는 생각은 들어. 하지만 지금은 이 길밖에 없어. 알아듣겠어? 앞으로 분명 이런 일이 몇 번이나 있을 거야. 우리 편인 척 다가오는 호기심 많은 속물들에게 마음을 허락해서는 안 돼. 우리가 알고 싶은 사실만 알아내는 거야. 쓸데없는 감정은 내보이지 마. 지금처럼 중얼거려서도 안 돼. 알겠지?"

히나코는 목소리를 낮추어 그렇게 말하고 신지의 등을 밀었다.

⊕

'이게 무슨 난리야, 꼴사납게.'

'죄송해요. 신지도 중요한 모의고사 전이라 신경이 날카로운 모양이에요.'

'당신이 하도 공부, 공부, 하니까 그렇지.'

'하지만 지금이 가장 중요한 시기잖아요?'

'고등학교야 어딜 가든 어때서 그래?'

'안 돼요. 의학부에 가려면 반드시 N고등학교에 입학해야 해요. 요시유키도 그랬잖아요.'

'그건 요시유키가 스스로 선택한 거야. 의학부도 그래. 나는 아이들에게 의사가 되라는 말은 한마디도 하지 않았어. 애초에 부모가 의사라고 자식도 의사가 될 필요가 어디 있겠어? 히나코도 전혀 그럴 생각 없잖아. 신지는 운동도 잘하고 얼굴도 잘 생겼고 머리도 그리 나쁜 편이 아니니 아이돌 가수라도 되면 좋지 않을까?'

"당신, 진심으로 하는 소리예요?'

"그래, 진심이야."

"요시유키가 의학부에 붙었을 땐 기뻐했잖아요. 역시 대단하다고."

"그래. 하지만 그건 내 아들이라 그렇다는 뜻이 아니야. 나는 수학대회에서 그렇게 큰 트로피를 받을 정도로 똑똑하지 않았으니까."

"신지도 앞으로 얼마든지 잘할 수 있어요."

"그야 그래준다면 좋지만, 저렇게 이상해질 정도로 공부할 필요는 없어."

"무슨 뜻이에요?"

"신지는 이제 그만 됐다는 뜻이야."

❖

오전 2시.

고지마 저택 응접실에서 게이스케는 그날 밤 소동 끝에 들은 히로유키와 준코의 대화를 천천히 짚어가며 재현했다.

"그 후에 창문이 닫혔고, 아무 소리도 들리지 않았어."

"그게 다예요?"

마유미가 묻자 게이스케는 고개를 끄덕였다.

"말소리는 조금 더 거칠었는지 모르지만, 어디서 스위치가 켜진 걸까……."

평범한 대화였다고 미리 못을 박기는 했지만 그것은 게이스케가 남자라 이해 못할 뿐이고, 마유미라면 준코의 심정을, 때린 동기를 이해할 수 있지 않을까 기대했는데 게이스케와 마찬가지로 마유미도 전혀 이해 못하는 눈치였다.

사토코를 쳐다보았지만 정정하거나 보충할 기미는 없었다.

실내에 들어왔을 때 게이스케가 '물 한 잔 주실 수 있습니까?' 하고 사토코에게 부탁하자 본 적도 없는 페트병에 든 미네랄워터와 비싸 보이는 유리잔을 사람 수에 맞추어 내왔다.

실내는 심플한 구조로 호화로운 이미지는 없었지만, 게이스케는 직업상 소재나 구성물을 하나하나 엄선했다는 사실을 알고도 남았다. 게이스케의 가족 세 사람이 나란히 앉아도 넉넉한 소파 역시 부드러운 가죽 소재다. 사토코의 수제품으로 보이는 인형과 태피스트리가 가치를 깎아내리고 있지만, 전형적인 히바리가오카의 저택이었다.

사토코의 '히바리가오카 이론'도 이곳에서 들으면 또 다르게 들릴지 모른다.

맞은편 소파에 앉은 다카하시 남매들을 보았지만 세 사람 다 표정 하나 바꾸지 않고 잠자코 나란히 앉아 있었다. 언덕길을 오르느라 목이 말랐는지, 히나코가 페트병을 열어 세 잔에 똑같이 따르자 남매는 저마다 손을 뻗어 입에 댔다. 정작 말을 꺼낸 게이스케는 유리잔을 만지는 것도 망설이고 있는데.

마유미와 아야카는 무릎에 손을 얹고 꼼짝도 하지 않았다. 집 안에서는 서로 무슨 생각을 하는지 이해할 수 없는데, 밖에 나오니 세 사람이 가족인 줄 바로 알겠다.

"언덕길 병."

아야카가 불쑥 중얼거렸다.

"평범한 감각을 가진 사람이 이상한 곳에서 무리해서 살면 점점 발밑이 기울어지는 것처럼 느끼게 돼. 힘껏 버티지 않으면 굴러떨어지고 말아. 하지만 그렇게 의식하면 할수록 언덕의 경사는 점점 가팔라져……. 준코 아주머니는 이미 한계였던 게 아닐까?"

형과 누나 사이에 끼어 등을 구부리고 고개를 숙이고 앉아 있는 신지를 바라보던 아야카는 자꾸 고개를 갸웃거리고 싶은 심정이었다.

내가 좋아했던 사람이 정말 이 사람 맞나?

유명 중학교 교복을 당연하다는 듯이 차려 입고 매일 아침 집을 나서는 신지. 농구 경기장에서 땀을 흘리며 활약하고 여학생들의 환성을 받는 신지. 앞집에 사는데도 가벼운 인사 한마디 못하는 이유는 아야카의 자질이 신지에게 미치지 못한다는 사실을 통감하고 있으니까. 하다못해 S여학교 교복이라도 입었더라면, 하다못해 신지네 집만큼 큰 집에 살았더라면, 이런 비참한 마음을 참을 필요도 없었을 텐데.

눈앞에 있는 사람은 불안해서 당장이라도 비명을 지르고 싶은 마음을 억누르고 있는 듯한 음험하고 미덥지 못한 소년. 다카기 순스케하고는 닮은 구석조차 없다. 어째서 이런 사람을 좋아한다고 생각했을까?

언덕길에서 굴러 떨어지지 않도록 필사적으로 균형을 유지하며 버티는 사이에 자신이 일그러지고 말았다. 일그러졌는데도 그 사실을 모르니 살짝만 등을 떠밀려도 균형을 잃고 굴러 떨어지고 만다.

"당신도 그래."

아야카는 어머니를 보았다. 어머니는 사건 당일 밤 대화를 듣고도 이해 못하는 눈치였다. 딸의 심정만 이해 못하는 게 아니었던가.

"아까 사소한 일에 이성을 잃었잖아. 결정적인 이유가 뭐 있었어? 아빠가 들었다는 이야기 어디에도 살의를 일으킬 만한 부분은 없었지만, 아주머니가 듣기에는 더 이상 참을 수 없는 말이 어딘가에 있었던 것 아니야?"

아야카의 어머니 역시 언덕길에서 굴러 떨어지지 않으려고 필사적으로 버텨왔는지도 모른다.

등을 떠민 것은 나다.

마유미가 흠칫 놀라 고개를 들었다.

"그래, 아야카 말이 맞을지도 몰라. 오늘 갑자기 그런 게 아니야. 준코 씨도 분명……."

"그만하세요."

요시유키가 마유미의 말을 가로막았다.

"사건 당일 밤에 무슨 일이 있었는지 가르쳐주신 점은 고맙습니다. 하지만 어머니의 마음을 함부로 상상하지는 말아주십시오. 누가 어떻게 상상한들, 어머니의 마음은 본인밖에 모릅니다. 자식인 저희도 모릅니다. 오늘은 정말 감사했습니다."

요시유키가 게이스케에게 깊숙이 머리를 조아리고는 사토코 쪽으로 몸을 돌렸다.

"저희 집 문제로 히바리가오카 분들께 폐를 끼친 점, 죄송스럽게 생각합니다. 하지만 저희는, 특히나 동생들은 이곳에서 나고 자라 아직 한 번도 다른 곳에서 생활한 적이 없습니다. 하다못해 두 사람이 각자 독립할 수 있을 때까지만이라도 여기에 있게 해주십시오. 부디, 제발, 부탁드립니다."

요시유키는 앉은 자세로 무릎에 이마가 닿도록 머리를 깊숙이 조아리면서 바르르 떨리는 어깨를 의식했다. 히바리가오카에 돌아와서야 사건이 일어난 곳이 역시나 자기 집이었다는 사실을 통감했다. 나고 자란 집에서 사는 것조차 이제는 당연한 일이 아니었다.

"부탁드립니다."

히나코도 머리를 조아렸다. 신지도 따라서 고개를 숙이고 있다.

하지만 우리는 아무런 나쁜 짓도 하지 않았다. 사건을 일으킨 어머니조차 이 사람들에게는 폐를 끼치지 않았다. 그러니 결코 가볍게 사죄의 말을 입에 담아서는 안 된다. 자긍심을 갖고 고개를 숙일 뿐이다.

"됐어, 그만. 고개를 들려무나. 너희 마음은 알겠어. 히바리가오카 문제는 나한테 맡기렴. 부인회 사람들을 설득할 테니. 오늘은 많이 피곤하지? 느긋하게 쉬려무나. 괜찮으면 우리 집에 묵어도 돼."

사토코의 말을 듣고 요시유키는 천천히 고개를 들었다. 자기만족에 푹 빠진 미소를 띠고 있겠구나 싶었지만 사토코의 표정은 진심으로 요시유키 남매를 걱정하는 것처럼 보였다.

"고맙습니다. 마음만으로도 충분합니다."

남매가 저자세로 나가서 정에 넘어간 것이 아니다. 냉정하게 생각해보면 이것이 요시유키가 아는, 히바리가오카에서 가장 믿음직한 고지마 댁 아주머니의 모습이었다.

사람들이 받아들여주었다고 완전히 마음을 놓을 수는 없지만, 일단 비방문이 나붙는 일은 더 이상 없을 것이다.

이제 집으로 돌아갈 수 있다.

오전 2시 45분.

고지마 가에서 나와 저마다 자기 집으로 흩어졌다. 요시유키가 가볍게 고개를 숙여 인사했을 뿐, 히나코와 신지는 마유미 가족을 쳐다볼 생각도 하지 않았다.

현관문을 열자 아야카와 게이스케가 먼저 안으로 들어갔다.

문을 닫기 전에 마유미는 다카하시 저택을 한번 돌아보았다. 비방문은 아직도 남아 있다. 그 쪽지에는 눈길도 주지 않고 문을 열고 캄캄한 집 안으로 들어가던 아이들이 갑자기 걸음을 멈추고 뭔가 꼼지락거렸다. 그러더니 신지가 이쪽으로 달려왔다.

"죄송합니다, 그만 늦게 돌려드려서."

신지가 그렇게 말하며 접힌 만 엔짜리 지폐를 두 손으로 마유미에게 내밀었다.

"어머나, 이렇게 일부러."

마유미는 만 엔짜리 지폐를 받아들었다.

그렇다. 이것을 걱정하고 있었다. 신지를 찾으려고 자동차로 온 동네를 헤맸다. 그것이 정말 한날에 있었던 일이었나?

"고맙습니다."

신지는 재빨리 인사하고 살짝 웃는 얼굴을 보이며 떠났다.

다행이야, 무사히 돌아와서.

신지의 뒷모습을 배웅하며 마유미도 집 안으로 들어갔다. 문을 잠그고 게이스케와 아야카의 구두를 가지런히 정리했다.

주방으로 들어가 신지에게 받은 만 엔짜리 지폐를 지갑에 넣으려고 벽에 걸어놓았던 가방을 열자 휴대전화가 깜빡이고 있었다. 메시지가 하나 와 있었다. 오후 8시 수신. '프레시 사이토'의 파트타임 동료 미와코가 보낸 메시지였다.

　'안녕, 엄청난 뉴스야. 아키코 씨가 글쎄, '히바리가오카 엘리트
　의사 살해 사건' 용의자의 여동생이라지 뭐야. 우리 아이가 용의
　자 딸하고 동급생이란 말이야. 무서워라～. 하지만 아키코 씨가
　일을 그만두었으니 일단은 안심이야. 임신했다는 모양인데, 그게
　사실일까? 그럼 내일 또 봐.'

　두려워할 이유는 하나도 없다. 아키코는 아무 짓도 하지 않았으
니까. 이렇게 타인을 비방하는 사이에도 다음에는 자기가 가해자
나 그 친척이 될 가능성이 있다는 사실을 어째서 생각하지 않는
걸까? 하지만 아키코가 그만둔 이유가 임신이라 다행이다. 선물
이라도 들고 갈까? 재미 삼아 찾아왔다고 생각하지는 않을까? 하
지만 지금의 나라면 조금이나마 힘이 될 수 있지 않을까.
　메시지를 삭제하고 휴대전화를 가방 속에 넣었다. 카운터 너머
로 거실을 보니 게이스케와 아야카가 소파에서 나른한 얼굴로 뻗
어 있었다.
　"물 좀 줘."
　"나도."
　마유미가 주방에 있는 줄 알자 두 사람이 말했다. 냉장고에서
페트병을 꺼냈다. '프레시 사이토'에서 무료로 받아올 수 있는 미
네랄워터를 두꺼운 싸구려 유리잔에 따라 테이블 위에 내려놓자

게이스케도 아야카도 벌컥벌컥 들이켰다. 마유미도 소파 끄트머리에 앉아 시원한 물을 마셨다.

시큼한 토사물 냄새는 여전히 실내에 남아 있었다. 커튼을 활짝 열어두었기 때문에 깨진 유리가 훤히 보였다. 하지만 게이스케는 아무 말도 하지 않는다.

"그나저나 저 남매는 뻔뻔하다니까. 이쪽이 모처럼 친절하게 구는데 어머니 마음을 함부로 상상하지 말아달라니, 뭐야? 자기가 뭔 줄 알고? 이래 봬도 상당히 말을 골라가며 위로해줬더니만."

아야카가 달칵 소리를 내며 유리잔을 내려놓았다. 고지마 가에서 아야카가 한 말에 마유미는 솔직히 놀랐다. 아야카가 하려는 말을 정확하게 이해할 수 있었다. 동시에 그것은 준코의 마음을 대변하는 것이 아니라 아야카의 본심이었고, 이제야 히스테리 스위치가 켜지는 이유를 이해할 수 있었다.

"그런데, 나하고 아빠는 언제 나가면 돼?"

"나가다니?"

게이스케가 몸을 일으켰다.

"이 사람, 이 집에서 혼자 살고 싶대."

"그건……."

아야카가 턱짓으로 가리키자 마유미는 우물거렸다. 확실히 말은 그렇게 했지만…….

"무리야."

게이스케가 싱겁게 부정했다. 갑작스러운 별거 선언인데 동요

하는 기색도 찾아볼 수 없다. 그렇다고 평소처럼 흘려듣는 기색도 아니다.

"지금 생활도 빠듯한데 따로 살 돈이 어디 있어? 이 집을 팔아도 남는 건 빚뿐이야. 히바리가오카가 싫어도, 이 집이 마음에 안들어도, 셋이 함께 있어 짜증스러워도 여기로 돌아올 수밖에 없어. 하지만 오늘 이런 최악의 상태에서도 우리는 이 자리에 모여 있으니 앞으로도 어떻게든 헤쳐나갈 수 있다는 뜻 아니겠어?"

게이스케는 그렇게 말하더니 물을 마시고 다시 소파에 벌렁 기댔다.

아야카는 아무 대답도 하지 않았다. 하지만 방으로 돌아갈 기미도 없다. 등을 구부리고 소파에 드러누워 천장의 한 점을 바라보고 있다.

마유미도 잠자코 있었다. 시계 소리가 들릴 정도로 조용한 시간. 날이 밝으면 또 평소와 똑같은 생활이 시작된다. 토요일이다. '프레시 사이토'는 분명 엄청 붐비겠지. 아야카는 또 히스테리를 부릴 테고, 지금은 뭔가 그럴싸한 소리를 하는 게이스케도 또 무사안일주의로 돌아가겠지. 그래도.

"뭐야, 이거."

아야카가 테이블 옆에 놓아둔 종이봉투를 발견했다. 유명한 초콜릿 가게의 봉투였다. 사토코가 또 가져온 걸까?

"아아, 손님한테 받은 수제 초콜릿 케이크야. 아까 왔던 아이들 있지? 딸이 있다고 했더니 따님한테 주라며 나눠주더라."

게이스케가 대답했다. 아야카가 봉투를 손에 들고 안을 들여다보았다.

"흐응, 먹어볼까. 하지만 이런 시간에 먹었다가 여드름 나면 안 되는데……. 그래, 같이 먹자."

아야카는 그렇게 말하면서 게이스케와 마유미를 번갈아 보았다.

"그래. 그럼 홍차라도 끓일까?"

마유미는 허둥지둥 일어섰다. 괜찮아, 여기서 셋이 살아도. 오늘을 이겨낼 수 있었으니 내일도 앞으로도 분명 어떻게든 될 거야.

오전 3시.

차마 사건 현장이 된 1층 거실에는 들어갈 수가 없었고, 2층 히나코와 신지의 방도 창유리가 깨져서 요시유키의 방에서 밤을 보내기로 했다.

히나코는 불을 켜려다가 그만두고 침대에 기대어 앉았다.

밖에서 그만큼 요란하게 굴었으니 남매가 돌아온 줄 온 이웃이 다 알겠지만, 오늘 밤은 남매끼리 셋이서 조용히 지내도록 내버려두길 바랐다.

"역시 나 때문일까?"

문 앞에서 등을 구부리고 앉은 신지가 불쑥 중얼거렸다.

"앞집 아저씨가 좀 더 뜻밖의 문제, 돈이나 외도 문제로 다투었다는 말을 해주지 않을까 약간은 기대했는데. 가장 알고 싶지 않은 이유였어……."

"엄마 때문인 줄 알고 있었잖아. 결혼한 지 벌써 20년이나 지났는데 전처를 상대로 아등바등 이기려 들었으니까."

"정말 그게 원인일까? 벌써 한참 전에 죽은 사람하고 경쟁해봤자 소용없잖아. 어머니도 그 정도는 알았을 텐데."

공부 책상 앞에 앉은 요시유키가 말했다. 어디를 보고 있는지, 어떤 표정을 짓고 있는지 알 수가 없다. 눈이 어느 정도 익은 어둠 속에서 서로의 목소리만 울려 퍼졌다.

"직접적으로는 불가능하지. 그래서 아이로 경쟁했던 게 아닐까? 아빠를 위해 어느 쪽이 뛰어난 아이, 아빠를 기쁘게 해드릴 수 있는 아이를 낳았는지 말이야. 엄마가 재판에서 이런 동기를 증언하면 오빠하고 신지까지 언론의 먹잇감이 되겠다."

히나코는 한숨을 푹 쉬었다.

엔도 게이스케가 재현하는 대화를 들으며 이제 그만하라고 외치고 싶었지만 필사적으로 참았다. 뭐가 '도저히 사건과 상관있다는 생각은 들지 않는다' 는 건지.

어머니는 전처의 아이와 경쟁하듯이 소중히 키운 아이에게 남편이 아무 기대도 하지 않는다는 사실을 알고 틀림없이 패배감을 느꼈을 것이다. 남편이 칭찬한 의붓자식의 트로피가 눈에 들어와 충동적으로 때렸을지도 모른다. 하지만 이제 그만 됐다고 말한 아버지 심정도 이해가 간다. 아이들에게 좋아하는 일을 하면 된다고 말하면서도 마음 한구석으로는 기대도 했을 것이다. 그런데 우연히 일찍 돌아왔다가 자식이 꼴사나울 정도로 난동을 부리는 모습을 보면 늘 이랬던 건가, 이제 그만 됐다, 하고 포기하고 싶기도 했을 것이다.

앞집에서 벌어지는 소동과 똑같은 일이 우리 집에서도 일어났다면 가장 절망한 사람은 어머니였을지도 모른다. 신지의 한계가 보였다. 그때 포기했다는 남편의 말. 자신의 십여 년 인생을 전부 부정당했다는 생각이 들었던 게 아닐까?

그럼 나는 뭘까.

아야카는 언덕길 병이라고 했다. 발밑이 기운 느낌이 든다, 그것을 계속 참다 보면 자기가 기우뚱하다는 사실도 눈치 채지 못하고 사소한 계기로 굴러 떨어지고 만다고 했다. 어머니는 외가 쪽 친척과 그다지 어울리지 않았다. 이모인 아키코조차 히바리가오카의 이 집을 찾아온 적이 거의 없다. 언덕 밑에서 이곳으로 올라와 고지마 사토코 같은 사람들과 어울리려면 굴러 떨어질 것 같아도 필사적으로 버티는 노력이 필요했던 걸까? 가끔은 인스턴트 라면이라도 끓여 먹으면 좋았을 텐데.

히나코는 단 한 번도 발밑이 기울었다고 느낀 적이 없었다. 다만 어둠 속에서 막연히 이어진 자신의 미래가 똑바른 길일 것 같지는 않았다. 하지만 지금 상태를 아야카의 언어로 표현하고 싶지는 않다. 그 아이의 히스테리가 없었다면 신지가 날뛰었던 일은 그저 하룻밤의 치기로 받아들여지지 않았을까? 애초에 신지의 제어가 풀린 것도 낮에 그 아이가 신지에게 이상한 소리를 했기 때문 아닐까?

권리, 권리, 하고 뻔뻔하게 주장하면서 구둣발로 사람 마음을 헤집어놓으려는 속물 가족. 아유미를 데려와준 일은 기뻤지만 순수하게 고맙다는 생각은 들지 않았다. 그리 행복하지 못한 가족이 그저 앞집에서 터진 사건에 편승해 재기하려는 속셈 아닐까? 요컨대 우리를 이용하고 있다는 뜻이다.

하지만 그런 일로 화를 내서는 안 된다. 앞으로 헤쳐 나가야 할 시련은 이런 사소한 문제가 아닐 터이다.

그렇기에 오빠가 그 가족에게 '어머니의 마음을 함부로 상상하지는 말아주십시오' 하고 말해준 것이 기뻤다.

"나는 모르겠어, 그런 일로 사람을 때리는 심정을."

요시유키가 중얼거렸다.

"아버지는 신지한테만 그런 게 아니라 우리 모두에게 별로 기대하지 않았던 게 아닐까? 자기 문제만으로도 벅찼잖아. 어머니처럼 아이들을 자기 분신으로 생각할 수 없었는지도 몰라. 그건 아마 나도 앞으로 똑같을 거야. 동기가 그거라면 나는 어머니의 심정을 평생 이해하지 못할 것 같아. 그래도 살인을 저지를 정도로 의식했던 여자의 아들을 소중하게 키워주셨다는 사실은 변함이 없어."

"역시 내 탓이야."

신지가 목멘 소리로 말했다.

"어머니 기대에 부응하지 못하고 시시한 일로 난동을 부린 내 탓이야. 부탁이야. 어머니를 용서해줘……."

밖에 새어나가지 않도록 소리 죽여 울고 있다. 자기 탓이라고, 패밀리 레스토랑에 있었을 때와 똑같은 말로 자신을 책망하면서. 무엇을 위해 히바리가오카로 돌아왔던 걸까. 무엇을 알고 싶었던 걸까.

진상은 단 하나. 애도할 상대도, 책망할 상대도, 위로할 상대도 전부 가족이라는 사실. 그뿐이다.

"용서는 부모형제 사이에 쓸 말이 아니야. 서로 감정이 어떻든 가족은 언제까지나 가족이니까. 나도 이런저런 생각은 많지만 가족끼리 잘잘못을 따지고 싶지는 않아."

"그래. 가족 안에서 일어난 사건에 타인의 판결은 필요 없어. 우리 가족만 사실을 알고 있으면 돼. 앞으로 무엇이 최선의 방도인지 고민하고, 내일 셋이서 어머니를 만나러 가자."

요시유키의 말에 고개를 끄덕이는데 신문배달원의 오토바이가 달리다가 서는 소리가 들려, 히바리가오카에 새벽이 다가왔음을 깨달았다.

【7월 6일(토) 오전 1시 40분~오전 4시】

〈주간 후타바〉

'히바리가오카 엘리트 의사 살해 사건'의 진상

살해당한 다카하시 히로유키 씨는 평소 교육열이 높았으며, 특히 내년 봄 고등학교 입시를 앞둔 차남 S군에게는 2층 구석의 공부방을 '수술실'이라고 부르며 매일 밤늦게까지 엄하게 지도하곤 했다. S군은 유명 사립 중학교에 다니며 성적도 우수했지만, 다카하시 씨는 아들을 자신과 같은 의학의 길로 보내기 위해 비정상적일 정도로 집착했다고 한다. S군은 농구부 주전 선수로 활약했지만, 다카하시 씨는 공부에 방해가 된다는 이유로 동아리 활동을 그만두도록 강요했다. 시합 당일 쓰레기장에 버려진 S군의 농구용품을 이웃 주민이 목격했다.

사건 당일 밤은 모의고사 전날로, 다카하시 씨는 S군을 엄하게 지도했지만 S군은 두통을 호소했다. S군이 그날 학교에서 조퇴한 사실도 학교 관계자가 증언했다. 하지만 다카하시 씨는 두통은 공부하지 않으려는 핑계라며 귀를 기울이지 않았다. 통증을 견디다 못한 S군은 이성을 잃고 비명을 질러대고 말았다. S군의 돌발적인 폭발을 억누르기 위해 다카하시 씨는 거실에 두었던 골프 클럽을 가지러 아래층으로 내려왔다. 아내 준코 용의자는 위험을 감지하고 저지하려 했지만 다카하시 씨가 전혀 듣지 않아 순간적으로 선반 위에 있던 트로피를 들고 등 뒤에서 가격했다.

남편을 죽음에 이르게 하고 만 준코 용의자는 사정을 모르는 S군에게 편의점에 다녀오라고 지시했다. 준코 용의자의 말대로 집에서 나온 S군은 편의점에서 물건을 사다가 약 20분 후 집에 돌아왔다. 그런데 자택 앞에 구급차가 서 있고 경찰차도 와 있었기 때문에 무서운 생각이 들어 달아나고 말았다. 그러나 이튿날 다른 남매들과 합류.

"제 마음은 죽어가고 있었습니다. 어머니는 저를 구하기 위해 죄를 저지르고 말았습니다. 제발 어머니를 도와주세요."

S군은 인기 아이돌을 닮은 단정한 얼굴을 일그러뜨리고 눈물을 흘리며 기자들에게 호소했다.

고지마 사토코 IV

어머나, 애야, 오랜만이구나. 네가 먼저 전화하다니 해가 서쪽에서 뜨겠네. 뭐 필요한 물건이라도 있니?

'히바리가오카 엘리트 의사 살해 사건'을 인터넷으로 조사했다고? 어머, 그러니? 여기는 벌써 예전의 히바리가오카로 돌아왔단다. 평온하지.

엄마가 말했던 내용이랑 다르다고? 어머나, 그런 소리를 했던가? 그때는 정신이 없어서 엉뚱한 소리를 했는지도 모르겠구나. 물론 네가 조사한 기사가 당연히 맞겠지.

아이들이 거짓말을 했다고? 그건 지나친 생각이야. 알고 보니 그 댁 바깥양반이 무서운 사람이었지 뭐니. 피해자는 오히려 준코 씨 쪽이었어. 집안 사정은 그 가족밖에 모르는 법이라니까.

비명? 그래, 엄마가 너한테 말한 건 옆집 얘기였지. 방범 벨, 정말 큰 도움이 되었다. 하마터면 큰일 날 뻔했는데 방범 벨이 살려주었다니까. 역시 우리 아들, 멀리 떨어져 있어도 엄마를 지켜주었구나. 하지만 옆집도 요새는 잠잠하단다.

역시 이쪽에는 못 돌아온다고? 괜찮아, 걱정 말아라. 엄마가 요새 좀 바쁘거든. 다카하시 가 아이들 보호자 대신이라고 할까? 하지만 이런저런 즐거운 일도 있단다. 가장 큰 즐거움은 내일 갈 다카기 순스케 콘서트지. 옷도 새로 샀어. 하지만 하필 내가 만든 가방하고 어울리지를 않아. 어쩔 수 없지. 다른 백을 들고 가야지.

그리고 요전에 알았는데, 내후년에 바다 근처에 관람차가 생긴다더구나. 너, 관람차 좋아했지? 그게 완성될 즈음 돌아오는 것도 좋을지 모르겠구나.

관람차를 좋아할 나이는 지났다고? 무슨 소릴 하는 거니. 높이가 일본 최고라니까. 나도 기대하고 있단다.

오래 살아온 동네이긴 하다만 한 바퀴 휘 돌아 내려가보면 똑같은 경치라도 조금은 다르게 보이지 않겠니?

애야, 너하고 함께 타보고 싶구나.

데뷔작《고백》은 물론《소녀》《속죄》 등 그 후로 발표한 작품들
도 꾸준히 높은 판매율을 보이며 집필 속도, 작품의 인기 등 여러
모로 엄청난 저력을 보여주어 데뷔 2년 만에 당당하게 베스트셀
러 작가에 오른 미나토 가나에. 일본에서 가장 주목받는 작가 미
나토 가나에의 작품을 다시 만날 수 있어 무척 기쁩니다. 동명의
원작을 바탕으로 한 영화《고백》이 현지에서 4주 연속 박스 오피
스 1위를 장식했으며 국내 개봉을 앞두고 있다는 소식 또한 제 일
처럼 반갑습니다.

미나토 가나에가 이렇게 주목을 받는 이유는 무엇일까요? 한
가지 사건을 다각적으로 조명함으로써 독자들에게 매 챕터마다
신선한 재미를 선사하는 독특한 서술 덕택일까요? 그래서인지 그
녀의 작품은 한번 페이지를 펼치면 마지막 장을 덮을 때까지 손에

서 놓을 수가 없습니다. 그 강렬한 흡인력이 가장 큰 매력이 아닐
까 싶습니다.

　일본 현지에서 300만 부에 육박하는 판매 실적을 보인 충격적
인 데뷔작《고백》에 이어, 발매 약 6개월 만에 판매량 21만부를 기
록한《야행관람차》는 여러 형태의 '가족'을 등장시켜 독자들에게
그 의미를 묻습니다.

　캐릭터 한 명, 한 명에 이력서를 쓴다는 미나토 가나에는 이번
《야행관람차》에서도 특유의 실력을 자랑합니다. 전작들에 비해
제법 많은 등장인물들이 나오는 이번 작품에서, 캐릭터들은 서로
에게 전혀 눌리지 않고 저마다 독특한 인물상을 보여줍니다.

　저는 이 작품을 처음 읽었을 때, '아야카'가 책 속의 인물인데
도 정말 한 때 때려주고 싶다는 생각이 들었습니다. 여러분들은
어떠셨는지요? 제가 부모였다면 '다리몽둥이를 분질러버리고 싶
을 정도'로 이 캐릭터가 어찌나 얄미웠는지 모릅니다. 어쩌면 고
등학교 가정 과목 임시 교사로 일한 경력이 있는 작가가 실제로
이런 꼬인 성격을 가진 학생을 만난 적이 있었던 것은 아닐까, 혼
자 멋대로 상상을 해보았습니다.

　소설이라는 틀 속에서 전달하고자 하는 주제를 부각시키기 위
해 다소 인물상이 극적으로 연출된 감도 있지만, 사실 누구나 조
금씩 자신의 모습에서 아야카, 마유미, 게이스케, 그리고 사토코

와 다카하시 남매들과의 공통점을 찾을 수 있지 않을까요?

걸으로 드러내지는 않지만 누구나 가지고 있는, 스스로 인정하고 싶지 않은 나약하고 이기적이고 비굴한 모습들. 작가는 사람들이 눈을 돌리고 싶어하는 어두운 부분을 날카롭게 꼬집으며 독자들의 눈앞에 적나라하게 보여줍니다. 그런데 개인의 이기심이 어디까지 갈 수 있는지, 담담한 문체로 그 극한을 보여주었던 미나토 가나에는 《야행관람차》에서 다양한 '가족' 들의 모습을 통해 그 불안한 기운을 이어가면서도 나 아닌 타인과의 공존이라는 일말의 가능성을 보여주는데요, 이런 긍정적인 시선의 변화는 《야행관람차》 이후에 발표한 《왕복서간》에서 더욱 두드러집니다.

빛과 어둠, 인간이 가지는 그 양면을 자유자재로 묘사하며 속도감 있는 필치로 독자들을 정신없이 이야기 속으로 끌어들이는 작가, 미나토 가나에. 마음씨 좋은 이웃 언니 같은 이 작가의 어디에서 그런 힘이 나오는지 참으로 신기할 따름입니다.

2011년 2월

김선영 한국외국어대학교 일본어과를 졸업했다. KBS를 비롯한 다양한 매체에서 전문 번역가로 활동했다. 옮긴 책으로는 미나토 가나에의 《고백》《왕복서간》《경우》, 사사키 조의 《경관의 피》, 오카지마 후타리의 《클라인의 항아리》, 아리스가와 아리스의 《주홍색 연구》, 그밖에 《인형은 왜 살해되는가》《열쇠 없는 꿈을 꾸다》 등이 있다.

야행관람차 블랙&화이트 027

1판 1쇄 발행 2011년 2월 21일 **1판 10쇄 발행** 2020년 9월 26일

지은이 미나토 가나에 **옮긴이** 김선영
펴낸이 고세규
편집 이승희 | **디자인** 조명이

발행처 김영사
주소 경기도 파주시 문발로 197(문발동) **우편번호** 10881
등록 1979년 5월 17일(제406-2003-036호)
주문 및 문의 전화 031)955-3200 **팩스** 031)955-3111
편집부 전화 02)3668-3292 **팩스** 02)745-4827 **전자우편** literature@gimmyoung.com
비채 카페 http://cafe.naver.com/vichebooks **인스타그램** @drviche
트위터 @vichebook **페이스북** www.facebook.com/vichebook

ISBN 978-89-94343-21-1 03830 책값은 뒤표지에 있습니다.